分春馆词话

附宋词选析

朱庸斋 著
陈永正 徐晋如 注

当代中国出版社
Contemporary China Publishing House

图书在版编目（CIP）数据

分春馆词话：附宋词选析 / 朱庸斋著；陈永正，
徐晋如注. -- 北京：当代中国出版社，2023.7（2024.6重印）
ISBN 978-7-5154-1212-2

Ⅰ.①分… Ⅱ.①朱…②陈…③徐… Ⅲ.①词话（文学）—诗词研究—中国②宋词—诗词研究 Ⅳ.
①I207.23

中国版本图书馆CIP数据核字（2022）第134411号

出 版 人　王　茵
责任编辑　袁又文
责任校对　康　莹
印刷监制　刘艳平
装帧设计　鲁　娟　李默涵
出版发行　当代中国出版社
地　　址　北京市地安门西大街旌勇里8号
网　　址　http://www.ddzg.net
邮政编码　100009
编 辑 部　（010）66572132
市 场 部　（010）66572281　66572157
印　　刷　北京中科印刷有限公司
开　　本　880毫米×1230毫米　1/32
印　　张　12.25印张　10插页　233千字
版　　次　2023年7月第1版
印　　次　2024年6月第2次印刷
定　　价　78.00元

版权所有，翻版必究；如有印装质量问题，请拨打（010）66572159联系出版部调换。

分春馆词话

李曲斋署籤

李曲斋题字

今吾饭词话

刘逸生题字

朱庸斋先生

朱庸斋先生

朱庸斋先生

秦观词意图（26cm × 33.5cm）

薇姞尊斻近者趋访迪吉内
慰蒙介绍刘思复陈永云两君
来词渠等万不擂讨亭如兄
生学业述冲推爱吻
敬叩年祺重希叩
玉安
　　　　晚朱庸斋拜手

三姝媚·补题枫园忆凤图（66.5cm×62.5cm）

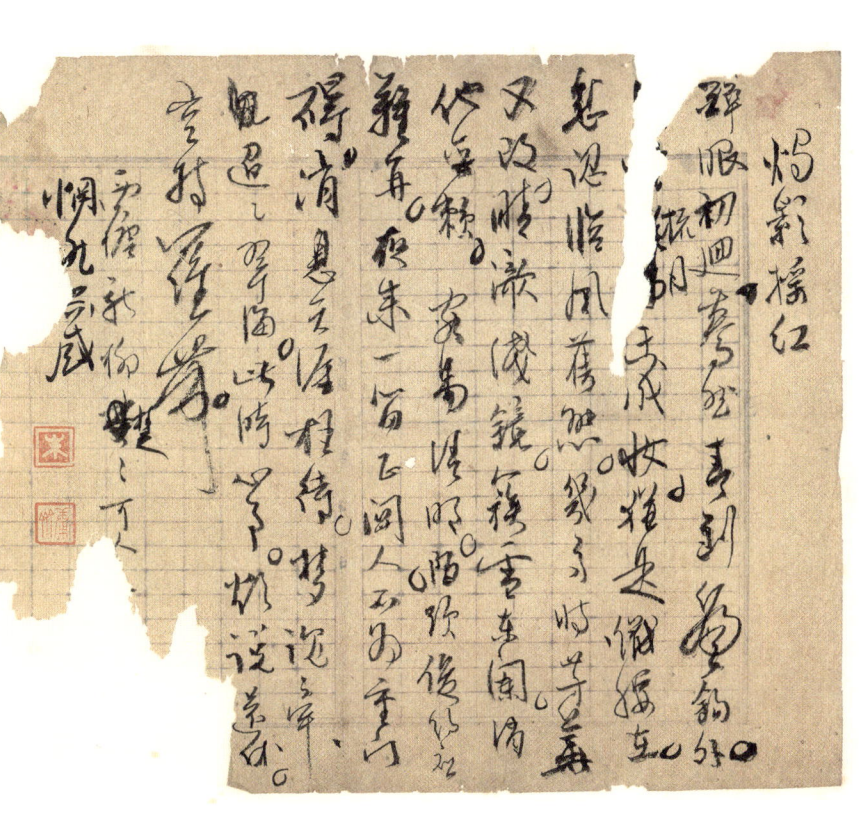

烛影摇红（42.5cm×66.5cm）

梁节庵诗意图（35cm×39cm）

停云驻梦催花嫮泪绘底暗飘香宵蔚蓝多

瑶寂无声澶冷月柔波轻泻䓶春何左清

歌重按老去未堪陶写相看秀色异当时应

不是少年游冶 鹊桥仙听蓝色多瑙河琴奏

舜文先生正调

壬子小雪朱庸斋

略拟李流芳笔意（68cm×33.8cm）

为龙榆生作小五柳堂授词图
（68cm×35cm）

夜飞鹊 壬寅中秋酒馀为永正谈秣陵往事

碧虚更谁步惆怅飞坛未往素鞅无声清樽

独夜几吟望云腮露阁愁扃相思少年路说

隔墙宫笛嘉壁辞亭团团计误便先秋早日

闲情休问赏心谁水法曲任抛残琼殿凄

清难遣旧家人老征衫痕揾歌扇尘零婵

娟梦远负今宵风露分明总输他邻女花阴

浅拜语细裾轻

目 录

001 | 导读（陈永正）

001 | **分春馆词话**
003 | 序（吴三立）
005 | 卷一　词学通论
043 | 卷二　词学常识及作词法
081 | 卷三　清代及民国各家词
131 | 卷四　南宋及金元明各家词
153 | 卷五　唐五代及北宋词

175 | **分春馆词话补遗**
177 | 卷一　诸家诗词评改
203 | 卷二　诗词语录
209 | 卷三　序跋书札

245 | **宋词选析**
249 | 范仲淹：渔家傲　塞下秋来风景异
253 | 张　先：一丛花　伤高怀远几时穷

257	晏　殊：浣溪沙	一曲新词酒一杯
260	欧阳修：蝶恋花	庭院深深深几许
264	柳　永：蝶恋花	独倚危楼风细细
268	柳　永：雨霖铃	寒蝉凄切
271	晏几道：临江仙	梦后楼台高锁
275	苏　轼：江城子·密州出猎	老夫聊发少年狂
279	苏　轼：永遇乐	明月如霜
282	秦　观：满庭芳	山抹微云
286	贺　铸：青玉案	凌波不过横塘路
290	周邦彦：少年游	并刀如水
294	周邦彦：满庭芳·夏日溧水无想山作	风老莺雏
297	李清照：醉花阴	薄雾浓云愁永昼
300	吴文英：霜叶飞·重九	断烟离绪关心事
304	吴文英：瑞鹤仙	泪荷抛碎璧
308	吴文英：瑞鹤仙	晴丝牵绪乱
313	吴文英：醉桃源·会饮丰乐楼	翠阴浓合晓莺堤
316	吴文英：虞美人	背庭缘恐花羞坠
320	吴文英：霜花腴·重阳前一日泛石湖作	翠微路窄
324	吴文英：莺啼序	残寒正欺病酒
331	吴文英：高阳台·丰乐楼分韵得如字	修竹凝妆
335	吴文英：望江南	三月暮
337	吴文英：金缕歌·陪履斋先生沧浪看梅	乔木生云气

342 | 附　书稿涉及人物简介

导读

朱庸斋先生(一九二一——一九八三),原名奂,字涣之,乳名志焕,字仲章,曾用名奊畹,号庸斋,以号行。广东新会人,世居广州西关,出身书香门第。祖文熙,字缉卿。早年问学于朱次琦礼山草堂,中举后,初为江苏省丹阳县知县,后任镇江知府。父恩溥,朱彊邨任广东学政时以第一名入泮,康有为主讲万木草堂,乃为执贽弟子,能诗,曾从朱彊邨学词。先生自幼聪慧,博闻强记,从未入学,在家随父攻习经史古文,以"思古微室"自榜书斋。性好诗词,因喜秦少游《望海潮》"柳下桃蹊,乱分春色到人家"之语,遂以"分春馆"为室名。年十五,以年家子游于词人陈洵之门,又从粤中诸大老游,业艺日益精进。年十六,《宋六十名家词》已能背诵过半,与友人梁逸、陈襄陵、朱宽甫结词社唱和,又开设"国学研究社",讲授词学。由是毕生以词为事,历任广东大学、广州大学、文化大学教员、讲师。一九五六年,进入广东省文史研究馆任干事、研究员、馆员。曾在广州文史夜学院中文系、粤秀艺术学校讲授词学,并在家设帐授徒,教授诗词、吟诵、书画等国学国艺。先生是传统的通识性文人的代表,其分春馆成为近五十年文言诗文传承的重镇,门下弟子多人已成为当代知名的合学者、诗人、书画家于一身的文士。

一九八三年春,朱庸斋先生病逝于广州,终年六十三岁。先生的著作有《分春馆词话》与《分春馆词》两种,理论与创作双璧辉映,在当代学者、词人中殊不多见。

朱先生去世后,其生前挚友李曲斋先生邀集分春馆门人,嘱以编撰《分春馆词话》。先生平生以填词为事,以教学为业,并无系统的著述,要为先生编定"词话",先要准备有关资料。当时分工,由李国明、李文约、张桂光三人负责搜集师门往来信札,然后辑出其中论词之语,这是编纂工作中最重要的部分。另一类材料则是门人的听课笔记。先生在家设帐课徒,一般以两年为期,第一年讲授唐、宋、金、元、明词,第二年讲授清词。由蔡国颂、陈永正各自负责整理本人听课笔记。

经过一年多的筹集和撰写,一九八四年冬,全部材料汇齐,可以说,真是满目碎金,美不胜收。陈永正统一编定,为了体现论述的系统性,《分春馆词话》全书分为五卷:

卷一,共六十二则,为词学理论概说。通论词之源流衍变,论读词、作词之法,指示学词门径。卷一各则与以后四卷各则每有关联,彼此互证。此卷内容主要由李国明从朱庸斋先生致友生弟子的信札中辑出,陈永正从本人听课笔记中补充并整理成文。卷一泰半为先生的原文原话,是全书精华所在。

卷二，共六十六则，主要讲述词学基本常识及作词之具体法则，诸如声律、韵律、句式、对仗、拗句、领字等，比较一些常用词谱及选本的差异优劣，并举词例论证。此卷内容小部分由李国明从先生往来信札中辑出，大部分由蔡国颂从听课笔记中辑出整理。

卷三，共八十二则，主要评论清代及民国各词家词作之长短得失，阐述其发展脉络，其中以评蒋春霖、清季四家及陈洵词为主。此卷内容由陈永正从听课笔记中辑出并整理成文。

卷四，共四十四则，主要评论南宋及金、元、明各家词，涉及宋代词家十四位。此卷内容主要由蔡国颂从听课笔记中辑出整理。其中评论金、元、明词人词作共五则，由陈永正整理。

卷五，共三十九则，主要评论唐五代及北宋词。此卷内容由蔡国颂从听课笔记中辑出整理。

先生教人填词，要从近代、清代学起，再学南宋、北宋、唐五代，故后三卷循此列序，以便学作词者自流溯源，探骊得珠。

当代词学家或把《分春馆词话》列入民国著述中，如谭新红《清词话考述》下编"《词话丛编》未收清词话经眼录"第一百二十五则。此外，如曹辛华《论〈全民国词话〉的考索、编纂及其意义》、谢永芳《朱庸斋词话与民国词学的新变》等文，亦视之为民国词学之馀绪。其实，《分春馆词话》中概论部分，多录自一九七一至一九七七年先生致友人函札；专家词论部分，多录自一九六一至一九六三年弟子听课笔记。《分春馆词话》确属当代著作，绝非民国词学之附庸。于诐辞邪说流行之时而为真正之学问,此正先生词论及词作之历史价值所在。

《分春馆词话》(以下简称《词话》)对唐宋词和清词名家名作,作出了精当的评述,同时更从词的风格、意境、声韵、句法、学词门径等方面作出了详细的解说。不仅是为欣赏词而作,而是为了金针度人,教人如何去填出优美的词作来。可以说,《词话》是朱庸斋先生一生创作和研究的心血结晶,堪称填词理论之大成,这是历代词话从所未有的成就。

《词话》卷一、卷二概论部分,内容丰富,说理翔实,以下所述各目最有价值,可供后学取法。

读词

朱庸斋先生论词、教词,有两个目的,一是如何读词,二是如何作词。

《词话》云:"学词须先从读词入手,首先了解作者之时代背景、生平,所谓知人论世。盖此二点不知,将莫测其中所有。"学词之法多方,学作词,先学读词。"知人论世"与"以意逆志",是孟子首先提出来读诗的两项原则。面对前人诗作,首要问题,就是如何深入了解作者当时的处境及其思想感情,他在怎样的政治、经济、文化环境下生活,经历过怎样的重大事件,思想发生怎样的变化等等。对这一切,要怀着理解与同情之心。知其世,诵其诗,方得尚友古人,明其心迹。王国维云:"由其世以知其人,由其人以逆其志,则古人之诗,虽有不能解者,寡矣。汉人传《诗》,皆用此法。"这里所谓的"法",不是具体的技法,而是理解问题的思想方法,在论世与知人的基础上,方能以己之意去逆古人之志。进入诗人之精神世界,理解其主体意识,揭示隐藏在诗句深处中的孤独的灵魂。

知人,人实难知。如王国维所说的"诗人之境界",是与"常人之境界"格格不入的。真正的诗人,具有其独特的诗人气质,是进取的狂者,也是颓放的痴人;既有淑世情怀,而又遗世独立;敏感激动,不守故常,更葆有纯真的童心。他们心中,精神世界远比物质世界重要。在常人看来,诗人似乎都是有精神问题的畸人,要以正常人的思维去解畸人的诗,无异于为"痴人"解梦。在"狂者""痴人"眼中,常人均是愚夫,以愚夫之意,去"逆""狂者""痴人"之志,欲得其本来就不清不楚的"实义",以致佳诗尽成死句。

先生本身是词人,评论词人词作,固能深造自得,别有会心,亦须从知人论世入手。《词话》云:"贺铸为北宋词坛重要作家,其词风格多样,非论世知人,熟稔其生平及作品,不能定论。""贺为赵宋外戚,又娶宗女,但出生武职,天性刚强,与人论事,坚执己意,虽贵要略不退让宽容,是以宦途偃蹇,其词即随遭际而遭变:早岁生活闲适优逸,小令清刚绮绝;既而官场失意,浪迹市尘,转近柳永;中年迁播不定,越激越高,变为豪放;晚岁饱谙世故,英气销尽,遂变为平淡、沉郁、含蓄矣。"又谓厉鹗"生长于清代盛世,生活平庸单调,故其词未臻沉郁深厚"。

先生主张,在"知人论世"的基础上"托物言志"。指出"寄托乃应从大者而言,以志业相期,危苦杂乱,眷怀家国,个人得失,辄关大局,此可以言寄托也","以比兴体出之,托意闺帏,寄怀君国者,不得作为弹柳欹花求胜而论。"词有兴寄,境始大,体方尊。把个人命运与国家大事关联,词就不是"诗馀"了,它比诗更能表达幽窈的境界与情思,更能摇人心魄。先生又认为,纯写个人感情者,即使是有寓意的佳构,也不得谓之有寄托。"荣辱得失,离合悲欢,因与春花秋月,同一遭遇者,发言为诗,物我合一。或触物以兴怀,或缘情以赋物,此乃不过关系个人生活,即承平开明之际,亦所难免。此类作品,只直称之为寓意,不能辄谓之有寄托也。"《词话》对"常州派评词,夸张比兴,肆言寄托"颇致不满,谓"寄托一词,不宜滥用;比兴之作,尤难肯定。必须因人、因时、因事而推断。"先生覆函李文约又云:"屈原寄慨乃为君国兴废而出之,庭筠寄慨,乃为个人得失而出之。怀才不遇,不得志于有司,故前人对温虽推崇至甚,亦未及言其以比兴喻国运,即张惠言亦不过谓其感士不遇而已。"

先生指出:"读词之法有二:一、专家词,取大家、名家之词熟读,意在其风格、面貌与写作方法;二、取古人同调名作熟读,意在比较其风格、面貌与写作手法之异同、优劣,尤其词调之特点与作法。"不妨多读一些典范之作,吟哦背诵,如况蕙风所云:"此时曼声微吟,拍案而起,其乐如何。"熟习后才能领悟语感。句字的平仄交互,字眼的"响""哑",也须注意。阅读过程也是与古人对话的过程,努力去领略唐风宋韵,感悟古人的文化品格与审美精神,以便在创作时借鉴、吸收。

作词

先生一生,言传身教,在"为词"二字而已。分春馆门人从师问学,目的也很明确,只是学作词而已。

学作词,第一步骤就是摹仿。

《词话》云:"初学者当从摹仿入手,然后变化,先专精于一家,然后融汇各家,建立一己面目风格。"摹仿,是最有效的学习手段,是所有文艺门类的初学者必经之途,未经这一步的,在行家眼中,只是徘徊于门外的"爱好者"而已。吴宓云:"文章成于摹仿,古今之大作者,其幼时率皆力效前人,节节规抚,初仅形似,继则神似,其后逐渐变化,始能自出心裁,未有不由摹仿而出者也。"摹仿,宜取法乎上,先难后易。不要以为浅近的易学易写,便随意仿效,草草而成,一成习惯,则难以自拔,再也不能深入古人的堂奥了。一入手就要摹拟古代的佳篇,只要是第一流之作,都可以作为范本。以庄敬之心,逐字逐句体味词人的用心、作意。在这一过程中,特别要尊重"词"这一门类固有的程式规矩,不应逾越。大量读词,慢慢掌握格律以及典故、词汇、句式、章法,然后才试行仿作。先是字摹句拟,摹拟前人名作之内容、辞句以及用笔等各种技法,经过一段时间,然后就"不斤斤于字面摹拟",而仿效词人之整体风格。《词话》指出:"研究作者写作手法与风格。取大家或有代表性之作家作品,排列比较其手法独特处、风格不同处。谁易学,谁难学,然后取与自己性近者、易学者先学。"先生词集中有"用清真原韵""依白石原韵及四声""拟梅溪""用碧山韵""拟遗山""和元遗山""拟忆云""步述叔韵""拟海绡翁"等题,均先生"摹拟学习"各家风格、神理之作。数十年间,于己则学而不厌,亦以此诲人不倦。

先生以"学古"为学词的主要途径。"学古人而不为古人所拘限","学古而有我",方为真正的学古。《词话》云:"学词之道,先求能入,后求能出。能入,则求与古人相似,能出,则求与古人不相似。倘能出入自如,介乎似与不似之间,既不失有我,复不失有古,方称能成。惟其不似,是以能似,所谓善于学古者也。""凡善学古人者,无论学何派何家,必不完全仿效之,只须学其局部,从而发挥以成自己之整体。晚近学词而有成者大都如此。其学古人在似与不似之间者,亦未尝不遵此途径也。"先生自言"远祧周、辛、吴、王,兼涉梅溪、白石",上句自是沿袭周济之论,下句却是先生独得之秘。笔者学词,亦随此途径摸索,然天赋与先生有异,故为词之风格亦不尽相同。

学作词步骤则宜从晚近及清人入手。《词话》云:"当自流溯源,宜从清季四家始。""盖以唐宋年深日久,时移世易,物异景殊,以其时之字词句意,实难写当前之事物。彼四家者,去今不远,状物写景,抚时念事,涵泳两宋,机杼别出,面目多方,而法度俱见也。""词至清季,眼界始大,感慨遂深,内容充实,运笔力求重,用意力求拙,取境力求大。"清季王鹏运、朱祖谋、郑文焯、况周颐四家,创作技巧之高,固然可为范式,更因时代接近,情感上较易产生共鸣,较易得作词之法,较易有成。宜先精一家,深入体味,规模取法。通过学王鹏运,上追碧山、东坡;

通过学郑文焯，上追白石、耆卿；通过学朱祖谋，上追梦窗、清真；通过学况周颐，上追梅溪、方回。尔后由清人再上追两宋，遍参诸方，以期自成面目。"专精一家，融会各家，自成一家"三个过程，须循序渐进，若一开始即学唐、宋人，以"取法乎上"自诩者，到头来可能是优孟衣冠，难得正果。是以学唐、宋人与学清人，两者虽时有先后而并行不悖。

先生指出，学词，须天分、学力、功力三者兼备。《词话》云："作词一须天分，二须学力。有天分者，性灵自然流露，易于出笔，情致必佳。然天分不可恃，中年以后，日见其衰，或累于俗务，或时移事迁，故须辅之以学。"又云："小令尚可凭情致、性灵、巧慧见胜。长调则非具有功力不可，尤须博学，与诗文汇为一流，不然则纵有句篇，亦难称巨手。"天分是与生俱来的，不可力致，而学力与功力则须长期学习及实践方得养成。初学者应多作写作练习，增强切身感受，丰富自己的语藏，掌握基本的写作技巧。分春馆诸弟子，尽管天分、学力、功力有别，但只要谨遵师教，循序渐进，皆有所成，可为明证。学力与功力，须毕生修持，与时俱进。

当代的文化人，尤其是讲授、研究古代文学的大学教师，也应尝试写作诗词。如果没有创作经验，缺乏感性认识，则如雾里看花，不知个中情味，所谓研究，也只能是掠影浮光，难以探微索隐。不关注、不实践诗词创作，对于研究者自身来说，无疑也是一大缺失。

体格

《词话》云:"余为词近四十年,方向始终如一。远祧周、辛、吴、王,兼涉梅溪、白石;近师清季王、朱、郑、况四家。所求者为体格、神致。体格务求浑成雅正,神致务求沉着深厚,虽未有所大成,然自问规模略在矣。"

此是全书之主旨所在。

"体格务求浑成雅正"。开门见山,此为第一。"体格、神致"之说,虽本自况周颐《蕙风词话》,然况氏只提到体格要"浑成",而"雅正",实为诗歌之根本所在,是以先生特意表而出之。诗词,是高华典雅的文学形式,是传承高贵的纽带,用意高雅,用语典雅,用心端正,用情纯正,均大诗人大词人之本色。先生认为,要尊词体,先要"摒去浮艳、佻挞、儇薄、叫嚣语",而"以雅正之言",叙景写事,抒发心声。《词话》谓宋初小令"典雅近诗",欧、晏小令"风格亦自婉雅温丽",又谓少游词"用笔轻灵,深得欧、晏之典雅",周邦彦能"雅化柳永词",故"终较柳词优雅",又赞美吾粤学者陈澧之词"雅正",皆大力标举一"雅"字。

欲求为词之雅正,则须志存高雅。唯雅人始有深致,先生是一位崇尚高雅的传统文人,诗词书画是他一生的挚爱,词风雅正,书法娴雅萧散,所绘山水小品亦秀雅自然。先生容姿俊朗,吐属风流,喜爱雅致的生活方式,读书之暇,则与友人品茶煮酒,赏月观花,吹箫听曲。门弟子侍分春馆中,无立雪之惮严,而有坐春风之温煦，其温文儒雅形像，亦为侪辈所倾慕。

《词话》卷一之八、十一、十二、十七、二十四，此五则强调"浑成"乃为词之关键，"初学词求通体浑成。既能浑成，务求警策；既能警策，复归浑成。此时之浑成，乃指浑化，而非初学之徒求完整而已。"强调作词"先求浑成，然后再求神味、情致"。"通体浑成"，评词、为词都应以通篇整体感觉为先。

先生评词，亦每以"浑成"为基准。如谓柳永《雨霖铃》词"写来浑成"，周邦彦词乃"通体浑成"之样板。评吴三立《次韵墨斋》七律"老练浑成"，先生致傅静庵函曰："必欲自作的评，仅得数字：体格浑成。"又曰"所求者乃浑成畅达"而已。

《词话》云："何以始得浑成？当于文从字顺中而来，是以石遗'文从义顺'一说，实为章句篇什之要义。"文从字顺，通篇稳妥，是学词的最初一关。乍看起来，似亦"卑之无甚高论"，实际是先生从多年教学中总结出来的甘苦之言，决不可轻易忽之。

《词话》又云："长调则非具有功力不可，尤须博学，与诗文汇为一流，不然则纵有句篇，亦难称巨手。"长调尤须浑成，切忌有句无篇。

《词话》中有关"创格"之议论，尤为深切。先生指出："学词之道，自有其历程，不能跳级躐等。""今日初学者未识历代诗词体格，便思躐等，以求创格，或故作奇形怪状，以求面目新异。须知面目有美丑之分，有真伪之别，狰狞攒怒亦面目也，但不可与秀美清华同日而语；涂抹标奇者乃舞台之面谱，亦非本来面目。"徐晋如解释说："初学诗词，固然要力求对仗工整，以打好根基,但切不可为求工巧,并诗词本身体性亦置之不顾。须知诗之感人,终究要靠'芳馨悱恻'之情思,而不是语言上的独特、对仗上的精奇。"先生致傅静庵函曰:"弟为词多年,新意向能创之,如何始得别具一格,至今尚茫然不自知其所止,即求归宿处亦未择定,创格更不敢望,现只求浑成而已。"这绝不是故作谦抑之辞,而是一位真正有自知之明的词家肺腑之语,读后当掩卷三思。不少青年作者,好高骛远,求新求奇,一篇吟成,自以为得意,可是,在行家眼里,却是不成熟的东西,连入门还未能,哪里谈得上自成面目。

先生致函傅静庵曰:"务使体格高,风骨劲。"惟其浑成,惟其雅正,体格方高,风骨始劲。

用笔

在众多写作技巧中,以"用笔"至为重要,必须认真学习。叶恭绰曾致函先生曰:"比年颇悟词之技术,最要者为用笔。"另函云:"我廿年来颇注于词之用笔,即钩勒刮搏,此点在宋词亦只数家,苏、辛、柳、周、贺等足为师法。"另函又云:"廿年来,愚颇注重于词之用笔,亦自觉略窥诸作者之秘。"先生覆函与之一再讨论,《词话》中亦有多则有关"用笔"的论述。

《词话》云:"欲学某一家词,只能学其用笔以表达感情,因经历人各不同,况今古时移世易","填词者意赖笔生,用笔常需赖虚词表达出之。"先生认为用笔之道在于虚字之勾勒,善学者学用笔以表情达意,从字句学只能得其形而不能得其神理。如"重拙大""沉郁顿挫""沉着秾厚"等风格,非用笔无以表达。用笔之技法,如前人所谓"起承转合","一气贯注,盘旋而下","着重上下照应","无垂不缩、无往不复","笔笔断、笔笔续"等等,亦须留意学习。

还须认真掌握词调的特点,结合用笔以成风格。《词话》云:"词调各具特点。有宜于直抒者,如《破阵子》调,豪放如辛弃疾'醉里挑灯看剑',婉约如晏几道'记得青楼当日事',均一气直抒;有宜曲折者,如《点绛唇》调,自冯延巳以来均一语一曲折,姜夔之作幽峭挺拔,在婉约派之外,亦复如是。"又云:"《高阳台》平顺整齐,流畅有馀。若不以重笔书之,必致轻薄浮滑之病。故填词者涩调拗句,常易见胜;谐调顺句(尤其平韵者),则不易工。"均专家独得之语,不可滑眼看过。

先生评词,亦每从用笔着眼。如谓吴文英"词之佳者在乎用笔重",史达祖词"用笔起落转折之处甚为警目",蒋春霖"用笔重,故不浮","梦窗咏落梅(宫粉雕痕)、丰乐楼(修竹凝妆)二阕,字面秾丽,用笔极重,故无浅率之弊。余丙午年《高阳台·九月初三悼杨生作》词云:'趋暝鸦翻,堆寒叶积,画楼消息重探。梦醒欢丛,家山望绝天南。灯昏罗帐沉沉夜,记年时、九月初三。更那堪,恨结垂杨,泪满青衫。'"先生此词摹拟梦窗用笔,注意全篇呼应连接转换的法度。先生致函傅静庵,亦谓周之琦《三姝媚》此调,"功力甚深,亦无非以用笔层转脱换见胜。"

陈洵《海绡说词》提出用笔"贵留"之说,《词话》则对陈洵之"留字诀"作了阐发。先生工诗词,擅书画,诗词与书画的"用笔",其技法理论是相通的,所谓"无垂不缩,无往不收","笔笔断、笔笔续",也是必须掌握的书法技艺,能书者对此当别有会心。《词话》还引述前人"一气贯注,盘旋而下""着重上下照应"之论,进一步指出:"留字诀,必使内气潜转,与之相配","其境虽乍断乍续,其气则通篇流转,不易骤学也。留笔能于停顿中见含蓄,宕笔能于流动中见变化",大大地深化了陈洵之论。

先生还主张汲取古文与诗用笔之法,如云:"用笔常需赖虚字表达出之,然非谙熟古文义法不可","须汲取诗中用笔脱换推进之法","下笔用意,宜于迂回曲折,层转跌荡"。

重、拙、大、深

王鹏运在常州派词学理论的基础上提出"重、拙、大"之说,"清季四家"及其同路人均奉为圭臬。《词话》亦云:"余夙服膺'重、拙、大'之说,但更参以己意,将此说发挥得淋漓尽致,先生指出,"如何始能臻此,盖有赖于用笔也。""重,用笔须健劲;拙,即用笔见停留,处处见含蓄;大,即境界宏阔,亦须用笔表达。"

先生认为戴叔伦《转应曲》(边草),薛昭蕴《浣溪沙》(倾国倾城恨有馀)二词,以及韦庄"未老莫还乡,还乡须断肠"二语,

"重、拙、大"兼而有之。吴文英《莺啼序》（残寒正欺病酒）"气贯、笔重，意拙而境大"，陈其年《贺新郎·赠苏昆生》"慷慨苍凉，笔力重大，富有重、拙、大之境界"，陈述叔《风入松》"重九"及"甲戌寒食"两词，"语淡而情苦，合重、拙、大为一手"。

先生对"拙"的理解，尤为深刻。谓"拙义有指辞句者，有指意境者。辞句之拙乃朴实而不纤；意境之拙乃真挚而不饰。"要能"拙"，"必须先有内在诚笃，次则在乎平日涵养"，又云"拙之一道，有刻意求拙，有自然见拙。刻意求拙，仍是初地；自然见拙，水到渠成。凡务纤新、轻盈、奇涩、险幻皆非拙也"，是以"拙字不能貌相，有极瑰丽亦可称拙，有极平淡亦可称拙"。《词话》举出晏几道"真个别离难，不似相逢好"，周邦彦"天便教人，霎时厮见何妨"，辛弃疾"十分筋力夸强健，只比年时病起时"为例，说明这些"不假雕琢修饰，但真切而实在"的词句才是真拙，而吴文英之"檀栾金碧，婀娜蓬莱"八字乃呆滞而非拙也。

用笔能"重、拙、大"，方臻"沉着"之境。"沉着"一语，《词话》中无虑数十见，如云"沉着秾挚""沉着秾厚""沉着浑至""浓厚沉着""气势沉着"，可知其在先生心目中之位置。

先生对王氏之说最重要的贡献是，他与叶恭绰一起，在"重、拙、大"后面补足一个"深"字。叶恭绰曾致函先生曰："来书有'境深笔重'四字，与愚向日主张相同。"又云"昔人所谓'重、拙、大'，鄙意欲加一'深'字，庶成全璧"。

《词话》云："词至北宋始大，至南宋始深，至宋季始极其变。"又云要"避俗取深","臻于深妙之境",先生强调指出:"抒情之作贵乎深;不深,则尽人皆能共言,而非一己所独特所有。""深,使人玩味不尽,真使人有同一感受、真切。"并举温庭筠《更漏子》、晏几道《鹧鸪天》、贺铸《捣练子》等词为例,云"唯其深,故语不妨尽,尽反见情味无穷",并称温庭筠为词家中"以深取胜"者。所谓"深",除了在本书中提到的"思路深""体物深""感情深""寓意深""意境深""感慨深"等应有之义外,更重要的是,如徐晋如所指出的:"宣导一个'深'字,这样,就把词的婉约变成了深婉,也就更耐咀嚼。"深婉是词体有别于诗的主要特色,先生作词评词,极重"深婉",谓词要有"深婉不迫之意",如晏殊"善以平淡之意境为深婉丽句",少游词"自然处往往不甚着力而深婉含蓄",贺方回《捣练子》词"情意深婉",纳兰性德悼亡之作"真挚深婉",蒋春霖《木兰花慢·江行晚过北固山》词"婉约深至"。评弟子崔浩江《紫荑香慢》词亦云:"一结深婉。"此均以至道示人之语,学词者宜宝重之。先生于"深"字之上再补一"真"字。涉及"真",似是老生常谈,而先生却有独得之见:"要达到真、深之境界,平日须陶冶性情,体事状物,沉潜独往,与一己之感情合一,有一己之见解,下笔时自然物我交融,不知何者为物,何者为我,即内在感情与客观事物浑成一体,或由内而推及外,或由外而反映内,词自深挚真切感人。"发自心灵深处之真,方为真真。

　　理解"重、拙、大、深"之说,就可以理解先生"神致务求沉着深厚"的用意了。

吃紧处

《词话》中多次出现"吃紧处"一语,所谓"吃紧处",是指词中最关键的地方,究竟先生心目中以何者为"吃紧处"?大概有三个方面:

一、在音律上的"吃紧处"。

《词话》云:"余填词只于一谱吃紧处,必依其声。""必依其声",并不是指一般的平声与仄声,而是指平、上、去、入这四声。某些词调中的"吃紧处",填词时须辨五音,分阴阳,有些字眼还要辨明上声去声,如《齐天乐》《玲珑四犯》《三姝媚》《瑞鹤仙》等词,末二字为仄声,则必用去上,音调上更得有馀不尽之致。某些词调中的"吃紧处",该用入声字,不用上去,如《忆旧游》词,末句七言,第四字宜用入声。

《词话》云:"守律应注意于拗句。凡拗句中之字,必为吃紧之处",拗句,就"应该严守,不应妄为改易。否则,会失去调中之特色"。如《唐多令》两片第二句,《菩萨蛮》两片末句作"平平平仄平",有些拗调拗句更要讲究平声分阴、阳。如《寿楼春》首句作"平平平平平",史达祖词"裁春衫寻芳","裁""寻"二字阳平,"春""衫""芳"三字阴平,读来有高低抑扬之致,至"犹逢韦郎"四字俱用阳平,音节显见低沉;先生词首句"听哀鹃啼残",为阴阴阴阳阳。余遵先生命和史作"摧瑶台娇芳",为"阴阳阳阴阴",均阴阳相间。

二、在结构上的"吃紧处"。

领字是词中吃紧之处,为词作特有。一添领字则骤见跌宕,可带导下文转入另一意境,或作加深,或作推远。《词话》中对各词调之领字亦详加辨析。如谓"《定风波》之二字短句,为此调最吃紧之处,负担着承上转下之作用"。虚字常常处于吃紧处,有脉络关注、承接提转之作用。又谓"《八声甘州》一调最要紧处为两三字豆。作时需跌宕。词中之腾翻跳跃,转折跌宕,皆赖虚字表达",是以"清季四家力炼虚字",陈洵亦"善用虚字表神"。

三、词中精警处,乃"吃紧之处"。

《词话》云:"词调每有其吃紧之处,务须力求精警,千万不可轻轻放过,否则便平淡无味。""一首词未必每句每字均着力精警,但于吃紧之处,便须集中精力,锻炼至警策动人。可取前人同调作品多首细心勘对。"并举出柳永《雨霖铃》词为例,全词写来浑成,至"今宵酒醒何处,杨柳岸、晓风残月",则顿觉精警。又如苏轼《水龙吟·次韵章质夫杨花词》,一路平平,至"春色三分,二分尘土,一分流水",则全篇振起。

除上述各目外,先生在《词话》、信札及讲课中,议论作词之法,尚多精要之处。

《词话》中对某些词调的具体作法作了极为精到的分析。如谓:"《祝英台近》句语长短错落,必须直行之以气,并用重笔,贯注回荡,始称佳构。试读前人名作,莫不如此。如气势稍弱,则易破碎。稼轩'宝钗分'一词,六百年间,无人嗣响,至彊邨'掩峰屏'始堪抗手也。"又云:"作险调、拗句、险韵,须出语平顺。作熟调、律句、宽韵，须出语曲折。此为填词大法。"并举《隔浦莲近》一调为例："一、全词十五句，无一平声句（即句末之字皆仄声，无平声），故无抑扬之致，语多哑而欠响；二、拗句多，音调不流畅，第四韵及第十韵二句，尤难作；三、有三字句、二字句、六字弓腰句，句短而又须叶韵，如此险调，殊不易填，能合律而又文从字顺，已属难能，倘语出自然，则更属老到矣。"先生授课，尝举《绕佛阁》词为例，谓此为极险、极拗、极僻之调，填词者务必少用典，少用密丽辞藻，力求流畅自然。又以《寿楼春》为例，谓此亦拗调，用平声甚多，务须阴阳协调，音节谐畅。又谓作《金缕曲》词，求生、求新、求涩、求硬、求拙，则是填此类"熟调"之奥要。无论险调、熟调，均择出若干命弟子按要求试作，并细致批改。

《词话》云："（蕙风）小令而能巧用虚词，以虚间密，细味之，可悟填词之法。"用虚字，当从古文义法中悟得。先生讲课时又举陈与义《放慵》诗"暖日薰杨柳，浓春醉海棠。放慵真有味，应俗苦相妨"为例，谓前两句密，后两句虚，亦可参照领会。

《词话》云："大家为词，既善写景，又能做境。写景乃就目中所见而描之，做境乃就心中所念而构之。往往每一念至，境随心生，能写吾心，即为好词也。如何能形象之？则必有待于做境，藉物态表达而出，使人细读之，沉思之，如能洞见吾心。"论"做境"之旨，亦为填词大法。时流每以"真情实境"四字衡文，真境每在词人心中，语必"实境"，必成呆相，则无词心矣。从"做境"中能得"真境"，斯为至要。

《分春馆词话》卷三、卷四、卷五为评词部分。各卷中对词人词作的评论，具体而微，均切中肯綮，具见卓识。

《词话》卷三主要论述清词。

论清前期词，着重陈其年、朱彝尊及厉鹗三家。称美陈词"雄奇奔放""笔力饱满"，为一代词史。激赏其《贺新郎·赠苏昆生》慷慨苍凉，笔力重大，富有重、拙、大之境界。于朱词则不甚许可，指出其"每有肤浅空廓之病"，独谓其《卖花声·雨花台》词"气体沉雄，声调嘹亮，当为集中不可多得之高作"。于厉词则称其"幽深隽拔、清逸灵秀，格调典雅"。乾、嘉间，则表出周之琦一人，谓"晚清诸子提出'空际转身'之用笔法，周氏早已付诸实践，其长调亦'重、拙、大'兼而有之"，先生曾致函傅静庵，称周氏《三姝媚》词"功力甚深"，"以用笔层转脱换见胜"。

《词话》谓"纳兰性德、项鸿祚、蒋春霖三人之词，方可算词人之词"。先生尝告诫诸生，《饮水》《忆云》纯以天分胜，虽甚佳，初学者却不宜仿效，唯《水云》可学耳。《词话》论蒋鹿潭词多达七则，举其《木兰花慢·江行晚过北固山》"笔势豪纵，而炼字用语则婉约深至，境界阔大，当为集中最高之作"，《八声甘州》（又东风）词，可以为法。谓"鹿潭合豪放婉约为一手，以豪放派之气势，达婉约派之情致。故即艳语亦见笔力，无靡弱之弊"，而有"疏宕婉秀，高健沉郁"的风格。又谓其慢词合南北宋玉田、碧山、东坡、稼轩、清真、白石为一手，"慷慨悲愤，于艺术上自为有清一代之冠矣"。"鹿潭长调多用赋体。赋体笔力须健挺，积健为雄，始无拖沓之弊。""鹿潭学玉田，则有所发展，参以稼轩之健，白石之峭，用笔重，故不浮，取景大，故见拙。玉田多淡语，毫不用力，得自然真趣，鹿潭作淡语而着力，似不经意而实经意，此乃清词与宋词区别之处也。"均见道之语。

《词话》谓"清词至清季四家，词境始大焉"，指出其"无论咏物抒情，俱紧密联系社会实际，反映当时家国之事。或慷慨激昂，或哀伤憔悴，枨触无端，皆有为而发"。又谓其"运笔力求重，用意力求拙，取境力求大"，故可以为后学之范式。其中论王鹏运三则，论朱彊邨八则，论郑文焯两则，论况周颐七则。谓王词学碧山、东坡，郑词学白石、耆卿，朱词学梦窗、清真，况词学梅溪、方回，"俱能得其神髓，而又形成自己之面目"。四家中，"成就以彊邨最为杰出"。彊邨为词"多用名词，典丽稹密，有脉络，有中心，骎骎乎直驾乎梦窗之上矣"。先生虽极尊崇彊邨，而其心仪者则为蕙风，以为四家中最有情致者，自言"小令学蕙风，以其情致与余个性相近也"，"蕙风虽擅情致，但于雕琢中而见自然，故无轻薄语"。举其《临江仙》听歌八首，谓"小令而能巧用虚词，以虚间密，细味之，可悟填词之法"，并指定《蕙风词话》为诸生必读之书。先生常谓清末词家以宋诗入词，如郑文焯"以宋诗之寄慨运于词中，尤善炼句"。

四家而外，先生谓尚可添两家。一为文廷式，"《云起轩词》以苏辛为风骨，而参以白石之幽峭，时复以同光体诗法为词，更见兀傲挺拔"，"以其俊逸、豪宕之笔，始为苏、辛一派吐气"；一为其师陈洵，《词话》中专论陈氏词有七则，先生肯定"述叔当为大家",自言"曾学述叔,亦嫌其语意艰而性情滞",所喜者为"于暮年运密入疏,寓浓于淡"之作,并高度评价其《风入松·重九》词"以气势、筋力见胜","善用虚字表神",先生并有意和韵效法。《风入松·甲戌寒食》词"真合重、拙、大为一手",淡语而有深致,更是词人炉火纯青之作。

《词话》卷四主要论述南宋、金、元、明人词,在三十九则中,论梦窗词十则,其次是论稼轩词六则。

先生论辛弃疾词,着力于如何学其作法,如谓稼轩"以文为词","以俗为雅","守律而不为律所约制","以其豪宕、疏朗补梦窗之晦涩、质实",均与时流不同。

先生深喜姜夔词,平生心摹手追,自言学词"参以白石之幽峭",诗人徐续亦以"白石情怀,梦窗词笔"誉之。先生授徒讲课,设专章研习白石,然《词话》中论白石词仅得两则,此当为整理者之疏漏。先生指出姜夔词"揉合北宋诗风于词中,故骨格挺健","白石受稼轩之影响为词中之行气及树立骨格","用重笔为刚坚幽清之风格",故能"以清逸幽艳之笔调,写一己身世之情"。先生认为白石在豪放与婉约两派外,另创"幽劲"一派,这是对姜夔的最高评价。

先生谓史达祖词"成就亦大,且能自成风格",词句较周邦彦"更多警策处",咏物之什"能体物入微",且"情景交融,神味隽永"。屡言史达祖词可学,因其"词藻较新炼",铸句炼字"刻画雕琢",而又"新俊纤丽",缠绵婉约,多巧语,故易为青年接受,最宜于初学者摹习。又谓梅溪词"虽时涉纤巧,然其用笔重则气贯,惯于重重联接、层层加紧,至觉其使事下语真切而不虚用","尤于用笔之起落转折之处甚为警目",自己亦"摹拟其用笔,注意其全篇呼应连接转换之法度"。

《词话》谓梦窗词源于片玉,继承与发展周邦彦富丽精工的词风,"寓疏于密,色泽秾丽","特愈加雕琢幽邃",然亦有"清劲疏朗""刻画中见自然""造句婉秀,饶有韵致"者。先生认为,"梦窗之佳处,一为潜气内转,二为字字有脉络。辞藻虽密而能以气驱使之,即使或断或续之处,仍能贯注盘旋,而'不着死灰'"。"吴氏登临揽胜之作,不少境界开阔,用笔健劲,寓意深厚","其格调远高于忆姬诸词"。并以《高阳台》(修竹凝妆)、《莺啼序》(残寒正欺病酒)、《霜花腴·重阳前一日泛石湖》《瑞鹤仙》(晴丝牵绪乱)、《金缕曲·陪履斋先生沧浪看梅》《宴清都·连理海棠》等词为例,说明梦窗之命意遣词及各种写作手法。

此外于张炎、周密、王沂孙词均有论述,先生于张、周不甚许可,称赏王词典雅,沉着深厚,如《齐天乐》咏蝉,以比兴寄托出之,喻亡国后之凄凉身世与暗淡前途,反映悲观绝望心情,又谓此词与发陵一事无涉,具见卓识。先生颇赏刘辰翁词,谓其多愤懑胸臆,抚时伤事,和泪写成者,胜于陈亮、张元幹、刘过、刘克庄诸家。

于金词则推重元好问,谓其早年词多绮丽,中年奔放,晚作则沉郁深厚,每作旷达平淡之语,而情愈苦,以寄其刻骨铭心之哀思。特别指出其风格极近贺铸,合婉约与豪放于一手,此亦为前人未道之语。

《词话》卷五论唐五代北宋词。

先生于温庭筠、韦庄极为推重,尝谓"北宋词无不受温、韦两家影响,或从此蜕变。至豪放悲凉一派,则从李后主后期作品演变而来"。自言甚爱读五代、北宋诸家词,后主、阳春、小晏、秦郎均其所激赏者,又屡屡告诫弟子可读而不可仿之,用心良苦。然又谓北宋词可学者有三家:柳永、贺铸、周邦彦。柳词之佳者,善于铺叙,层次分明,而笔力雄健,一气贯注;写景细致,言情工切,而又能情景交融,境界开阔。贺铸词风多样,其小令"清刚绮绝","以硬语写柔情",最为可学,先生之情词亦每取法于此。《词话》论清真词有四则,谓其词能博采众美,融化各家之长,成一己之风格,能以曲折、离合、顺逆之法写寻常之事,言情体物,穷极工巧。并举《瑞龙吟》(章台路)为代表作,以窥周词手法、风格之全豹。

《词话》于历代女词人,整体评价不高。即使如李清照,肯定之馀,亦不满历来论者"往往偏高溢美",并指其"生活面狭隘,闺阁气重,不免近乎纤弱"。对清代女词人,则于徐灿、吴藻、顾太清三家颇为赞赏,谓皆足为易安之继。徐灿小令常参欧、晏,能用重笔,以北宋字句结合南宋气骨,故格调颇高。其《踏莎行》词少以比兴手法寓故国之思,可谓"重、拙、大"三者俱备。吴藻词多清新流丽之语,顾太清词不似其他女词人之纤薄靡弱,且笔势较生硬挺健。先生所赏者,唯吕碧城一人而已,谓其"咏兴亡之感、黍离麦秀之痛","家国之思未尝去怀"。

《分春馆词话》成书后,由陈永正作简要注释,述介书中所涉及的词人、词集的概况，以便初学。

先生信札的内容除了研究词学理论及前人词外，更多的是评骘当代诗词。这是一种真正的自由表达，平等讨论，畅舒己见，可体现先生的文学批评思想。就目前材料所见，以评陈襄陵词的为最多。陈氏"自视极高"，一九七五年曾寄词六十八阕以求评点，先生赏誉之馀，并一一指出其不足之处。如《一萼红》词，评曰："词中叠字七现，微嫌近纤。"《洞仙歌》词"相思终误了，误了归心"，评曰："排叠处稍弱。"《烛影摇红》词"素心何处，小别何长，华年何短"，评曰："收三句如作歇拍尤佳，用作煞拍意境似未完足。"《临江仙》词"淡墨残笺亲递与，要他细味箴规。秋花无分作春泥"，评曰："'秋花'句芳情凄艳，精警绝伦，惜'箴规'二字略有头巾气，不甚相称。"《少年游》词"情分几曾偷"，评曰："惜'偷'字韵作收，微嫌家数不大。"《庆春宫》词"甘心玉碎，此情毕竟难忘"，评曰："惟'难忘'一韵，似稍浅率。"皆可发人心智，惜陈氏入集时仅收十馀则评语。先生指导弟子填词，极为认真，每篇作业均以毛笔修改并作批语，或多达百馀字，皆切要之言，受者得益匪浅。唯这些珍贵材料，多于"文化大革命"中散佚，兹仿秦火后伏生毛公传经故事，由分春馆门人各凭记忆录出，与先生的其他评骘当代诗词的文字一起，编作《分春馆词话补遗》。

近代以来的词话，有很大影响力的是王国维《人间词话》、顾随《驼庵诗话》，前者更成为长盛不衰的经典著作。然而，同王国维、顾随以西方文艺美学观审视历代词作不同，《分春馆词话》更强调实践、更贴近传统,字字皆出于个人的体悟,如谢永芳所云"自成体系","人不能者我为之",因此也将会为读者提供另一个层面的阅读快感。傅静庵曾致函先生,谓其"论词左右逢源,而又是无可翻驳之论,如能有专著行世,恐王易、夏承焘、龙榆生辈,均觉失色"。今《分春馆词话》成书再版,亦可告慰先生矣。

陈永正
二〇一五年九月于中山大学沚斋

一九八九年十二月,《分春馆词话》由广东人民出版社付梓,当时仅印一千册,流传不广。厥后张璋等编《历代词话续编》(大象出版社,二〇〇五年版),刘梦芙编《近现代词话丛编》(黄山书社,二〇〇九年版),均曾全文收录,亦因面向术业专门之士,知之者盖寡。二〇一六年新星出版社以线装形式梓印《分春馆词话 分春馆词》,一函四册,雅洁可玩,但仅编号发行五百部,难孚读者之望。当代中国出版社顷因名出版家秦千里先生介,拟重刊是著,一旦版行,必可广播芳馨,滋溉词坛。

一九八二年,香港中文大学特邀朱庸斋先生赴港讲授词学,先生撰写了一些讲稿,后因病未能成行,次年春即病逝于广州。其讲稿《北宋词选析》,曾作为一九八九年初版附录发表,但以后各本,均未收入。一九八一年刘逸生先生主编《中国历代诗人选集》,约朱先生撰写《吴梦窗词选》,先生亦仅完成十篇,即以罹病而辍笔。但已完成的部分,皆个中人深造自得之语,精审无匹,堪称吴文英的隔代知音。兹合二稿为《宋词选析》,与《分春馆词话》并梓。虽系残稿,而碎金片玉,洵有足珍者。《宋词选析》前有小引,为王定金先生自朱师录音中辑出,更定《吴梦窗词选》体例,俾与《北宋词选析》统一者,则徐生晋如也。

二〇一八年十月附记

分春馆词话

序

陈述叔论词云:"梦窗可谓大,清真几于化矣。由大而几化,故当由吴以希周。"其所为《海绡词》,正复循斯深辙,是以能颉颃中原,为士林所重。晚岁积其所学及课词所得,写成《海绡说词》,此吾粤词话之著者也。五十年前,余与述叔同执教于中山大学,时见庸斋以年家子,问难于述叔。庸斋固敏悟,而又强记博闻,深为述叔推许,故所学亦有成焉。

庸斋词规模两宋,出入清季四家,取精用宏,格高调逸,绵丽浓挚,蕴藉清超;中晚而后,益更纵横驰骤,以婉约之笔,寓豪放之情,直指本源,独辟蹊径,复归于深远平淡。爰手自增删,为《分春馆词》二卷,年前刊入《至乐楼丛书》中,距初刊本已三十二年矣。

庸斋论词,于源流正变,古人之长短得失,谱律之审校,作法之推敲,并能分条析理,深入浅出,易为学者所接受。至于学词途径,则以为"学词当自流溯源,宜从清季四家始"。"盖以唐宋年深日久,时移世易,物异景殊,以其时之字词句意,实难写当前之事物。彼四家者,去今不远,状物写景,抚时念事,涵咏两宋,机杼别出,面目多方,而法度俱见也。"其见解精辟独特,尤为人所未发,而大有裨益于吾粤词风焉。惜乎卷帙未完,而斯人遽逝,每一念及,何可为怀。

顷分春馆门人陈永正、蔡国颂、李国明、张桂光、梁雪芸、李文约等,于素日师门札记中,往来书简中,掇拾片金零玉,补成《分春馆词话》五卷,乞序于余。余耄矣,然交庸斋久,瀹茗谈艺,晤对时多,不能已于言也。是为序。

           吴三立[1]
       一九八五年元月,于华南师范大学

---

[1] 本书中涉及的人物一般在书末附有简介,可参阅。另,朱庸斋先生的文字我们尽量不作修改,主要对《宋词选析》的文字作了个别改动。——编著注

卷一　词学通论

一

　　文章各体不断演变，魏晋时之诗，无齐梁之境也；齐梁时之诗，亦无唐代之境也；唐时之诗，亦无宋代之境也。设齐梁为诗，必须如魏晋人风格，否则不足称之为诗；唐时为诗，亦必须如齐梁人手法，始得称诗；宋人为诗，亦必须一一如唐人；果如是，诗之领域，凭谁张而广之？诗如此，词亦如此。北宋中期以后之词境，为花间五代中所无；南宋之词境，亦为北宋所无。各大家能开拓词境，使"文小声曼"之词，得以宏大。"词至北宋始大，至南宋始深，至宋季始极其变。"倘仍恪守其玲珑其声，妙曼其音，境不外乎闺阁，意不外乎恋情，则何以而大、而深、而变乎？苏能以诗入词，词之疆域始广；辛能以文入词，而词之气始大。试问时历千年，至今尚可谓苏辛之词，只是诗文而非词，可乎？是以作好词，如能对词有真识，必须多读书，多了解文学发展演进过程，万不能为李清照早年所作之《词论》[1]所误。且李清照中年以后之作，亦自与其持论相背矣。明人、清初诸老《十五家词》[2]之类（其年[3]不在此例），作者出笔，务求声容意态，一一如闺阁女子，诿之为学五代北宋初期。其实作者已是须发皤然之老翁，饱经丧乱，尽管其诗文亦有颇可观者，然一遁而为词，便变成十七八之女郎，宁不可笑？此乃误于"诗以言志，词以抒情"之旧说。辞藻意境，绝不敢超乎五代宋初以外，不如是，则以为是诗也，非词也，故此时率无好词。即以王阮亭[4]论，其诗尚雅正，然其和漱玉词[5]，真不知所云，不惟纤弱，抑且俗矣，盖亦以为词当别具一体也。

二

吾人倡词，应使词之意境张、取材富。不然词之生命行绝矣，尚足以言词乎？余曾有此等阅历：遇有事物题材，写之于诗则

---

〔1〕《词论》：有关内容见第169页注释。
〔2〕《十五家词》：清人孙默所辑清词集。计有吴伟业《梅村词》二卷，梁清标《棠村词》三卷，宋琬《二乡亭词》二卷，曹尔堪《南溪词》二卷，王士禄《炊闻词》二卷，尤侗《百末词》二卷，陈世祥《含影词》二卷，黄永《溪南词》二卷，陆求可《月湄词》四卷，邹祗谟《丽农词》二卷，彭孙遹《延露词》三卷，王士禛《衍波词》二卷，董以宁《蓉渡词》三卷，陈维崧《乌丝词》四卷，董俞《玉凫词》二卷。
〔3〕其年：陈维崧。
〔4〕王阮亭：王士禛。
〔5〕和漱玉词：王士禛《衍波词》中之作。

易,入之于词则难,始渐悟因词之意境、取材、词汇过狭使然,乃刻意诗词合一。在广州词坛,诗词合一之说为余首倡,詹无庵亟赞和之。

三

常州派,张惠言首创其端,以尊体为论,陈义甚高,然《词选》但以温、韦为极则,而途径、系统未甚分明,使后之学者,不知从何下手。是以周济倡四家之说:"问途碧山,历梦窗、稼轩,以还清真之浑化。"此即后人学诗,或从义山学杜,或从江西派学杜,或从后山[1]学杜,其理一也。

凡初学者务求门径正,周氏当以为:碧山词吐属婉雅,较有内容,无纤俚浮薄之病,学之得其规模,堪为门径;梦窗词秾厚密丽,无浅薄粗率之疵,学之得其沉着秾挚,但易成堆砌质实而伤气;稼轩词豪宕疏朗,无堆砌晦涩之弊,却易成狂怪犷俚而至粗率,须以两家互参,以梦窗之密,约稼轩之疏,以稼轩之朗,约梦窗之晦,务使气势矫健,意境深厚,如此方能升美成堂,远祧温韦,至于大成。故常州派虽创于张氏,而至周氏,始具师承系统,以至于成。

---

[1]后山,北宋诗人陈师道。

浙西派倡自朱彝尊，然朱氏仅提出"家白石而户玉田"[1]，其手法、面目至厉鹗始告于成。

清季，凡词学大家均合浙西、常州为一手，取长补短，无复明显分界矣。

四

《词选》序云："词者盖出于唐之诗人，采乐府之音，以制新律，因系其词，故曰词。"殊不知唐五代词：一、采自民间歌谣；二、来自边疆少数民族及域外乐曲；三、自大曲中截段改制而成；四、出于乐工歌肆；五、文人创制；六、国家音乐机构所制。此任二北《教坊记笺订》及《敦煌曲初探》等书旁征博引，论列甚详，实非尽出自唐之诗人。

词为有一定格律之文体，而张氏释词义曰："词者意内言外。"夫"意内言外"，特词之一义而已，未得谓诗词之"词"也，其他文体何尝不"意内言外"？

李后主词之现实意义如何，姑置勿论，然其词多叙写身世，冲破当筵遣兴之范围，至此境界始大，而感慨遂深。张氏竟诬为"词之杂流由此而起"，使人费解。

---

〔1〕家白石而户玉田：朱彝尊《静志居诗话》云："数十年来，浙西填词者，家白石而户玉田，春容大雅，风气之变，实由于此。"白石是南宋词人姜夔的号，玉田是南宋遗民词人张炎的号。

五

张惠言为清代经学家、古文家,然其词学论证颇有疏漏可议者。其比词于《骚》,实属过于标举,盖楚骚之忧思伤愤,皆为家国而发,彼个人之怨悱,又何以克当?至以温庭筠词为义得于《骚》,尤为大谬。尽人皆知,温氏士行芜杂,放浪歌楼伎馆,其词虽不无同情歌伎与感怀身世之作,然概其生平、思想、作品内容、对后世影响,固无与屈子伦比者。意欲尊体而引喻失当,我为皋文可惜!

词体诚须尊,要之能摒去浮艳、佻挞、儇薄、叫嚣语,以雅正之言,叙承平之景象,写新鲜之事物,歌社会主义之春华而已。

六

周济《宋四家词选》,以苏、姜等数大家,附于四家,其序云:"清真,集大成者也。稼轩敛雄心,抗高调,变温婉,成悲凉。碧山餍心切理,言近指远,声容调度,一一可循。梦窗奇思壮采,腾天潜渊,返南宋之清泚,为北宋之秾挚。是为四家,领袖一代。馀子荦荦,以方附雅。"世人但骤读其序,而不深究其意,遂多所非议,以为周氏倒置先后,毫无识力。其实周氏之意,学此四家者,须参考附录诸家,而非如世所疵议,苏、姜附于辛,史、张附于王也。[1]

选家须具己见,周氏此选,以"尊体""立派"为旨,以正当时之淫词、鄙词、游词之失,以纠浙西派末流,但知"家白石而户玉田"之蔽,特补偏救弊,难免于矫枉过正矣。

余笃信周氏之说,但不排欧、晏[2]、苏、姜、史、张诸家。

七

周止庵主张学词"问途碧山",以为其词"托意隶事处,以意贯串,浑化无痕","词以思笔为入门阶陛,碧山思笔,可谓双绝"。盖指碧山词言中有物,无空泛之言,且立意构思、遣词达意并皆佳妙。学之,作词时便会言中有物。然学者多着意于咏物诸篇,得其字面而不得其意旨所在,故读来似觉堆砌词藻与典故而成词耳。

八

蕙风[3]论词,先求体格,次及神致,体格务求浑成。余论诗词亦先求浑成,然后再求神味、情致。况氏云:"读宋人词当于

---

[1]"苏、姜"句:《宋四家词选》并不是只选周邦彦等四家,而是以此四家为代表,在周邦彦等四家之下,附录了其他宋代词人,如将苏轼、姜夔附在辛弃疾之下,史达祖、张炎附在王沂孙之下。

[2]欧、晏:北宋词人欧阳修与晏殊。

[3]蕙风:况周颐。

体格、神致间求之,而体格尤重于神致。以浑成之一境为学人必赴之程境,更有进于浑成者,要非可躐而至,此关系学力者也。神致由性灵出,即体格之至美,积发而为清晖芳气而不可掩者也。"(《宋词三百首》序)世人哗咕伊吾,苦思累日,但求于一字一韵见胜。既能于一字一韵见胜,则沾沾自喜,以为足以颉颃古人,压倒时辈,而于他字他韵中,有不安详妥帖之处,悉不计及。抱如斯态度者,比比皆然。虽然前人固有"一字得力,通篇光彩"之说,此乃就通篇浑成稳妥,其中用一二精警之字,使通篇为之骤振耳!不然,篇中似有一字一韵之工,而他处饾饤累见,如是则不独瑜不掩瑕,且破绽益显。

何以始得浑成?当于文从字顺中而来,是以石遗[1]"文从义顺"一说,实为章句篇什之要义。

九

宋词选本多矣,最著者莫如竹垞《词综》、茗柯《词选》、止庵《宋四家词选》、彊邨[2]《宋词三百首》。此数选本均有独到之处,然偏颇亦在所不免。胡云翼《宋词选》,以标举苏、辛词为主,对清真、梦窗等人看法,殊未公允。盖胡氏本非词家,此种三昧未能尽知,惟所取多为浅近,注释通俗,颇便于时下初学耳。

---

[1] 石遗:陈衍。
[2] 彊邨:朱孝臧。

十

　　学词须先从读词入手，首先了解作者之时代背景、生平，所谓知人论世。盖此二点不知，将莫测其中所有。

　　其次研究作者写作手法与风格。取大家或有代表性之作家作品，排列比较其手法独特处、风格不同处。谁易学，谁难学，然后取与自己性近者、易学者先学。

　　欲学某一家词，只能学其用笔以表达感情，因经历人各不同，况今古时移世易。

　　词有重、拙、大，有沉郁顿挫，有沉着浓厚等评语，此皆公认为高度评价。但非用笔无以表达，故善学者学用笔以表情达意，从字句学只能得其形而不能得其神理。

十一

　　学词之道，自有其历程。创作方面：一、先求文从字顺，通体浑成；二、次求避俗取深，意境突出；三、表现自家风格，以成面目。水到渠成，不必跳级躐等，对于事物观察，必须体会入微，如山川草木、风月虫鱼，均应在体察中运以联想及幻想，对其荣枯盛衰、寒燠变易，一一务求与各人遭遇处境相结合，物我一体，方能臻于深妙之境也。

十二

浑成为初习词之第一关，先能浑成，再求精警。能精警者必能浑成，未有不浑成而能精警者（偶尔得来，自当别论）。

十三

治词之道，必须认定方向，以求归宿。其有"专精一家，融汇各家，自成一家"三个过程。若不着力于此，不惟时有粗枝大叶之毛病，且对以往论著，浅尝辄止，便草草作出断语，其所持论，遂无系统，失却中心，未能成一家之言（凡历来具门户之见者，所见虽偏，然持论却始终如一）。陈廷焯《白雨斋词话》虽偏见不少，然能自始至终以"沉郁顿挫"为论词之准绳。王国维《人间词话》亦以"境界"为尺度（指上卷而言，后卷因相隔时间长，学历、观点均有所改变），如此持论，虽未尽平矣，却能自圆其说。近世论诗词者则不然，所持论每凭一时之爱憎，不旋踵又褒贬互倒。此非无一定之见地，实无一定之学识耳。持论不苟，今人之所难。

十四

凡善学古人者，无论学何派何家，必不完全仿效之，只须学其局部，从而发挥以成自己之整体。晚近学词而有成者大都如此。其学古人在似与不似之间者，亦未尝不遵此途径也。

十五

余为词近四十年,方向始终如一。远祧周、辛、吴、王[1],兼涉梅溪[2]、白石;近师清季王、朱、郑、况[3]四家。所求者为体格、神致。体格务求浑成雅正,神致务求沉着深厚,虽未有所大成,然自问规模略在矣。

十六

余授词,乃教人学清词为主。宗法清季六家(蒋、王、朱、郑、况、文[4])及粤中之陈述叔[5],祧于两宋,对于唐五代词,宜作为诗中之汉魏六朝而观之,此乃所持途径使然。故凡学词者,如只学宋周、史、姜、吴、张等,学之难有所得。惟一经学清词及清季词,则顿能出己意。此乃时代较近,社会差距尚不甚大,故青年易于接受也(清季词多结合时事,益易启发学者)。

---

[1]周、辛、吴、王:周济《宋四家词选》所标举的周邦彦、辛弃疾、吴文英、王沂孙。
[2]梅溪:南宋词人史达祖。
[3]王、朱、郑、况:清末词人王鹏运、朱孝臧、郑文焯、况周颐。
[4]蒋、王、朱、郑、况、文:指蒋春霖、王鹏运、朱孝臧、郑文焯、况周颐、文廷式。
[5]陈述叔:陈洵。

十七

余学词原从梦窗、碧山入手,后以碧山咏物诸作(除数阕名作外),类不出乎社课应酬,梦窗多忆姬之作,虽厚重而欠深妙流动,不易表达性情,于是多读古文,转学片玉[1]、梅溪。以周氏一生,无特殊之境遇,而能将一般流连光景、伤离念旧之寻常事物,写之以声。篇中意境统一,而写来又逐阕不同。既屈曲又洞达,既宛委又层次分明。周词字面平易,学时虽似亦非似,乃参以梅溪,羡其词藻较新炼,尤于用笔之起落转折之处甚为警目,乃摹拟其用笔,注意其全篇呼应连接转换之法度。继学遗山[2](凄婉部分),并参以白石之生硬幽峭处。苏辛限于才气境遇相去太异,不敢学也。于清曾学樊榭、莲生[3]未成。学饮水[4]师法其言情之真挚凄切。后以气势意境中求似鹿潭,妄欲合豪放、婉约为一手。用笔始较重,取境亦较大(此阶段中为词最多)。终于取法彊邨,以其所处时世之转变颇与相近也。又小令学蕙风,以其情致与余个性相近也。未及学半塘、芸阁,曾学大鹤,然无其情操高标,终不近似。曾学述叔,亦嫌其语意艰而性情滞,终亦无成。必欲自作的评,仅得数字:体格浑成,不求艰涩,语多着实,随意而出。换而言之,能自圆其说,自达其意,不斤斤于字句中

---

〔1〕片玉:指周邦彦,其词集名《片玉词》。
〔2〕遗山:元好问。
〔3〕樊榭、莲生:厉鹗、项鸿祚。
〔4〕饮水:指纳兰性德。

求警策,而于篇章见规矩而已。

十八

学放翁[1]、玉田难自见面目。盖放翁、玉田之作(晚年),颇多疏率,遂致学者出笔较易,其声容、体态,往往因熟溜之故,而常与之相近,且所使用亦多平易语,益易逼肖而不自觉。而清真、梦窗之作悉为刻意烹炼,学之者不易轻下一字,且善学之必弃貌取神。既不欲袭其字面,亦务求具有一己之意。能具己意,又必须赖有个人手法方能表达之。且周吴诸家,其襞积处,久为世人指摘,学者必力求避之,使自免挦扯堆砌之消,匠心独运,摆脱近似,故能弃形貌而取神骨耳。

十九

或谓"写情容易,写实较难,应先学写情,再求写实。既能写实,再学写情"。此说未能成立。因"情"与"实"不能分割,倘离开实际以写情,则其情均属伪作,与文艺贵真之义,岂非相反?"实"字所包括为感情、事物、际遇。凡心感身受目触者,吾均能以文字表达之。复通过艺术手法予人以更大感染力,使之能同感共鸣,或使之成为形象化,使自己之感叹遭遇

---

[1]放翁:南宋诗人、词人陆游。

如重现目前。如是堪称能道其实矣。情应由实而产生,且以实为依据,如不从实而产生,则伪语也。不以实为依据,则不知其情来自何处也。就抒情与纪实之作而言,则抒情之作确较纪实之作为易。但抒情之作贵乎深;不深,则尽人皆能共言,而非一己所独特所有。纪实之作贵乎真;不真,异人之所共见,而失去事物之本相。然能深能真,亦谈何容易,非多读书不能得之。

二十

所谓"意境",即能于境中见意,境可从实际来,亦可从构造来。如有意于其间,则无论实际与构造,均称妙制。

二十一

意境各具佳妙,不能以一境而压绝各境。如意境中之沉郁苍凉乃存之于内,仍需通过艺术手法,始能表达于外。手法有到与未到之分,即沉郁苍凉亦有深浅厚薄之别。此境人皆能有之。要在如何写出各人之感受,使诗词之面目如其人之肺腑,意格两相配合。否则,纵其沉郁苍凉,亦不能分辨出自伊谁之手也。

二十二

意境体格乃两事,创意不难,有诗才平庸者,偶或能得意趣超迈之句,亦有诗工力已深,加以刻意冥搜,务得意趣新颖之言,然亦未必能另出机杼,以成一己之体格也。即就创格而论,其格亦高下有别。王仲瞿、舒铁云[1]辈皆欲创格,且能具其一格,而风格不高,终非大家。今日初学者未识历代诗词体格,便思躐等,以求创格,或故作奇形怪状,以求面目新异。须知面目有美丑之分,有真伪之别,狰狞攒怒亦面目也,但不可与秀美清华同日而语;涂抹标奇者乃舞台之面谱,亦非本来面目。斯事精微,难一一与浅者言也。

二十三

所谓才情,乃专指才华风情而言(不包括险怪语)。徒恃才者,稍多读书之后,视自己旧作,每至汗颜缩手,不敢有所作为。加以生事艰屯,环境复杂,欲求曩日之风华,亦不可复得矣。所谓初生之犊不畏虎,自以为不可一世,殆读书阅世后,方觉自己一无是处。斯时也,旧者既破,新者未立,拘牵万状,尚欲以才华风情流露篇什之中,可谓戛戛乎其难矣;即强为之,亦大不如前,有所怯敌也。此种才华,乃非真正之才华。东坡云:"腹

---

[1]王仲瞿、舒铁云:王昙、舒位。

有诗书气自华。"读书只有增才，无减才之说也。盖有怯于古，便觉今是昨非。古之作者，往往老而弥工，其学足以辅之，岂老去便无才情乎？或其才敛藏于内，不易发泄，即使发泄，而不如往者之浅露，人不得骤然而领会之。

二十四

初学词求通体浑成，既能浑成，务求警策，既能警策，复归浑成，此时之浑成，乃指浑化，而非初学之徒求完整而已。学词之道，先求能入，后求能出：能入则求与古人相似，能出则求与古人不相似。倘能出入自如，介乎似与不似之间，既不失有我，复不失有古，方称能成。惟其不似，是以能似，所谓善于学古者也。

二十五

作诗填词，每有所感而苦于不能下笔表达，此当由功夫未到；功夫到则无感不可以为诗为词，无事不可以为章为句矣。此初学者所不能避免者也。

初学者当从摹仿入手，然后变化，先专精于一家，然后融汇各家，建立一己面目风格。

学词有偏重于性情，或偏重于词藻。人各不同，情词并茂，固是大佳；然情深意足虽白描亦能真切动人，稍加词藻则情文相生矣。

二十六

少年为词,喜刻意求工,每于铸词造境间,希与古人较胜,以其精力充沛也,此则老不如少者也,然所得乃古人之体格而已。中年以后,限于精力,不斤斤于字句求工,偶尔命笔,语不甚夺目,而思路深远,意与古会,以其阅历多、积学固也,此则少不如老也,盖已具古人之神致矣。

二十七

明人学唐诗,务求与唐人相似,宋人学唐诗,务求与唐人不相似,此种消息,当从出入之间参之。彊邨、述叔毕生瘁力于学梦窗,晚年所作与梦窗体格不甚相似,此不徒去貌存神,且学古而有我者也。

二十八

"若思通楷则,少不如老;学成规矩,老不如少。思则老而愈妙,学则少而可勉。勉之不已,抑有三时;时而一变,极其分矣。至如初学分布,但求平正;既知平正,务求险绝;既能险绝,复归平正。初谓未及,中则过之,后乃通会。通会之际,人书俱老。"此孙过庭《书谱》论学书程式语,极精到。余谓学词亦复如是。

二十九

至于诗笔入词问题，盖自北宋以后，词本身与音乐逐渐相分，原来词之制作，以音乐性为主，而文学性次之，东坡破词体（指声律）之束缚，遂以诗入词。嗣后词之制作，转以文学性为主。其本身甚至与音乐分家，而与诗赋同流。以内容而论，凡入诗者均可入词。"诗庄词媚""诗以言志，词以抒情"之说，在宋已不尽然。倘仍奉为圭臬，虽名家亦必无好词。往代有不少名诗人，其诗虽足观，其词则令人发笑，即不能破此局限之故耳。清季诸名家词，其用笔、炼字、寓意、赋情均与同光体诗同趋一致者，盖从广义而言，词亦是诗之一种类，从狭义而言，则词与诗因制作不同，而另成一种独立文体矣。试问时代遭际、兴废、迭变，以及社会之复杂、山川之袤漠，如仍用词之惯用手法（笔、意、字、句）出之，其能胜任乎？清季词人常以江西诗派之手法入词，能一洗熟习，幽峭警策，以生硬求胜，令人耳目顿新。其实此种字样，于诗已成习见，一旦用之于词，顿觉高隽异俗耳。虽然，词不能与诗尽同者，盖由于不同体制而需要不同作法，诗句为五七言，每句均能拈出，能独立而成一意（可以择句）。词则合数句为韵，每韵始能独立而成一意。倘于一韵中择其一句，则其语意未完，如"大江东去，浪淘尽、千古风流人物"，此则二句十三字为一韵，其用意须从十三字一贯观之，方觉其妙。倘只择出"大江东去"之句，或只择出"千古风流人物"一句，则未能达其意也，亦不觉有何好处。"今宵酒醒何处,杨柳岸、晓风残月",例亦如此。倘合二句十三字而读之,则境界超妙矣。故填词中用古人作品其中一句,不得视为偷袭,盖其本身须以数句合成一韵,方能表达一个意境也。以其每阕之一韵,既为数句集串而成,而各句又参差长短不一,是以下笔用意,宜于迂回曲折,层转跌宕,方与体制相称耳(小令近诗体,不尽适用此法)。以诗入词,能使词本身用途广,境界大,思路宽,寄情远,笔健格高,一洗纤靡软弱之习。词之领土、视野,亦为之廓阔。然诗中所写景物,词未尽见,如山水田园诗派,词则无之。

三十

读词之法有二:一、专家词,取大家、名家之词熟读,意在其风格、面貌与写作方法;二、取古人同调名作熟读,意在比较其风格、面貌与写作手法之异同、优劣,尤其词调之特点与作法。

三十一

每一词调均有其独特之格式,即所谓吃紧之处、突出之处。一首词未必每句每字均着力精警,但于吃紧之处,便须集中精力,锻炼至警策动人。可取前人同调作品多首细心勘对,其例中精警处,必乃吃紧之处。尤其较为特殊之调,变韵、拗句均乃关键所在,如非独特,决无弃顺取逆、舍和婉为怒拗之理。对此务求自然，无过于突兀，又无过于敷衍，须谨密成句。作法当于细味前人作品中来。

三十二

读词要把握其要点，然后得其正确之学习理论与途径。

浙西派主张学词须从玉田入手，常州派则强调从碧山入手。两者有近似处，有不相同处。性近此或彼，不由人强自选择。至于如何学，更非率性可为，须下相当功夫，始能迈越前人也。

三十三

无论何种文体，第一须发人深省，同感共鸣；第二使人印象深刻，历久不忘。如无真挚与深厚之感情，当难达到，于词亦然，一是以真取胜，一是以深取胜。温庭筠以深取胜，韦庄以真取胜——深使人玩味不尽，真使人有同一感受、真切。

要达到真、深之境界，平日须陶冶性情，体事状物，沉潜独往，与一己之感情合一，有一己之见解，下笔时自然物我交融，不知何者为物，何者为我，即内在感情与客观事物混成一体，或由内而推及外，或由外而反映内，词自深挚真切动人。

三十四

以此法论,法出于规矩。规矩之基本功在于讲究条理,否则无从表情达意。如有人谓"上下句不相接为妙",此实谬论。为词必须神气意境贯注通篇,不惟上下句须相接,即起、承、转、收之处亦须相接。以承接起,以转接承,以收接转,方称合作。梦窗字字有脉络,其妙处不过其避熟就生,飞跃转变较快,常隔一二语始遥接上文耳。且词与诗不同,以若干句合成一组,倘上下句不相接,连片段亦不能成矣。余尝谓看一首词,如以语体全译之,表情达意,写景模物,能如一篇散文,明晰紧凑而无隔阂及描叙不清之处,即算好词。试以此法,翻译周、姜、吴等诸作,均能成一篇完整散文者。今若持上下句不相接为妙之论,殆于此道未能明澈,误前人似断仍连、似离仍合之作为上下不接耳(看近代电影中之蒙太奇手法,当可会此意)。且上下句尚且不接,则一韵之中,岂不是分成数段,主语何在?须知词之作法,亦有主语、次语,不可主次不分,致成杂乱无章之劣作也。

三十五

作词一须天分,二须学力。有天分者,性灵自然流露,易于出笔,情致必佳;然天分不可恃,中年以后,日见其衰,或累于俗务,或时移事迁,故须辅之以学。

三十六

　　词有豪放派与婉约派之分，而婉约派又有疏、密之分。温庭筠为密之一派，皇甫松为疏之一派。然皇甫松词作太少，未能开一代词风，继而大成者，韦庄也。故前人论词有"温、韦立而正声定矣"之说。此后北宋词无不受温、韦两家影响，或从此蜕变。至豪放悲凉一派，则从李后主后期作品演变而来。各派皆有优秀之作，学词者宜就己之情性习之，亦不可妄意轩轾也。

三十七

　　风格各自不同，即同为豪放或婉约，亦有其不同之处、独特之处。如辛弃疾与刘克庄同为豪放派词人，但检辛之《贺新郎·别茂嘉十二弟》[1]与刘之《贺新郎·送陈真州子华》[2]比

---

[1]《贺新郎·别茂嘉十二弟》："绿树听鹈鴂。更那堪、鹧鸪声住，杜鹃声切。啼到春归无寻处，苦恨芳菲都歇。算未抵、人间离别。马上琵琶关塞黑，更长门、翠辇辞金阙。看燕燕，送归妾。　将军百战身名裂。向河梁、回头万里，故人长绝。易水萧萧西风冷，满座衣冠似雪。正壮士、悲歌未彻。啼鸟还知如许恨，料不啼清泪长啼血。谁共我，醉明月。"

[2]《贺新郎·送陈真州子华》："北望神州路。试平章、这场公事，怎生分付。记得太行山百万，曾入宗爷驾驭。今把作、握蛇骑虎。君去京东豪杰喜，想投戈、下拜真吾父。谈笑里，定齐鲁。　两河萧瑟惟狐兔。问当年、祖生去后，有人来否。多少新亭挥泪客，谁梦中原块土。算事业、须由人做。应笑书生心胆怯，向车中、闭置如新妇。空目送，塞鸿去。"

较，同调同内容，辛词则豪迈奔放、慷慨悲凉、性情突出；刘词虽亦豪气洋溢，而发议过多，表达个性少，且用字较为质朴，而乏词语之美，所谓质胜于文。风格似是而非，似近而远。故须经比较，始能熟知其风格之异同，始能评定、摹拟学习。

不仅比较作家写作手法与风格，甚而比较其同类同题之作，盖时移世易，风格随之而变。前人品评，每以二字或一二句为评，但指其主流而已，非具体而言也。

三十八

生峭风格，多表达作者倔强兀突之个性。凡学此风格，必先求有突出之个性。有个性即有面目，是以学生峭者，较易具有面目，否则失去其生峭风格独有之特点，而不成为学生峭矣。读江西派诗，可悟此理。圆熟风格，多沿用或引申前人意境、词汇之习套信笔而成，语多平易。凡学此风格者，创造性较少，个性不甚突出，喜求与古人相似，或有暗合而不自觉。是以求圆熟者，不易具有自己面目，且往往流于流滑。再略而言，则生峭多从创造得来，圆熟多从因袭得来。创造乃自创，必具自己面目（包括意境、字面）。且生峭之处，乃指不惯见而言；圆熟之处，乃指惯见而言。不惯见则使人感到有独具手法，惯见则使人感到熟习无奇。是以一则易见自己面目，一则难见自己面目矣。总之，生峭与圆熟，乃两种不同对立风格。易见面目与难见面目，乃因所学不同而得到不同之表现，生峭不能强求，圆熟亦应谨避。

三十九

大家为词，既善写景，又能做境。写景乃就目中所见而描之。做境乃就心中所念而构之。往往每一念所至，境随心生。能写吾心，即为好词也。如何能形象之？则必有待于做境，借物态表达而出，使人细读之、沉思之，如能洞见吾心。

四十

面目诚不能强为，强而为之，非真面也。宁有故意折齿陷鼻，自以为美而骄于人者乎？西洋文学常言之缺陷美，亦从自然得之，非矫意而为之也。总之，功候已到，则性情自出，面目自具，有如水到渠成。不然则如孩提之意作书，其笔划结构固未有古人面目存在，而必谓具一己之面目可乎？

四十一

长句忌弱，须笔气贯注，所谓以气行之，始无软弱低沉之病，盖句长字多，每见堆积之弊。

两字句无独立性，不能表达意境，从来作手都作承上转下之用，另换意境。

三个四字句相连与三个三字句相连之作法大致相同，一是作一句做，一气贯注；一是上偶下单，或下偶上单。凡作偶句大多骈列，而流水对法绝少。

四十二

用笔之法，前人有"一气贯注，盘旋而下"者，有"着重上下照应"者，有"无垂不缩、无往不复"者，即用笔将说尽而又未尽，此手法梦窗所惯用。具体而言，即在一组之中，将意道出又使不尽，而另用笔转换别一意境，常州派所谓"笔笔断、笔笔续"，乍看似不相衔接，实则其中有脉络贯注。陈述叔先生于此特标出一"留"字，金针度人，有益于词界匪浅。时人为词，每多陈近平熟之语，亦由未悟此"留"字耳。

四十三

韩愈所谓气盛则言之短长与声之高下皆宜，填词下字配声，既分平仄，句式安排，长短互别。讲求气格，实所必要。然论行气，则不能忽视于用笔，否则其气从何表达。余夙服膺"重、拙、大"之说，但如何始能臻此，盖有赖于用笔也。梦窗之"潜气内转"，每于用笔中体会得之。若舍用笔而空谈意境，则有体而无用,亦徒焉耳。陈亦峰[1]"沉郁顿挫"之说,沉郁是意境,顿挫是用笔。以顿挫之笔,方能表达沉郁之境。然又必须以气行之,气是回旋往复于全篇之中,不能以一字一句求之;若求之一字一句之中,则气亦无由见矣。前人以为一字得力,通篇光彩,乃指炼字而言。如达到无句可摘,通体浑成之处,则舍行气莫属矣。

四十四

词法问题,余与海绡[2]所说相异,海绡斤斤于求法。其所说梦窗词,如往日之经股文批。试思作家如于下笔之前,已存如何运用法度之念于胸中,得毋拘滞而有损于性灵乎?大家作词,恐无是理。当来自其平日根柢、涵养、性情、襟度,意有所会,即便下笔。其法来诸自然,未有先行安排法度然后下笔者。作者既未必然,但读者具见其法度。如蕙风云:"流露于不自知,触发于弗克自已。"盖全从"养"字得来,非法在笔先,临篇布局者也。总之,法从心悟,法随境生。非如前人所云:"笔笔断、笔笔续。"此处移步,此处换形。大家为词,感物而发,安能先立法度规矩,以自限哉。东坡之《水调歌头》,千古高妙,不知其大醉赋

---

[1] 陈亦峰:陈廷焯。
[2] 海绡:指陈洵,其词集名《海绡词》。

此，以怀子由时，究有立法于下笔之先否？其所存之法度，乃后人加之耳。虽然，亦不可置法度于不顾，但词中求法甚难。北宋以为词乃小道，未尝为之立法。不过，词成之后，法度自见。止庵有"非寄托不入，专寄托不出"之说，复堂[1]以为尽千古文章能事。则作词之先，不必斤斤于法；然成词之后，则又必须合乎法。画家所谓"绘画本无法，无法中有法，有法本无法"，意亦即此。止庵又云："初学词求有寄托，……既成格调求无寄托。"如移此法，抑亦可说，初学求有法，既成不必求法而法自具。

四十五

词有重、拙、大境界之说，均须以用笔表达。用笔亦与诗文同，无非起承转合或起承转收，但词之格调独特，须审视各调之特点而为之。

四十六

重，用笔须健劲；拙，即用笔见停留，处处见含蓄；大，即境界宏阔，亦须用笔表达。

---

〔1〕复堂：谭献。

四十七

"拙"之一境,确属不易。半塘认为《花间集》[1]欧阳炯《浣溪沙》"兰麝细香闻喘息,绮罗纤缕见肌肤"为重、拙、大,余实不敢苟同。述叔以"留"字诀代替"拙",亦隔一层。"留"者,指用笔,即欲尽不尽、无垂不缩之意耳。"拙"字不能貌相,有极瑰丽亦可称拙,有极平淡亦可称拙。盖前人论拙,指意朴实而语真挚。看来甚为简素,久玩其味弥胜,有如对笃实高人,落落数语,其意足抵悬河千言。又如对黄口小儿,其语既无文饰且亦真朴。初听之似甚可笑,经意而味之,又觉其概括力甚强。他人历千百言,或极穷炼刻雕,终似不逮者。余意以为"拙",必须先有内在诚笃,次则在乎平日涵养,诚实真挚,则字面不甚工巧,出语如见其人,最耐玩味。涵咏修养,则不必着力求胜。自然钝中见利,看来质实而细析之,却有浑厚动宕者存焉。且"拙"之一道,有刻意求拙,有自然见拙。刻意求拙,仍是初地;自然见拙,水到渠成。凡务纤新、轻盈、奇涩、险幻皆非拙也。所谓东坡蠢语、山谷[2]稚语,斯真拙矣。"拙"颇有"大智若愚"之势也。

---

[1]《花间集》:五代后蜀赵崇祚编选的晚唐至五代词总集,成书于后蜀广政三年(940)。全书共分十卷,选录自唐温庭筠、皇甫松、韦庄以下,至蜀地词客十八家词作,共五百首。《花间集》是中国最早的文人词总集,被誉为"近世倚声填词之祖"。

[2]山谷:北宋诗人、词人、书法家黄庭坚。

四十八

"拙"字含义殊抽象。王半塘倡重、拙、大之旨,原乃泛论(见王氏《味梨集序》)。《蕙风词话》卷一即标出之,而未言出自半塘,世人遂误为况氏之说。《蕙风词话》中对"拙"字亦未有专属,各家之中谁人为拙?恐况氏亦不能举出。余谓王氏重、拙、大之说,乃当时补偏救弊者。重乃指用笔,拙指命意,大指取境。此"拙"非古拙之拙,后人释之多作含蓄不尽解,实亦未能尽"拙"之义。"拙"义有指辞句者,有指意境者。辞句之拙乃朴实而不纤;意境之拙乃真挚而不饰。初看似浅近,无深、远之致(指意境)。又似不假雕琢,只求平易存真。其反面乃为纤侧、小慧、儇佻、浮薄,或过尚矜奇取巧,以求从一字之间见异。巧指新颖,为人意中所未有者。凡论巧者有巧妙、工巧之称。盖落想有别于寻常。梅溪多巧语,未闻以其不拙而贬之也。昔人论石,每以朴拙,无斧凿痕,如顽如钝始耐人观。如其玲珑轻异,而有斧凿馊剔之痕迹者,即品趣已次之。推之于词,其观点亦或相同。"拙"须从养得来,不能有意求拙,须流露于自然。是以宋人中,未闻专门以拙见称,只于某一句意中始具有拙意耳。倘于通体作品内,刻意为拙,力避巧语,则宁不流于以丑为美之异论乎哉?空灵亦词中要旨,如必须语语求拙,则凡空灵之意境,悉不拙矣,如是又何贵乎拙。小晏"真个别离难,不似相逢好",清真"天便教人,霎时厮见何妨",稼轩"十分筋力夸强健,只比年时病起时",其语看似甚平常而呆钝者,绝不夺目,亦不甚见功力。不假雕琢修饰,但真切而实在,使人不能否定其看法者,如孩提、如乡愚,语虽质朴,却非巧言令色者所能道。即能道出,亦需迂回宛委,甚为费力。《蕙风词话》所引谓"国初诸老拙处亦不可及"。不知所指何样之拙?如细心推察之,则王、况所说之"拙"实仍未具定义(大体亦指含蓄不尽耳)。至述叔谓梦窗之"檀栾金碧,婀娜蓬莱"八字有拙致,乃故作翻案语耳。此八字乃呆滞而非拙也。词笔原有发越与含蓄两途(前人未有拈出,乃余所说者),发越务求淋漓尽致,含蓄务求低徊不尽。如必以"拙"方能称胜,则豪放而发越者,悉非佳作,岂不大谬?余平日之所谓"拙",大都以为不过于显露,而又不甚着力,乍觉寻常,久玩知味为解释。其实亦不脱离意贵含蓄不尽,语不尚刻苦雕镂之义。舍此,则自刘勰《文心雕龙》及钟嵘、司空图《诗品》,以至近代评述之作均难具体说明王、况所指"拙"之一义也(非前人所说古拙之"拙",但如以拙为拙,则又近乎古乐府、民歌一类,又似非王、况所说之拙)。

四十九

前人论作词,须学古文,尤其汉魏六朝文,学其笔调变化,层层脱换;又云须汲取诗中用笔脱换推进之法。此言均极有理,盖平板呆滞皆用笔无变化层次所致。

五十

填词者意赖笔生,用笔常需赖虚字表达出之。然非谙熟古文义法不可,苟得其当,则可化质实为空灵,变屈曲为洞达。述叔先生评梦窗《澡兰香》"盘丝系腕"[1]词,辄云"金针度人,全在数虚字"。

五十一

玉田指出词之字句多从李长吉、义山、温飞卿诗得来,此乃自玉田一派及当时所流行而言之耳(玉田晚期殊不尽然,只《绝妙好词》所选多如此耳)。今扩之参以老杜、摩诘、昌黎,以至宋人诗之字句、意境为之,有何不可,其谁为之限?谁使之不然,不好又在何处乎?

五十二

硬语写柔情,壮笔书腻语,自是创举,然稽诸古来作手,殊不多见。贺铸于此颇见功力。

---

[1]《澡兰香》"盘丝系腕":指《澡兰香·淮安重午》:"盘丝系腕,巧篆垂簪,玉隐绀纱睡觉。银瓶露井,彩箑云窗,往事少年依约。为当时、曾写榴裙,伤心红绡褪萼。黍梦光阴,渐老汀洲烟蒻。 莫唱江南古调,怨抑难招,楚江沉魄。薰风燕乳,暗雨梅黄,午镜澡兰帘幕。念秦楼、也拟人归,应剪菖蒲自酌。但怅望、一缕新蟾,随人天角。"

五十三

"平凡"一说,有功候未到而出手平凡者,此真平凡也。至于功力已深,往昔又曾作奇险豪肆语者,一旦转变,语多平凡,而意境真切者,此乃人词俱老,而转以平凡取胜者。此乃看来容易,实则艰辛。虽有意趋于平凡,而已炉火纯青,俯拾即是。人人心中所有,人人目中所见,而人人笔下所无,惟吾独能及时"捕捉"而得之,信笔以出之。言中有物,真实不虚,使人读之,有所感触,一如己出,斯则近乎大成。夫耆卿乐府,并无奇、险、新、怪之字句,而能以平凡易出之语言,"状难状之景","达难达之情",其所成就,固极不平凡者。乐天、东坡皆多平凡字句与意境,然人人不以其"平凡"而减损其地位。其实彼所造诣非时彦所谓平凡,实则胸怀坦荡,一切意境,均取于当前,不必穷高极深,自然真切卓越。后人辄视之为平凡,岂能识其真谛所在?平凡之相对为艰涩,两种手法不同。本无分轩轾,如渊明之于康乐,乐天之于昌黎,东坡之于山谷,各尽平易奇险之能事。然昌黎、山谷虽兀突险绝,然莫不具有真实之性情与意境,故不嫌其艰僻,反觉其卓出。盖有内在因素也,此乃具有西子之天资,故不论其妆严而矜持,抑妆淡而柔婉,均臻佳妙之境。馀子则不然,以其功力弱而言不易出,故不能以平凡之语言写平凡之境物,而予人以不平凡之感觉,是以不得不借助险肆之词句,使人不测其中所有,以掩盖空虚与不真实之处。自以为作意新,语奇,艰涩叫嚣,足以使人动心骇目,然其中空空,自欺欺人。所以读此辈之诗词,绝不类若人之品格抱负。稍得蝇头,已沾沾自喜,且亦傲人。若居牛后,则忐忑不安,转为愤世,出则无经世运筹之才,处则无淡薄宁静之素,则所作虽极放僻狂狷,究非其本意所在。是则其所使用骇目动心之语言,亦无非戏台之英雄面谱。卸妆之后,则所饰扮者固非真英雄也。如以内容而言,有真境实感,始能于平凡中取胜。从学历言,经过奇险艰僻,始能趋于平凡。大率言情寓意之作,宜出以平凡,以其存真且不能作伪也。写景状物之作,不妨艰险,以其体会深而与人异趣也。前人有"语淡而情弥苦"之说,又有"老觉淡妆差有味"之句,是以彊邨、述叔学梦窗,均于暮年运密入疏,寓浓于淡。然其神致仍是梦窗也。平凡奇险均应能达真实之感情,二者不过是表达手法,而平凡则愈易使人觉其真耳。温柔敦厚,诗之教也,亦即善也。放僻叫嚣则非善矣。此两者皆藏之于内,美则指字句而言,而表现于外者也。以上论"平凡"乃引用常人之所谓"平凡"而言,余所谓平凡,实则平易存真得之自然之说耳。

五十四

所谓常套者,乃指无论意境、词汇皆与前人近似,陈陈相因而言,此则往代诗词话皆有之处。但近人之常套,则又往往故作艰深,以文浅陋。因已作内容空泛,缺乏真实情境,于是乎强将平顺之字句,易为揉捏,使人先睹其字句之生异险怪，又以其多求艰涩，往往未能窥出其真实意境所在，遂致掩遮众读者之眼目，甚至有百般曲折，不通不顺，亦不自惜。此无他，为求欺人欺世而已。或有常套语亦不甚通顺，而先求作艰怪语者，更不足论矣。吾人为词，每见一山一水、一草一木，辄动幽思，辄叹不足，更出之以词。其所取景物，故来自当前现成，所谓俯拾即是者。即日中所接触之一切事物，家常者，习见者，都已写之不尽，又何必搜索枯肠，大钻故纸堆，找寻不常见之东西哉。当然，此指才大者而言。惟其才大，始能不避常套，且善利用常套，以常套之语，达不常套之情。使极常套者一到我手，则为我用。或点铁以成金，或驱使古人而为我奔走，如是常套亦足贵矣。今也不然，不计浑成，不求文从字顺，故装丑态，以骇世人，此辈恐求作常套亦不可得。黎六禾[1]最恶常套语，海绡词亦少常套语。而六禾远不如海绡，且其词欠佳处，亦往往因避作常套语过求艰涩使然。盖六禾词语险怪而不常套，而意境却是常套。故作者有以常套写新异之感，亦有以新异语而写常套之感。此种优劣，大有区别。故吾以为能随意使用常套语，而能表达特有之情境，则好词也。至看来平易却艰辛语，已不易到；语皆平常，意由己出，则更不易到也。

---

〔1〕黎六禾：黎国廉。

五十五

述叔所用"留"字诀,必使内气潜转,与之相配。故能得"无垂不缩,无往不复"之妙。其境虽乍断乍续,其气则通篇流转,不易骤学也。

留笔能于停顿中见含蓄,宕笔能于流动中见变化。

五十六

述叔填词倡议"留"字诀。所谓"留"者,是一层意境未尽,又另换一层,意未尽达,辄即转换。所谓"笔笔断、笔笔续",将前人含蓄蕴藉之说,使之更隐晦;然又脉络贯注,有暗承遥接处,仓猝不易懂。

五十七

时贤往往有选题作诗词,以为有题始有好诗,不然就搁笔了事。此特短于才情之故。如平日感慨涵养甚深,则感物书事,指挥如意,语无虚发,则应酬之作,皆有自我存乎其中,如此则又何害其为乎?

五十八

以比兴体出之,托意闺帷,寄怀君国者,不得作为鲜柳欹花求胜而论。但比兴固诗之义也。诗义既从比兴赋以达之,然则词又果须有何特义?何人立其义?何时立其义?词在始则文字服从音乐。东坡以后,逐渐使词与音乐分家,而转使音律退于次要地位。宋人为词,非悉能合乐而歌之。清真词在南宋能歌者已极少矣。后人按谱填词,依律者乃格律之律而非乐律之律也。为词者亦不过因其体制有别于诗而手法不同,其实何尝不是长短句而篇有定句,句有定字,字有定声,位有定韵之诗耳。

五十九

常州派评词,夸张比兴,肆言寄托。其实对于其人、其时、其事均未深作考据,辄加臆测,后人见之,转成笑柄。至所谓有寄托入,无寄托出,则更抽象。蕙风谓寄托者所贵乎发于不自克,流露于不自知。虽较中允,然既称发于不自知,则寄托之名,实难成立。但云平日积郁于中,酝藏既久,抚时感物,能引而出。如是之作,始免于月露风云,浮泛无旨。寄托一词,不宜滥用;比兴之作,尤难肯定。必须因人、因时、因事而推断。若夫柴米油盐,斤斤计较,一元数角,得失萦怀,眼前只求饮啄,爱憎不复分明,三日无"官",动辄百咏,些须得意,即觉满志,如是之辈,其所谓美人香草,所谓托物寄志可乎?寄托乃应从大者而言,以志业相期,危苦杂乱,眷怀家国,个人得失,辄关大局,此可以言寄托也。荣辱得失,离合悲欢,因与春花秋月，同一遭遇者，发言为诗，物我合一。或触物以兴怀，或缘情以赋物，此乃不过关系个人生活，即承平开明之际，亦所难免。此类作品，只直称之为寓意，不能辄谓之有寄托也。

六十

小令尚可凭情致、性灵、巧慧见胜。长调则非具有功力不可，尤须博学，与诗文汇为一流，不然则纵有句篇，亦难称巨手。

六十一

词之乐律入元融而为曲，嗣后所为词者直长短句之诗耳。世或狃于旧说，以为诗词异途，遂使词境转隘，良可慨也。东坡、稼轩之作，凡诗文所具存者，悉能达之于词。词之领域，开拓始袤，非复专事绮筵绣幌、脂粉才情、遣兴娱宾、析酲解酲者矣。况其忧生念乱，抚物兴怀，身世所遭，出以唱叹，命笔寓意，又何异于诗哉？宋词能与唐诗并称后世者端复赖此。有明一代误于"词为艳科"之说，未能尊体，陈陈相因，取材益狭，趋向如斯，词道几绝。逮及清季，国运衰微，忧患相仍，诗风大变，声气所汇，词学复盛，名家迭出。此道遂尊，言志抒情，不复以体制而局限。故鹿潭、半塘、芸阁、彊邨、樵风之作，托体高，取材富，寓意深，造境大，用笔重，炼语精。其风骨神致足与子尹、毁叔、散原、伯子、海藏[1]诸家相颉颃，积愤放吟，固无减于诗也。

六十二

追和古人之作，凡属标明和作者，均以前人之题为内容，使人具见前唱后和之意。如只用古人之词体及韵，而内容与原作无所相关者，则必标明用某某体或某某韵，而不应伪称和作。制题者旨在达意，其用途与诗同。诗之制题，例如和人咏梅并用原韵，则其内容不能与梅无关。倘对菊用其咏梅韵，则单指用韵而言，不包括此唱彼和之意。宋方千里、杨泽民、陈允平之和清真词，则以谨步清真声韵为主。其全卷均借往者之韵而成，与只相和一二阕者有别。后人和宋末《乐府补题》[2]（宋亡后）咏物诸篇，其所咏物之内容，均与古人相同，此乃以古人之题，寓自我之意，并成惯例。倘与古人原作了不相属，又何必标出一"和"字之整题。虽然亦有后之和韵者与古人原作无

---

〔1〕子尹、毁叔、散原、伯子、海藏：郑珍、江湜、陈三立、范当世、郑孝胥。以上五人都被认为是清末同光诗派的主要人物。

〔2〕《乐府补题》：撰人不详，一卷。收录宋末遗民唱和之作，凡赋龙涎香八首，白莲十首，莼五首，蝉十首，蟹四首。作者为王沂孙、周密、王易简、冯应瑞、唐艺孙、吕同老、李彭老、陈恕可、唐珏、赵汝钠、李居仁、张炎、仇远等十三人，又名无名氏二人。

关，然仅为少数，不能作为确论。综合言之，凡步韵、用韵、依韵、次韵者，均可与原作无关。如和韵者，则与原作本意必有相关。

卷二　词学常识及作词法

一

词,除绝少数词调外,均为长短句,须字数相同之句子相连,始可成为对仗。有必须作对仗者,有可作对仗可不作对仗者,当于前人词中细加研究。

必须作对仗者极少,如《南歌子》起二句"柳色遮楼暗,桐花落砌香"(张泌)。

二

词除个别调外,率为长短不葺之句,最短为一字,最长为九字。九字以上不过将两句合而为一句而已,填词时大可作为两句做。

一字句极少,多为感叹之语,如宋蔡伸之《十六字令》:

"天。休使圆蟾照客眠。人何在，桂影自婵娟。"又如宋陆游之《钗头凤》："一怀愁绪，几年离索。错。错。错。""山盟虽在，锦书难托。莫。莫。莫。"

二字句平平、仄仄、平仄、仄平均有，多作感叹或者转折之语。如唐韦应物《调笑令》："胡马。胡马。远放燕支山下。跑沙跑雪独嘶。东望西望路迷。迷路。迷路。边草无穷日暮。"其中"胡马"有兴叹之意；"迷路"则作转折之语，下开"边草无穷日暮"。若不作兴叹或转折，则成一词语，与他词语合为一句，如五代李珣《河传》："春暮。微语。送君南浦。微敛双蛾……"

三字句不论其平仄如何，多作一二或二一句式，如张孝祥《六州歌头》："征尘暗，霜风劲，悄边声。暗销凝。"作一词语如贺铸《行路难》"白纶巾"者较少。

除《三字令》为十六个全三字句组成外，三字句相连之词调颇多，而两个三字句相连者尤多。三字句短促，限于字数，不容多作描述与转折，是以两个三字句相连多作对偶；至三个三字句相连，或者作上偶下单，或者上单下偶；其不作对偶者，无论两句或者三句相连，俱一气呵成，否则会有神不完、气不足之病。如三个以上三字句相连，其中虽可作对偶，但无论如何须大气流行，喷薄而出。

四字句多难作之句，最棘手当为四平句与四仄句，不善为之每陷于平板呆滞；而平平仄平之拗句亦不易为，盖此拗句中仄声字不用去声或虽用去声而不妥帖，读来则恍如四平句矣。至如平仄仄平也须费心思，中间两仄声字务须停匀两边平声字，否则读来终不上口。遇此等拗句，万勿漫以己意更易，因古人所以弃顺取逆，舍易求难，必有其理。此须于平日多涵咏古人佳作，揣摩其中三昧；填词时则务须注意阴阳平及上去入之配搭，力求自然、畅顺而后已。

五字句大抵如五言诗，纵有拗句，更换平仄即可。至五平句如《寿楼春》之起句，"裁春衫寻芳"（史达祖），当以阴阳相间调剂之。

惯作诗者，每感六字句难造，盖五言诗多作上二下三，偶或有作一四之尖头句而已；七言诗或作上四下三，或作二二三，一句之中似有小豆容作跌宕回旋，可配搭动词、副词或虚字，写来见层次，至上三下四之尖头句绝少，亦不难于下笔。六字句由二二二组成，只宜活做，不宜堆砌名词，陷于质实。但有"杏花春雨江南"由三个名词自成境界之名句，如诗中之"鸡声茅店月，人迹板桥霜"，即老于此道者亦为不易。六字句尚有作三三弓腰句者，如"无人会，登临意"（辛弃疾《水龙吟》），此等三三弓腰句中间亦可作一豆，如"故画作，远山长"（欧阳修《诉衷情》），多可先作一五言句上加一字，如"但目送，芳尘去"（贺铸《青玉案》）。

七字句大抵与七言诗句式相同，但偶有"念柳外青骢别后，水边红袂分时"（秦观《八六子》），上一下六句式，不能如七言诗作四三，或者三四句式，盖"柳外青骢别后"与"水边红袂分时"成对仗可证。

八字句可作一七字句上添一领字，如"记玉关踏雪事清游"

（张炎《八声甘州》）；或作一六字句上添二领字，如"应是良辰好景虚设"（柳永《雨霖铃》）；或作一五字句上添三字，如"是何年青天坠长星"（吴文英《八声甘州》）；或作四四句式，中间一逗，如"定知我今，无魂可销"（史达祖《换巢鸾凤》）。

九字句有上二下七，遇此可作一七言诗，添加二领字，如"问君能有几多愁，恰似一江春水向东流"（李煜《虞美人》）；上二下七之字句又有仄声拗句，如"触处秀色浮香相料理"（周邦彦《还京乐》），此拗句须揣摩熟读，依照其声安排，仍可作一仄起七言诗，上添二领字；上三下六，如"流红去、翻笑东风难扫""孤村路、犹记那回曾到"（张炎《南浦·春水》）；上四下五，如"夜寒霜雪飞来伴孤旅"（周邦彦《解蹀躞》）；上五下四，如"想含香弄粉、艳妆难学"（辛弃疾《瑞鹤仙·咏梅》）；上六下三，如"故国不堪回首月明中"（李煜《虞美人》）。除二七句式外，九字句可作两句分做。

三

两句字数相同而成对仗者极多，亦有可作对仗可不作对仗者。

三字句如《鹧鸪天》"才怕暑，又惊秋"（陈亮）。

四字句如《庆春宫》"明玉擎金，纤罗飘带"（王沂孙）。

五字句如《临江仙》"落花人独立，微雨燕双飞"（晏几道）。

六字句如《破阵子》"漂泊天隅佳节，追随花下群贤"（范成大）。

七字句如《浣溪沙》"无可奈何花落去，似曾相识燕归来"（晏殊）。

七字句又有上三下四句式之尖头对，必须依照，否则失律者。如《绮罗香》"惊粉重、蝶宿西园；喜泥润、燕归南浦"（史达祖）。

三个三字句相连，有上偶下单，如《水调歌头》："济时心，忧国志，问穹苍"（吴潜）；下偶上单，如同调"江山好，青罗带，碧玉簪"（张元幹）；三句连成对仗，如同调"酒须饮，诗可作，铗休弹"（刘过）。

三个四字句相连有上偶下单，如《倦寻芳》"香泥垒燕，密叶巢莺，春晖寒浅"（卢祖皋），下偶上单如《沁园春》"何处相逢，登宝钗楼，访铜雀台"（刘克庄）；三句连成对仗，如《醉蓬莱》"诗里香山，酒中六一，花前康节"（魏了翁）。

四个三字句相连，有上下对仗，如《上西平》"纷如斗，娇如舞；才整整，又斜斜"（辛弃疾）；有四句连成对仗，如同调"唤莺吟，招蝶拍，迎柳舞，倩桃妆"（程垓）。

四个四字句相连，有上下对仗，如《风流子》"芳草有情，夕阳无语；雁横南浦，人倚西楼"（张耒）；有如骈文作交替对仗，如同调"砧杵韵高，唤回残梦；绮罗香减，嶂起馀悲"（周邦彦）。

四

长短对仗最易为人所忽视，如《绛都春》上片"叶吹暮喧，花露晨晞秋光短",下片"旧色旧香,闲云闲雨情终浅"(吴文英)。同是上四下七句式,而非四四三句式,四字句与七字句之上四字作对仗,即"叶吹暮喧"与"花露晨晞","旧色旧香"与"闲云闲雨"各成对仗。

五

词有领字,因有领字对仗:

一领三字两句相连,如《大酺》"正夕阳闲、秋光淡"(方千里)。

一领四字两句相连,如《解连环》"正沙净草枯,水平天远"(张炎)。

一领四字三句相连,有上偶下单,如《扬州慢》"纵豆蔻词工,青楼梦好,难赋深情"(姜夔);有下偶上单,如《木兰花慢》"记十载心期,苍苔茅屋,杜若芳洲"(李钰)。

一领四字四句相连,有上下对偶,如《风流子》"有风月九衢,凤凰双阙;万年芳树,千雉宫墙"(杨泽民);有如骈文作交替对偶如同调"羡金屋去来,旧时巢燕;土花缭绕,前度莓墙"(周邦彦)。

一领四字尖头对,如《临江仙引》"对暮山横翠,衬梧叶飘黄"(柳永)。此种尖头对为词中特有,绝不能作五言诗之句式。

一领六字两句相连,如《三台》"见梨花初带夜月,海棠半含朝雨"(万俟雅言)。

二领六字两句相连,如《八六子》"那堪片片飞花弄晚,蒙蒙残雨笼晴"(秦观)。

六

律诗对偶,除拗体外,所谓"一三五不论,二四六分明",尤于句脚之平仄,限制更严。词则平仄悉依谱律,但求字面与句意各成对仗而已。如《绮罗香》"正船舣、流水孤村,似花绕、斜阳芳树"(张炎),"舣"与"绕"仄仄作对仗;又如《满江红》"三十功名尘与土,八千里路云和月"(岳飞),"土"与韵脚"月"仄仄对仗。

不仅如此,词还可以如文,以同字作对仗,如《水调歌头》"人有悲欢离合,月有阴晴圆缺"(苏轼);以韵脚作对仗,如《相见欢》"剪不断,理还乱";句脚与韵脚同字作对仗,如《一剪梅》"才下眉头,却上心头"(李清照)。

七

词大都不以句为句,而以韵为句,甚而以两韵以至三韵,始成一句,故多或景或物、或情或事排列成对仗,如"落日熔金,暮云合璧""染柳烟浓,吹梅笛怨"(李清照《永遇乐》),"醉里挑灯看剑,梦回吹角连营""马作的卢飞快,弓如霹雳弦惊"(辛弃疾《破阵子》),"胡未灭,鬓先秋,泪空流"(陆游《诉衷情》)。至结句作对仗,恐嫌过于齐整,笔力宜重刚健,或句意警策,如"辇下风光,山中岁月,海上心情"(刘辰翁《柳梢青》),"人如风后入江云,情似雨馀粘地絮"(周邦彦《玉楼春》)。

八

词既有可作对仗或不作对仗,则须从内容及意境来考虑作对仗与否。作对仗者,用笔须工整、警练,不作对仗者,气势须好,意境须新。如"山抹微云,天黏衰草"(秦观《满庭芳》),以工致深细、警策取胜;又如"三十三年,今谁存者"(苏轼《满庭芳》),惟其神完气足,笔力挺健,以气势胜,故可不作对仗。

九

有积字成句,积句成篇,以炼一字或一句取胜者,然通篇不浑成,以一二字佳妙,反觉不调和,反觉突兀;相反通篇浑成,突出一二好字或者佳句,则见"一字得力,通篇光彩"。如姜白石《扬州慢》"二十四桥仍在,波心荡,冷月无声","荡"字生动精警,境界全出,使通篇更觉光彩。

十

词中有豆,为诗中所无。豆不能独自为句,然乃转折至要之处,似断还连,将意境转变,务须矜练,切勿轻易放过。

十一

领字诗文所无,为词作特有。领者带也,带导下文转入另一意境,或作加深,或作推远。一添领字则骤见跌宕,往往无领字不好,是词中吃紧之处,务须注意,不能作为非领字。

领字有一字领、二字领、三字领。

考之宋词,一字领之领字绝多为去声,较少为上声。大抵去声沉,由沉而起,正合带导下文之意。如柳永《八声甘州》"渐霜风凄紧,关河冷落,残照当楼","渐"字带导下文,直贯"残照当楼"三句。

二字领,如秦观《八六子》"那堪片片飞花弄晚,蒙蒙残雨笼晴","那堪"二字直贯"蒙蒙残雨笼晴"两句。

三字领,如秦观《八六子》"怎奈向、欢娱渐随流水,素弦声断,翠绡香减","怎奈向"三字直贯"翠绡香减"。

十二

词调各具特点,有宜于直抒者,如《破阵子》调,豪放如辛弃疾"醉里挑灯看剑",婉约如晏几道"记得青楼当日事",均一气直抒;有宜于曲折者,如《点绛唇》调,自冯延巳以来均一句一曲折,姜夔之作幽峭挺拔,在婉约派之外,亦复如是。

十三

词调每有其吃紧之处，务须力求精警，千万不可轻轻放过，否则便平淡无味。如柳永《雨霖铃》词写来浑成，然至吃紧之处，"今宵酒醒何处，杨柳岸、晓风残月"则使人顿觉精警，拍案而起，掩卷而羡。又如苏轼之《水龙吟·次韵章质夫杨花词》，一路只平平，至"春色三分，二分尘土，一分流水"则奇峰突出，使通篇为之一振，令人再三唱叹。

十四

词之调体既繁多，逐一以符号强记其声、韵、字、句、豆、领、对仗，殆不可能。可每调择古人名作数首熟读，背诵如流，并仔细比较之，不仅得其格律，且可得其律理与作法。

十五

作词与论词当有所区别。作词可凭主观感情抒写；论词则不能主观臆测，妄下断语。偏私者每陷此弊。

研究作家作品，先研究其手法如何。词人或善用伏笔、留笔，或善于宕开，或由近而远，都要先行研究。还要研究词人好用哪类词藻，如何刻画，面目如何。

面目表现于外，风格存之于内，有外形然后有内在，有面目然后有风格。不能撇开面目,空谈风格。

十六

宋初,何以小令远多于长调,盖其时词人均为诗人,而小令之句式与格律近诗,易于为之,且写来典雅近诗故也。又何以宋初词人多不喜为长调,因其与诗之句式、格律相去太殊也。至民间喜作长调,则因长调乐章较长而又参差错落,远比小令动听也。

十七

南宋晚期词,语出有因,言中有物,非如北宋词当筵命笔,内容空泛,是以词家多主张学词从南宋入手,不主张从北宋入手,实乃使初学者得其规模,既有内容而无枯泛浮率之病,且可学其字面警练之处。此乃研究宋词所须注意者。

十八

论者多谓诗之绝句、词之小令,结句宜语尽而意未尽,所谓馀味无穷者。实则不尽然,观乎温庭筠《更漏子》之"梧桐树,三更雨,不道离情正苦。一叶叶,一声声,空阶滴到明",晏几道《鹧鸪天》之"今宵剩把银釭照,犹恐相逢是梦中",贺铸《捣练子》"不为捣衣勤不睡,破除今夜夜如年",何尝不语尽。

唯其深，故语不妨尽，尽反见情味无穷。

十九

《钦定词谱》[1]列调凡八百馀，体二千多，然贪者多务得，错误亦多。其佳处在可平可仄之处能举例说明，有所依据，非如《填词图谱》[2]仅靠臆测，任意而为，然其忽略上去二声之用亦为不足。

《白香词谱》[3]仅列词调一百，却无列举别一体，也无上去声之分。此书以其简单易得，并附有所列词调词之作者生平简介，笺举历代评述，流行较广而影响甚大。然此书成于差旅途中，是必疏于考证，舛误不少，且过于简单，有意为词者当不能以为范本。

《词式》[4]稍有提及上去声，但无说明原委，举例亦少，然除万树《词律》[5]外，不失为佳构。

---

〔1〕《钦定词谱》：康熙时陈廷敬、王奕清等奉敕编纂，四十卷。收唐、宋、元词八百二十六调，二千三百零六体。

〔2〕《填词图谱》：清赖以邠编纂，六卷，续集二卷。错谬颇多。

〔3〕《白香词谱》：清舒梦兰编，四卷。选录唐至清初五十九家名作，凡一百首，附注平仄声调。后有谢朝征作笺。

〔4〕《词式》：近人林大椿编著，采调八百四十首，共九百二十四体。有商务印书馆本。

〔5〕《词律》：清万树编著，二十卷。收唐、宋、元词六百六十调，一千一百八十馀体。校订平仄音韵、句法异同、确定规格，对过去流传词谱中的错误纠正不少。

《梅边吹笛谱》[1]悉依古人四声,其词虽见功力,但无以书写胸臆,反以声律害意。

二十

最早见诸著录之词谱为南宋周密《齐东野语》记载之《乐府混成集》,现存最早之词谱为明代之《诗馀图谱》[2]。明代以来作者虽大不乏人,然此时书籍发现流通尚少,作者亦未必专精,故疏略、错漏之处极多。如《填词图谱》未取自唐宋以来作品细加校勘,率意作谱,可平可仄任意为之,更无指出上去二声,又每将独特之逆句改为顺句。

万树《词律》远较《填词图谱》专精,更经杜文澜与徐本立补足之,最为完善。

二十一

词、曲均须有牌名,并记录其宫调、声韵字句,以示区别。曲之宫调论者较多,词则较少。最早为毛氏《填词名解》[3],但此

---

[1]《梅边吹笛谱》:清凌廷堪撰,二卷。
[2]《诗馀图谱》:明张綖撰。共录宋词一百一十首,各图其平仄于前。然校雠不精,意为填注,为万树《词律》所讥。
[3]《填词名解》:清毛先舒撰,四卷。此书解释词调名义,《四库全书总目》评其"附会支离,多不足据"。

书多指出此调乃何人所作或何书引述,而考证未精,颇有疏略舛误之处。

二十二

近代夏氏《词谱溯源》[1]较毛氏之作精细,考据词调为谁所创制,或始于何时,属何宫调,而以宫调为主,大有助于研究词之音律,但于填词无大裨益。

《钦定词谱》于每一词调均附来源,其不可考者,但仅言此调最早于某人所作。

吴氏《词名索引》[2]论列词调出处,最先见何人,曾列何宫调,有何别称,较为详细,虽不无疏略,然目前尚无以过之者。

二十三

毛氏[3]汲古阁《宋六十家词》乃将所收得之词集汇刻而成,并非择名家而刻。故子野、方回、易安、淑真、希真、玉田、碧

---

[1]《词谱溯源》:近人夏敬观撰。于词调源流考订颇精。
[2]《词名索引》:近人吴藕汀撰。将词中各调正名、异名摄为一编,略注原委,以供检阅。
[3]毛氏:毛晋。

山、西麓、草窗[1]均无刻入。即所刻亦未经校勘，所得亦非善本。开明书店曾刊有《宋六十家词》，其校勘记凡四巨册。所刻姜夔之《白石词》、卢祖皋《满江词》、蒋捷《竹山词》与后刻者相校，阙少甚多。

二十四

戈顺卿[2]《宋七家词选》所选多有偏见，只选周、史、姜、吴、张、王、周七家。其所作之《翠薇花馆词》三十九卷，大都只袭南宋如《绝妙好词》体格之外貌。《七家选》中自谓"其意欲求正轨以合雅音"，所选"皆句意全美，律韵兼精"。推其论，则苏辛皆非正轨，故摒弃不选，岂为公允？

二十五

《花庵词选》[3]虽错谬颇多，时见以乙词误作甲词者。然所录未见于他选本之词亦不少。不独晏殊"燕子来时新社"之《破阵子》，即"年少抛人容易去"之《玉楼春》，亦仅见于此选本。

---

[1]子野、方回、易安、淑真、希真、玉田、碧山、西麓、草窗：张先、贺铸、李清照、朱淑真、朱敦儒、张炎、王沂孙、陈允平、周密。
[2]戈顺卿：戈载。
[3]《花庵词选》：南宋黄升编。自唐至南宋，搜罗颇广，所录多典雅清俊，非如《草堂诗馀》专取俗体，但不及《绝妙好词》精审。

二十六

《清名家词》[1]所辑有甚不堪入目者。如《筝船词》[2]、《香销酒醒词》[3]之类。浅陋儇佻，何足名家。而较负才名之王时翔、王汉舒[4]，及余怀、钱芳标等均未录入。功力稳当之任曾贻、史承谦亦无列入。即过春山、张四科二人之词虽不甚佳，然皆胜于所辑者，亦付阙如。张景祁本咸同间一好手，竟亦不选。王国维《观堂长短句》可能是以彊邨遗书所刻者为底本，故录词甚少，不如世界书局所刊《静安词》之全也。所选李慈铭之《露川花隐词》，亦不如李自选之《越缦堂词录》。

二十七

《云林词》以江氏灵鹤阁所刻本为较佳，[5]然已杂收小曲矣。

---

[1]《清名家词》：陈乃乾编，1936年初版于开明书店，上海书店曾影印。
[2]《筝船词》：刘嗣绾撰。
[3]《香销酒醒词》：赵庆熺撰。
[4]王汉舒：王策。
[5]《云林词》：元画家倪瓒（号云林）著。其词多写天涯羁旅之乡愁和"青山故国，乔木苍苔"之悲怀。江氏灵鹤阁所刻本，指清代江标辑刊的《宋元名家词十五种》。

二十八

梦窗题《绝妙好词》一阕[1]及草窗《玉漏迟》题梦窗词稿[2]，此两词余早疑及。一、梦窗生卒年虽不可考，但夏承焘之《吴梦窗系年》钩稽颇细密（杨铁夫之《梦窗事迹考》不可靠）。《系年》暂定梦窗约生于宁宗庆元六年庚申（一二〇〇年），是年为一岁。草窗生于理宗绍定五年壬辰（一二三二年），是则梦窗长于草窗三十二岁。《系年》定梦窗卒在景定元年庚申（一二六〇年），约为六十二岁。是年草窗为三十岁，岂能谓"与君同是承平年少"哉？二、《蘋洲渔笛谱》附录梦窗之《踏莎行》题为"敬赋草窗绝好词"而非绝妙好词。且《蘋洲渔笛谱》影抄本于宋帝讳皆以缺笔避之，似应是结集于宋亡前后（宋亡时草窗四十五岁）。至《绝妙好词》所自选之作，应悉在宋亡之后。《绝妙好词》编于杨琏真伽发六陵、宋帝昺迁崖山之际（以《乐府补题》所咏仅及发陵而未写宋帝昺蹈海，其咏白莲则指宫人之迁于海，而未有哀悼杨太后赴水之语），集中已选及《乐府补题》所咏物之作，梦窗安能为是编而题词。杨铁夫谓吴梦窗或卒于临安陷后与迁崖之前。

---

〔1〕《绝妙好词》一阕：指《踏莎行·敬赋草窗绝妙词》（残篇）："杨柳风流，蕙花清润。蘋□未数张三影。沉香□醉调清平，新辞□□□□。 鲛室裁绡，□□□□。□□白雪争歌郢。西湖同结杏花盟，东风休赋丁香恨。"

〔2〕草窗《玉漏迟》题梦窗词稿：指《玉漏迟·题吴梦窗词集》："老来欢意少。锦鲸仙去，紫箫声杳。怕展金奁，依旧故人怀抱。犹想乌丝醉墨，惊俊语、香红围绕。闲自笑。与君共是，承平年少。 雨窗短梦难凭，是几番宫商，几番吟啸。泪眼东风，回首四桥烟草。载酒倦游处，已换却、花间啼鸟。春恨悄。天涯暮云残照。"

果如是者，梦窗殆近八十岁矣（七十七岁）。梦窗不及见宋亡，杨氏仅举其数首词（如《三姝媚》《古香慢》），以语近哀思，定为及见元兵破临安。此论证实不足，或有感于国势日蹙，伤时念乱而作耳。草窗集外词，均出自江昱所辑。江辑之词，未注出处（王碧山题草窗词卷亦为《踏莎行》，较切草窗，不如梦窗之应酬语，颇疑此词非梦窗之作）。然则"与君共是，承平年少"二语，究应作何解释？余意以为解释二窗、梅溪等词语，似不宜过于实指，姑可作此解法：梦窗曾是"醉围红袖写乌丝"之承平年少，草窗亦曾是"酒半阑、重绕鸾机，醉靥争妍红玉"之承平年少；梦窗骑鲸归去，而草窗则国亡家破，垂老情怀均无欢趣矣。如此解法，虽不免属于牵强，尚可粗完其说。但"故人""犹想""回首"数语，则似是吴、周二人确有往还者。梦窗之交游，有不少与草窗有倡和酬赠者（但草窗仍称其别号，当非前辈），惟独梦窗无与草窗酬赠，亦未见道及草窗。而草窗之《玉漏迟》却写得如此密切，亦是不可理解也（虽非同是"承平年少"，但总不免有所酬赠。即如廖忏庵[1]、黎六禾等均长余五十年，亦互有赠答也）。此词为江昱所辑，不注出处，不知有无经过考证，仍前人之误，而以他人之作误为梦窗之词（此说无证，只为臆测）。又

---

[1] 廖忏庵：廖恩焘。

如草窗之《玲珑四犯》题为"戏调梦窗"[1]，则甚不伦，草窗既少梦窗三十二岁，安有以文字调弄之理？此类问题，未得确实资料，只能存疑，将来若有所得，当补述之。

二十九

《点绛唇》第二句七字语，第一字宋人百分之九十九都作仄，即仄平平仄平平仄。惟冯延巳"飞琼家住瑶台路"，"飞"为平声，曾自以为可据。后阅四印斋[2]《阳春集》，讵竟作"阿琼家住瑶台路"，始信该字作仄果无例外。

三十

《减字木兰花》此调共分四段。用韵平仄迭换，最易散破。用笔应似断仍续，用意则似分仍合，以一境为主，杂以他境相配，方称合作。其转折虚字宜参以古文法行之，始能层转意达。

---

[1]《玲珑四犯·戏调梦窗》："波暖尘香，正嫩日轻阴，摇荡清昼。几日新晴，初展绮屏纹绣。年少恐负韶华，尽占断、艳歌芳酒。奈翠帘、蝶舞蜂喧，催趁禁烟时候。　杏腮红破梅钿皱。燕归时、海棠厮勾。寻芳较晚，东风约、还约在刘郎归后。凭问柳陌旧莺，人比似、垂杨谁瘦。倚画阑无语，春恨远，频回首。"

[2] 四印斋：指《四印斋所刻词》，清末王鹏运辑，共二十四种。

三十一

《阮郎归》五字句的第三字,最好用平声,如此其调益响朗。换头三字句宜平仄仄(《鹧鸪天》亦如之)。

三十二

《临江仙》调最佳者莫如上下片起均作七字六字。如有两句六字,不免对偶,过于整齐,难见姿致。如上七下六,则易于抑扬开合,跌宕有致。上阕两句五字句,则不宜对。对则难工,不对则可使收处宕得开或更进一境。填词者对参差长短之句易工,便于起伏跌宕也。对整齐对偶之句难好,易于凝滞堆叠也。

三十三

《唐多令》此调上下之第二句当为平平平仄平之半拗句。上下片三字句应仄平仄、仄平平,使音节较拙,以约束其流滑。宋人亦有作平仄仄、仄平平。但终不如仄平仄、仄平平之折腰六字句,亦即两句三字贯成一句较为拙而有致。

三十四

《定风波》之二字短句,为此调最吃紧之处,负担着承上转下之作用。

三十五

《千秋岁》此调不易填,句式既整齐(如三五字偶句),又错落(由三字忽接七字)。填时须于停蓄中见动荡,往代名作亦不多睹,淮海"水边沙外"一词,当时推为绝唱,东坡、山谷皆有和作,亦终逊一筹。[1]

三十六

《祝英台近》句语长短错落,必须直行之以气,并用重笔,贯注回荡,始称佳构。试读前人名作,莫不如此。如气势稍弱,则易破碎。稼轩"宝钗分"[2]一词,六百年间,无人嗣响,至彊邨"掩峰屏"[3]始堪抗手也。

---

[1]秦观《千秋岁》:"水边沙外。城郭春寒退。花影乱,莺声碎。飘零疏酒盏,离别宽衣带。人不见,碧云暮合空相对。 忆昔西池会。鹓鹭同飞盖。携手处,今谁在。日边清梦断,镜里朱颜改。春去也,飞红万点愁如海。"苏轼和词:"岛边天外。未老身先退。珠泪溅,丹衷碎。声摇苍玉佩,色重黄金带。一万里,斜阳正与长安对。 道远谁云会。罪大天能盖。君命重,臣节在。新恩犹可觊,旧学终难改。吾已矣,乘桴且恁浮于海。"黄庭坚和词:"苑边花外。记得同朝退。飞骑轧,鸣珂碎。齐歌云绕扇,赵舞风回带。严鼓断,杯盘狼藉犹相对。 洒泪谁能会。醉卧藤阴盖。人已去,词空在。兔园高会悄,虎观英游改。重感慨,波涛万顷珠沉海。"

[2]稼轩"宝钗分":即辛弃疾《祝英台近》:"宝钗分,桃叶渡。烟柳暗南浦。怕上层楼,十日九风雨。断肠片片飞红,都无人管,倩谁唤、流莺声住。 鬓边觑。试把花卜归期,才簪又重数。罗帐灯昏,哽咽梦中语。是他春带愁来,春归何处。却不解、带将愁去。"

[3]彊邨"掩峰屏":指朱孝臧《祝英台近·钦州天涯亭梅》,全词见《分春馆词话》卷三·五十四(本书第114页)。

三十七

《荔枝香近》一调,首句《词律》引方千里和美成词分为两句。上句六字,下句三字。吴梦窗则两阕亦分两句,但句作上四下五,似较畅顺。[1]余意以为可以作九字句,不论上六下三,抑上四下五,均可分句,而以一气连贯,有如上段歇拍处[2]。句虽九字,倘上二下七或上四下五亦无不可。换头三字,各家均不叶韵,一连三句始叶韵。但梦窗词之第一阕第一句"淮楚尾",则似有作意作叶韵者,作法较不叶韵为易着笔。余旧作《荔枝香近·戊申重五》云:"骇浪冲烟,连队溪外去。绣旗指引千桡,上下随鼍鼓。玉龙怒吻飞珠,洒作端阳雨。还记少日承平旧时序。 吟望苦。问愁魄、今何许。待荐蒲樽,渺渺楚江难注。垂老逢辰,莫向葵墙觅题句。梦落菱州藕渚。""苦"字叶韵,亦谨依前贤耳。

三十八

《隔浦莲近》一调,宋以后作者极少,堪称险调,一、全词十五句,无一平声句(即句末之字皆仄声,无平声),故无抑扬

---

[1]《荔枝香近》:《词律》所引周邦彦词,首句作:"夜来寒侵酒席,露微泫。"方千里词作:"胜日登临幽趣,乘兴去。"吴文英《荔枝香近·送人游南徐》首句作:"锦带吴钩,征思横雁水。"又《七夕》首句作:"睡轻时闻,晚鹊噪庭树。"

[2]歇拍处:指词上阕最后一句。此词歇拍,周邦彦作:"回顾、始觉惊鸿去云远。"方千里作:"深涧、斗泻飞泉溜甘乳。"

之致，语多哑而欠响；二、拗句多，音调不流畅，第四韵及第十韵二句，尤难作；三、有三字句、二字句、六字弓腰句，句短而又须叶韵，如此险调，殊不易填，能合律而又文从字顺，已属难能，倘语出自然，则更属老到矣。古来佳作，当以美成"新篁摇动翠葆"一词[1]为最。结句云："屏里吴山梦自到。惊觉。依然身在江表。"有馀不尽。

三十九

《醉翁操》此调本为琴操，宋人中仅见苏辛两作（此词《东坡乐府》不载，只载于补遗。其写作过程，见苏自序）。[2]至清中叶始有人填之。此调造句短长相杂，韵密气促，最不易填。蕙风"凄然"一词[3]，沉郁幽深，骎骎乎苏、辛之上。

---

〔1〕"新篁摇动翠葆"一词："新篁摇动翠葆。曲径通深窈。夏果收新脆，金丸落、惊飞鸟。浓霭迷岸草。蛙声闹。骤雨鸣池沼。　水亭小。浮萍破处，帘花檐影颠倒。纶巾羽扇，困卧北窗清晓。屏里吴山梦自到。惊觉。依然身在江表。"

〔2〕《醉翁操》：由沈遵作，写琅琊幽谷之音，以纪念醉翁欧阳修。苏轼词亦为纪念欧阳修而作。词云："琅然。清圜。谁弹。响空山。无言。惟翁醉中知其天。月明风露娟娟。人未眠。荷蒉过山前。曰有心也哉此贤。　醉翁啸咏，声和流泉。醉翁去后，空有朝吟夜怨。山有时而童巅。水有时而回川。思翁无岁年。翁今为飞仙。此意在人间。试听徽外三两弦。"辛词云："长松。之风。如公。肯余从。山中。人心与吾兮谁同。湛湛千里之江。上有枫。噫，送子东。望君之门兮九重。　女无悦己，谁适为容。不龟手药，或一朝兮取封。昔与游兮皆童。我独穷兮今翁。一鱼兮一龙。劳心兮忡忡。噫，命与时逢。子取之食兮万钟。"宋人尚有郭祥正、楼钥所作。

〔3〕蕙风"凄然"一词：指况周颐《醉翁操》，全词见《分春馆词话》卷三·五十九（本书第117页）。

四十

词牌不同,格调自异,作法亦随之不同。如《六州歌头》三字短句多,须利用其特点,将其连接之三字句作一句填。观张孝祥及况周颐之作,无不如此。[1]若分为一句一句作,则松散不成片段,盖三字句短,不容转折也。

四十一

《高阳台》平顺整齐,流畅有馀。若不以重笔书之,必致轻浅浮滑之病。故填词者涩调拗句,常易见胜;谐调顺句(尤其平韵者),则不易工。梦窗咏落梅(宫粉雕痕)[2]、丰乐楼(修竹凝

---

〔1〕张孝祥《六州歌头》:"长淮望断,关塞莽然平。征尘暗,霜风劲,悄边声。黯销凝。追想当年事,殆天数,非人力,洙泗上,弦歌地,亦膻腥。隔水毡乡,落日牛羊下,区脱纵横。看名王宵猎,骑火一川明,笳鼓悲鸣,遣人惊。 念腰间箭,匣中剑,空埃蠹,竟何成。时易失,心徒壮,岁将零。渺神京。干羽方怀远,静烽燧,且休兵。冠盖使,纷驰骛,若为情。闻道中原遗老,常南望、翠葆霓旌。使行人到此,忠愤气填膺。有泪如倾。"况周颐《六州歌头·镜中见鬓丝有白者》:"飞蓬两鬓,容易雪霜欺。能似旧,青青否,一丝丝。不须悲。草木无情物,催换叶,清秋节,芳未歇,寒先彻,底禁持。似我工愁,倘不教憔悴,造物何私。况天涯漂泊后,昨梦都非。老态垂垂。镜先知。 念欢事少,忧心悄,吾衰早,复奚辞。长似此,星星矣,欲胡为。莫频窥。一样伤心色,行滋蔓,到吟髭。金粉改,江山在,越悽其。商妇琵琶,咽到无声处,紫损蛾眉。便青春又也,忍忆少年时。醉插花枝。"

〔2〕梦窗咏落梅(宫粉雕痕):即吴文英《高阳台·落梅》:"宫粉雕痕,仙云堕影,无人野水荒湾。古石埋香,金沙锁骨连环。南楼不恨吹横笛,恨晓风、千里关山。半飘零,庭上黄昏,月冷阑干。 寿阳宫里愁鸾。问谁调玉髓,暗补香瘢。细雨归鸿,孤山无限春寒。离魂难倩招清些,梦缟衣、解佩溪边。最愁人,啼鸟晴明,叶底清圆。"

妆）[1]二阕,字面秾丽,用笔极重,故无浅率之弊。余丙午年《高阳台·九月初三悼杨生作》词云:"趋暝鸦翻,堆寒叶积,画楼消息重探。梦醒欢丛,家山望绝天南。灯昏罗帐沉沉夜,记年时、九月初三。更那堪,恨结垂杨,泪满青衫。　闲来忍忆樽前句,甚惊秋摇落,先悼江潭。漫托春心,可怜怨宇冤衔。飙风倘逐羁魂去,怕九阍、天路难谙。渺烟岚。楚些愁招,断札谁缄。"杨生年长于余,从余学词,不幸横死于暴力,清夜思之,能无泫然?

四十二

《澡兰香》[2]创自梦窗,当以词中"澡兰帘幕"一语而名调,宋人未有他作。词中上阕"伤心红绡褪萼"一句与下阕"应剪菖蒲自酌"一句位置相同,而"心"为平,"剪"为仄,声位相异,极疑"剪"字乃上作平者。

四十三

《木兰花慢》词体,句式长短兼杂,有开有合。如将前人之作相互作比较,则见长句多用宕笔,对偶句多作停顿或小结。昌

---

[1]丰乐楼（修竹凝妆）：全文见《宋词选析》之《高阳台·丰乐楼分韵得如字》（本书第331页）。

[2]《澡兰香》：全词见第34页注释。

黎论文，谓"气盛则言之短长与声之高下者皆宜"，此谓句式既属长短交错，当宜行之以气。稼轩"老来情味减"一词[1]，试于风清月朗之夜，纵声吟唱，则可得其气矣。

四十四

《烛影摇红》一调甚为严整，以其句势易于排宕，但人多忽略之。例如上下阕两处七字句，首四字往代名篇悉作仄平平仄，以三平起者可谓百中仅见一二而已。作者于此每欠注意，以为如七字诗之一三可不论也。至上下阕第五句、第六句尾二字，为押韵者，又必须用上去声。偶有连用两上声字，但例极少，稍大意则失律。余旧作《烛影摇红·海边落叶》云："秋尽神宫，羁魂海外归何世？西风到此却无声，空费千家泪。恨满扶桑弱水。怪冤禽、惊寒不起。顿教流散，异国残红，前朝衰翠。　断梗空枝，彩幡纵有应难庇。严城乌鹊更何投，凄奏来天地，一曲旧游漫记。渺苍波、斜阳倦倚。樽前起舞，恩怨无端，湘弦弹碎。"词中"羁"字应作仄，"海"字、"纵"字应作平，"西"字、"严"字宜作仄，"到"字宜作平。然为调不应以声律害意，故未忍辄改易耳。

---

[1]稼轩"老来情味减"一词：即辛弃疾《木兰花慢·滁州送范倅》："老来情味减，对别酒，怯流年。况屈指中秋，十分好月，不照人圆。无情水，都不管，共西风只管送归船。秋晚莼鲈江上，夜深儿女灯前。　征衫。便好去朝天。玉殿正思贤。想夜半承明，留教视草，却遣筹边。长安故人问我，道愁肠殢酒只依然。目断秋霄落雁，醉来时响空弦。"

四十五

《八声甘州》一调最要紧处为两三字豆。作时需跌宕。词中之腾翻跳跃,转折跌宕,皆赖虚字表达。名词不可使用太多,多则易支离破碎,且笔气不易贯串。用虚字宜从古文中参之。玉田"记玉关踏雪事清游"[1]、鹿潭"又东风唤醒一分春"[2]等阕,皆可为法。

四十六

《锁窗寒》此调造句长短参错,且多拗语,苟非以气行之,必难贯注,调亦不响。美成寒食"暗柳啼鸦"一阕[3],笔力奇横,气足故也。

---

[1]玉田"记玉关踏雪事清游":即张炎《八声甘州》:"记玉关踏雪事清游,寒气脆貂裘。傍枯林古道,长河饮马,此意悠悠。短梦依然江表,老泪洒西州。一字无题处,落叶都愁。 载取白云归去,问谁留楚佩,弄影中洲。折芦花赠远,零落一身秋。向寻常、野桥流水,待招来、不是旧沙鸥。空怀感,有斜阳处,却怕登楼。"

[2]鹿潭"又东风唤醒一分春":即蒋春霖《八声甘州》,全词见《分春馆词话》卷三·三十八(本书第106页)。

[3]美成寒食"暗柳啼鸦"一阕:即周邦彦《锁窗寒》:"暗柳啼鸦,单衣伫立,小帘朱户。桐花半亩,静锁一庭愁雨。洒空阶、夜阑未休,故人剪烛西窗语。似楚江暝宿,风灯零乱,少年羁旅。 迟暮。嬉游处。正店舍无烟,禁城百五。旗亭唤酒,付与高阳俦侣。想东园、桃李自春,小唇秀靥今在否。到归时、定有残英,待客携尊俎。"

四十七

《三姝媚》亦不易填,适宜一韵一意。层层变换而脉络相贯,方不失通篇主题。梦窗《三姝媚·过都城旧居有感》云:"湖山经醉惯。渍春衫、啼痕酒痕无限。又客长安,叹断襟零袂,涴尘谁浣。紫曲门荒,沿败井、风摇青蔓。对语东邻,犹是曾巢,谢堂双燕。　春梦人间须断。但怪得当时,梦缘能短。绣屋秦筝,傍海棠偏爱,夜深开宴。舞歇歌沉,花未减、红颜先变。伫久河桥欲去,斜阳泪满。"如削笋剥蕉,层层深入,可以为法。

四十八

婉约之调,如《满庭芳》用笔须舒徐委婉,多见跌宕、变化,文情始与声情、笔法和谐一致。秦少游"山抹微云""晓色云开"[1]数阕,和婉醇正,含蓄有味。

---

[1]秦少游"山抹微云":全词见《宋词选析》(本书第282页)。"晓色云开":即秦观《满庭芳》:"晓色云开,春随人意,骤雨才过还晴。古台芳榭,飞燕蹴红英。舞困榆钱自落,秋千外、绿水桥平。东风里,朱门映柳,低按小秦筝。多情。行乐处,珠钿翠盖,玉辔红缨。渐酒空金榼,花困蓬瀛。豆蔻梢头旧恨,十年梦、屈指堪惊。凭阑久,疏烟淡日,寂寞下芜城。"

四十九

疏朗之调,如《水龙吟》,下笔须健劲快捷,试看辛弃疾"楚江千里清秋"一阕[1],即读来亦不容缓慢,盖其用笔极其遒劲也。东坡"似花还似非花"一阕[2],以劲笔写柔情,无怪张叔夏称其"愈出愈奇,真是压倒今古"也。

五十

宋词中尝有被称为一时名作,而文字不甚可观者,盖其作品以音乐为第一位,文字只服从音乐需要,所占位置不如音乐性之重要(《草堂诗馀》[3]所选应歌分类之作,其中俗调太率者)。经过作者变伶工之词为士大夫之词,词之风格始高,境界始大。而以正统自

---

〔1〕"楚江千里清秋"一阕:即辛弃疾《水龙吟·登建康赏心亭》:"楚天千里清秋,水随天去秋无际。遥岑远目,献愁供恨,玉簪螺髻。落日楼头,断鸿声里,江南游子。把吴钩看了,栏干拍遍,无人会,登临意。 休说鲈鱼堪脍,尽西风,季鹰归未。求田问舍,怕应羞见,刘郎才气。可惜流年,忧愁风雨,树犹如此。倩何人唤取,红巾翠袖,揾英雄泪。"

〔2〕"似花还似非花"一阕:即《水龙吟·次韵章质夫杨花词》:"似花还似非花,也无人惜从教坠。抛家傍路,思量却是,无情有思。萦损柔肠,困酣娇眼,欲开还闭。梦随风万里,寻郎去处,又还被,莺呼起。 不恨此花飞尽,恨西园、落红难缀。晓来雨过,遗踪何在,一池萍碎。春色三分,二分尘土,一分流水。细看来不是,杨花点点,是离人泪。"

〔3〕《草堂诗馀》:南宋坊间所编的一部词的总集,所选作品偏于通俗。在明代大为流行,也对明代的词风产生了很大影响。

居之评论家，反指为"长短不葺之诗"。余尝指出，词自东坡，才宣导文学与音乐分家，而将文学性提高至第一位，音乐始退至次要地位，所谓"指出向上一路"，此论颇邀时赏（前人论东坡以诗为词，余以为此乃褒语而非贬语，此乃就词学发展至今而言，于宋时当属贬语矣。东坡非不懂音乐也，但不肯以文学而受音乐之支配耳）。

五十一

词既为有一定格式之文体，吾人填词不能不依照其格律，盖不守格律，即非词矣。

填词同部韵可叶，唯平声韵须注意阴、阳平之配搭，稽诸古人名作，其音节或铿锵可诵，或和婉流畅，盖阴、阳平参叶得当之故。设使一首词中，一连四五韵均叶阳平，则必然低沉黯哑，了无爽朗声情。

阴平声响，阳平声沉。如要声调稍为低沉，可多叶阳平声韵。如须激越高亢，可较多叶阴平声调。

总之，断乎不可一连叶三个阴平韵或者三个阳平声调，叶韵时视文情而定。

至于仄声韵亦须上、去声安排妥当，然后声调才有起伏升沉之致。

五十二

守律无须坚守古人四声,一般只分平仄即可。否则因声害意,窒息性灵,了无生气。可于古人作品中,仔细校勘其多用或必用上去入声者择其善者而从之。

出笔寄意不能为词谱声律所约束,须多读熟读古人名作,心领神会,务使所作既坚守格律,又读来自然洒脱,若不矜意者。

五十三

词之用韵远较诗为复杂:有平声一韵到底者,如《少年游》;有仄声一韵到底者,如《卜算子》;有平声韵转换仄声韵者,如《河渎神》;有仄声韵转换平声韵者,如《清平乐》;有平声韵通叶同部仄声韵者,如《西江月》;有同部平仄声参错互叶者,如《戚氏》;有以平声韵为主叶别部仄声韵者,如《相见欢》;有一字、二字短韵者,如《十六字令》《满庭芳》;有句中韵者,如《木兰花慢》;有同一调可全用平声韵或全用仄声韵者,如《满江红》;有用叠韵者,如《钗头凤》;有全首押一个韵即同字押韵者,如北宋黄庭坚之《瑞鹤仙》"环滁皆山也"[1];有全首韵位一律

---

[1]《瑞鹤仙》"环滁皆山也":黄庭坚《瑞鹤仙》隐括欧阳修《醉翁亭记》,全词为:"环滁皆山也。望蔚然深秀,琅琊山也。山行六七里,有翼然泉上,醉翁亭也。翁之乐也。得之心、寓之酒也。更野芳佳木,风高日出,景无穷也。
游也。山肴野蔌,酒洌泉香,沸觥筹也。太守醉也。喧哗众宾欢也。况宴酣之乐、非丝非竹,太守乐其乐也。问当时、太守为谁,醉翁是也。"

用些字,而韵在些字之上,一如《诗经》《楚辞》之"兮"字上叶韵者,如辛弃疾之《水龙吟·吟瓢泉》[1]。

五十四

词韵本自诗韵,北宋时未见著述,但将诗韵略宽而为之。南宋朱敦儒、张辑虽有所述,亦已因时佚遗,明清之际不乏著述者,然皆多谬误或失诸粗略,唯戈顺卿《词林正韵》始较正确完善,自此约定俗成,以为填词准则。

五十五

凡属险韵、窄韵,不独使所押之字妥帖安稳,且须令人读之,觉其新颖自然,而确不能易以他字者,方称善用。

---

[1]《水龙吟·吟瓢泉》:即辛弃疾《水龙吟·用些语再题瓢泉,歌以饮客,声韵甚谐,客皆为之釂》:"听兮清珮琼瑶些。明兮镜秋毫些。君无去此,流昏涨腻,生蓬蒿些。虎豹甘人,渴而饮汝,宁猿狖些。大而流江海,覆舟如芥,君无助,狂涛些。 路险兮山高些。愧余独处无聊些。冬槽春盎,归来为我,制松醪些。其外芳芬,团龙片凤,煮云膏些。古人兮既往,嗟余之乐,乐箪瓢些。"

五十六

词用险韵远较诗少，用僻字亦较诗少（沈寐叟[1]间用之）。因其篇什尚未如诗之多。往往在诗中已成熟套者，于词则尚觉新异，是以作者仍未须刻意求生僻也。

五十七

守律诚难事，然经再三句斟字酌，使其既合于格律，而又字面警策、意境深厚、音节和谐，反觉词谱具有特色，如况蕙风所云："此时曼声微吟，拍案而起，其乐如何！虽剥珉出璞，选蕙得珠，不逮也。"

五十八

词律之于填词，诚乃束缚约制。世称苏东坡横放杰出，不受音律限制，其所以如此，盖其时词能应歌。东坡每将四字句添变五字句，五字句缩减为四字句，实乃歌时以快、慢调剂之矣。至其《念奴娇》"大江东去"一阕："浪淘尽、千古风流人物""故垒西边，人道是、三国周郎赤壁""小乔初嫁了，雄姿英发""羽扇纶巾，谈笑处""多情应笑我、早生华发"，句式虽与原来不

---

[1] 沈寐叟：沈曾植。

同，然在一韵之中，字数无多无少，此亦歌时上下快慢调剂而已。稼轩更纵横驰骤，大气流行，但极少发现有不合律处，虽僻拗难填之调，亦能守律。此由大才，格律纵严，犹能从容不迫，应付自如，使人不觉其守律。

五十九

依四声者无非求协律耳。然一调之中，吃紧之处，无非数字，但求能突出其吃紧之数字便足。杨易霖《周词订律》一书所举前人用清真之调者（宋人）亦非字字悉守其声也。清人凌廷堪最守四声，然其《梅边吹笛谱》所载各词，多为积襞之作，殊少意境，此非吃力不讨好乎？

六十

述叔守声，只求于吃紧之字而守之。其馀四声，可守即守，不复强求。故其守声之字句，亦出于自如，读者觉其仍甚从容。鹿潭亦守声，其守声之处，看似毫不费力。盖其功力、才力俱到炉火纯青之候，非声字所能约束者。然仍有极约束之处，写来亦拘滞也，此只就守声而论。

六十一

余填词只于一谱中之吃紧处，必依其声，其馀则不甚注意。否则，以声损意，填词如桎梏矣。宋人为词，亦未尽依四声。盖宋人为谱，稍后数十年，即不复能按谱而歌，既不能付之管弦，则作长短不葺之诗而已。况歌者有融字之法，即其声不洽者，歌者亦能在唱时运腔融转之，使其合拍。例如小明星[1]之"风流梦"士工慢板一段中有"深院更空"一句。"空"字于律作上音，即仄声音。而小明星唱时能将"空"字融作上音，变平声为仄声，于律无碍。盖先唱空音而收音，音变为"控"声也。

阴上作平，阳上作去，昔人已惯用之。夏承焘《词学常识》[2]词谱一章，论之甚详。盖上声字稍读响一些则变平声，稍读沉些则变去声，其声位介乎平与去之间也。阴上作平，阳上作去，例子甚多，不须举矣。

---

[1] 小明星：粤曲曲艺演员邓曼薇的艺名。其唱腔被称为"星腔"，以吐字圆润宛转见称。二十世纪三十年代前后，与张月儿、徐柳仙、张蕙芳合称粤曲平喉"四大名家"。

[2] 夏承焘《词学常识》：指夏承焘、吴熊和著《读词常识》一书。阴上作平、阳上作去见于该书第四章《词与四声》。

六十二

清初《填词图谱》将唐宋词中之拗句,皆改成可平可仄,即不管拗与不拗,但求字数多少相同,于是以拗句显得独特之调,一经窜改,不标明词牌,便不知为何调。此实畏守律之难而改易,故万树《词律》专为此驳斥之,强调守律之要。

六十三

就句中平仄而言,句有顺拗之分。惯作诗者,于词之拗句每感不易为,甚而忽略,以为平仄配搭,即得高低抑扬之致,而殊不知所以舍易求难,弃顺取拗,实乃故意为之,使与当时歌唱之宫调声律相协,如平声字多强调柔和或嘹亮,仄声字多则强调低沉暗哑。

六十四

守律应注意于拗句。凡拗句中之字,必为吃紧之处,应该严守,不应妄为改易。否则,会失去调中之特色。如为顺句,则不妨略宽一些(不必固守四声)。

六十五

柳永、周邦彦创调特多,而有拗句之调更不少,但读来音节自然流畅,又不因拗句而碍内容之抒发,此乃柳、周所以为大家之长。须于其拗处熟读揣摩,多读几家几阕,务使得其神理,下笔时自会冥合前贤。

六十六

遇全平声之拗句,则须阴阳平安排妥当;遇全仄声之拗句,则上去声须配搭停匀;遇一句中有平有仄而平多仄少,则既须顾及阴阳平之配搭,尤须注意仄声字必用去声,盖上声、入声与平声邻近,读时稍高或稍低即变为平声,而去声万不能变为平声。

如史达祖《寿楼春》"裁春衫寻芳","裁""寻"二字阳平,"春""衫""芳"三字阴平,读来犹有高低抑扬之致,至"犹逢韦郎"四字俱用阳平,音节显见低沉。

又如吴文英《莺啼序》"傍柳系马","傍""系"二字去声,"柳""马"二字上声,读来尚见变化,稍有抑扬。

再如秦观《八六子》"黄鹂又啼数声","黄""鹂""啼""声"四字均为平声,即六字句中,四字平声,仄声仅占二字,倘此二仄声字用上或入声则将近似六平,故此二仄声均用去声。而此句"黄""鹂""啼"同为阳平,是以"声"字用阴平,使音节不至过于低沉。如词中"水边红袂分时","边""红""分""时"同为平声,因此"袂"应用去声。

四字句中,有三平一仄者,该句之仄声字尤应用去声字,即此一理。

卷三　清代及民国各家词

一

吾粤为词风气,远后江南。宋、元、明之词人占籍岭南者寥寥无几,作品亦非出色。清代以来,当推屈翁山[1]为第一人(此说叶遐庵[2]最为同意)。朱彊邨题清朝名家词集,亦以翁山冠首,足见其对屈词之推重矣。《道援堂词》极沉郁凄婉,多感时伤事之作。其比兴要眇之旨,实与屈原为近。无论思想与艺术上之成就,均远过于清初阳羡、浙西[3]诸人。惜其词集在清代曾被列为

---

[1] 屈翁山:屈大均。
[2] 叶遐庵:叶恭绰。
[3] 阳羡、浙西:指清初阳羡词派与浙西词派。阳羡词派活跃于顺治年间和康熙前期,因此派宗主陈其年为江苏宜兴(古称阳羡)人,故世称阳羡派。阳羡词人崇尚苏轼、辛弃疾,词风雄浑粗豪、悲慨健举,派中作家尚有曹贞吉、万树、蒋景祁等。浙西词派见《分春馆词话》卷一·三(本书第7、8页)。

禁书，未得广为流传。《国朝词综》[1]所录，亦屈词中二三等作品，未能代表其成就，遂使一代仙才，沦没无闻，良可浩叹。近日得《骚屑词》全集，快读一过，喜何可言也。

二

屈翁山《梦江南》词云："悲落叶，叶落落当春。岁岁叶飞还有叶，年年人去更无人。红带泪痕新。"寄意比兴，极哀感悲慨。"落当春"三字，如哀猿凄引，盖明亡于暮春，绍武政权亦覆灭于正月也。对句语更为沉痛，"更无人"，谓明已无后矣。古来填此调者，以屈作最为沉郁深厚，即李煜"多少恨"一词亦不能及也。又《紫荬香慢·送雁》词，可为屈词独特风格之代表作。明亡后，中原人物，络绎南逃，哀鸿遍野，饿殍盈路，本词当为此而发。

三

清初诸家，如李雯、吴伟业、宋征舆辈，所为皆"诗人之词"，以词为诗之馀，模拟花间、草堂[2]冶艳之调，故成就不高。

---

[1]《国朝词综》：清王昶编辑，四十八卷。另《国朝词综二集》八卷。其后黄燮清辑《国朝词综续编》二十四卷，丁绍仪辑《国朝词综续编》五十八卷，续补八卷。

[2]花间、草堂：指《花间集》和《草堂诗馀》。

王士禛词亦重神韵，但才力薄弱，以写七绝之惯技而为小令，虽时有可人之语，然终乏大家风度。其《浣溪沙》词云："北郭青溪一带流。红桥风物眼中秋。绿杨城郭是扬州。　西望雷塘何处是，香魂零落使人愁。淡烟芳草旧迷楼。"上半阕一气呵成，以自然动荡之笔写扬州景物，颇具特色。四、五句不作对偶，则效唐五代格调。以炀帝喻福王，借伤隋事痛惜弘光失守扬州，感慨而含蓄，怨而不怒。

四

曹贞吉《珂雪词》好用重笔，雄奇磊落，气势甚劲，艺术风格略傍稼轩，然无刘改之[1]辈奔肆叫嚣之习，雍容大雅，不作富艳纤弱之语。曹词往往吊古伤今，眷怀故国，然集中所附清初诸大老评语，则标榜过甚，读者宜慎之。其《留客住·鹧鸪》词云："瘴云苦。遍五溪、沙明水碧，声声不断，只劝行人休去。行人今古如织，正复何事关卿，频寄语。空祠废驿，便征衫湿尽，马蹄难驻。　风更雨。一发中原，杳无望处。万里炎荒，遮莫摧残毛羽。记否越王春殿，宫女如花，只今惟剩汝。子规声续，想江深月黑，低头臣甫。"此词本集无人作评，即谭献《箧中词》亦只评云："投荒念乱之感。"其实此词乃写桂王朱由榔西奔云南事。"五溪"一语，点明滇中。"空祠"三句，极力描述桂王突围

---

〔1〕刘改之：南宋词人刘过。

时避雨山神庙事,为记实之语,感慨万千。过片后,补述对中原之忆念,收句点出全篇主题,盖贞吉亦以遗臣自命也。朱彊邨题《珂雪词》云:"留客住,绝调鹧鸪篇。脱尽词流芗泽习,相高秋气对南山。骎度衍波前。"可见推许之至矣。龙榆生亦谓珂雪"魄力固在王士禛之上",信焉。

五

《珂雪词》集中《浪淘沙·秋夜》[1]词,竹垞《词综》[2]录之。但下半阕作:"孤枕梦难成,怕听声声。一天黄叶雁纵横。搔首自怜霜满鬓,又唤愁生。"语意远胜原作,想乃后来改定者。又《留客住·鹧鸪》为集中压卷之作。此本(指商务版《珂雪词》)所录阮亭、金粟[3]、山来[4]、其年诸公评语,于集中诸作,多所过誉。然于此阕,竟只字未及之,非不解言,实不敢言耳。

---

[1]《浪淘沙·秋夜》:曹贞吉《珂雪词》中此词,词牌用别称《卖花声》,全词为:"风紧纸窗鸣。秋气凄清。淡云笼月未分明。雨点疏如残夜漏,滴到三更。 无计破愁城。梦断魂惊。一天黄叶雁纵横。不待成霜霜满鬓,短发星星。"
[2]《词综》:清初词人朱彝尊编,汪森增定。三十卷,补遗六卷。选录唐、宋、元词六百馀家,一以"雅正"为宗,体现了浙西词派的创作主张。
[3] 金粟:彭孙遹。
[4] 山来:张潮。

六

陈其年《湖海楼词》，人多谓其力学苏、辛，而学褚得薛，转似刘克庄。雄奇奔放，未免叫嚣，然笔力饱满，足以掩其弊也。驯至蒋士铨、郑燮辈，学之而徒得其皮毛，粗犷滑易，令人难以卒读，其年固不受其咎也。其年词富民族思想，记述明、清间史实，亦一代词史也。其《沁园春·赠别芝麓先生》词云："归去来兮，竟别公归，轻帆早张。看秋方欲雨，诗争人瘦；天其未老，身与名藏。禅榻吹箫，妓堂说剑，也算男儿意气扬。真愁绝，却心忧似月，鬓秃成霜。　新词填罢苍凉。更暂缓临岐入醉乡。况仆本恨人，能无刺骨；公真长者，未免沾裳。此去荆溪，旧名罨画，拟绕萧斋种白杨。从今后，莫逢人许我，宋艳班香。"此词感慨苍凉，气势奔放而又句奇重。四句一组，犹如骈文体格，其年为四六大家，故此调尤为擅长。两句七字句为全词吃紧处，"也算"句，大笔振起，"拟绕"句，用意深沉。下片第二句，转笔换意，尤为可法。

七

叙事词殊不多见，陈其年《贺新郎·纤夫词》："战舰排江口。正天边、真王拜印，蛟螭蟠钮。征发棹船郎十万，列郡风驰雨骤。叹闾左、骚然鸡狗。里正前团催后保，尽累累、锁系空仓后。捽头去，敢摇手。　稻花恰称霜天秀。有丁男、临岐决绝，草间病妇。此去三江牵百丈，雪浪排樯夜吼。背耐得、土牛鞭否。好倚后园枫树下，向丛祠、巫倩巫浇酒。神佑我，归田亩。"叙写清兵征隶棹船夫役攻取江南情事，可谓刻画入神，直是词中《石壕吏》，虽无一语及感慨，而感慨系之矣。

八

酬赠之作，每易流于称誉过当，或浮滑虚泛。陈其年《贺新郎·赠苏昆生》："吴苑春如绣。笑野老，花颠酒恼，百无不有。沦落半生知己少，除却吹箫屠狗。算此外、谁欤吾友。忽听一声河满子，也非关、泪湿青衫透，是鹃血，凝罗袖。　武昌万叠戈船吼。记当日、征帆一片，乱遮樊口。隐隐柁楼歌吹响，月下六军搔首。正乌鹊、南飞时候。今日华清风景换，剩凄凉、鹤发开元叟。我亦是，中年后。"写来慷慨苍凉，笔力重大，于诗逼似遗山。一结"我亦是，中年后"更极其拙朴而笔重千钧，千古沧桑之感、一时身世之恨，委婉而出，重、拙、大之境界兼而有之。

九

其年《沁园春·题徐渭文〈钟山梅花图〉》[1]词,为集中情辞俱佳之作。上阕有周(邦彦)、姜(夔)之情韵,下阕有苏、辛之气势。由盛及衰,前后鲜明对比,笔势饱满,故不觉其分作两截。"寻去疑无,看来似梦,一副生绡泪写成",则交代题意,若无此则成咏梅词矣。

十

清初词人,沿明季颓风,去骚雅之道益远。朱彝尊补偏救弊,欲挽颓澜,拈出白石、玉田为词之圭臬,一以大雅为归,创立浙西词派。然竹垞词每有肤浅空廓之病,败笔辄出,词中尤好用典,不见性情,流弊颇大。《静志居琴趣》风致稍佳,然深情不如纳兰;《江湖载酒集》疏宕有致,气势又不如其年;《茶烟阁体物集》摹形绘状,格调不高,匪独未窥碧山之樊篱,即南宋词社诸人亦未能到。朱氏标榜"崇尔雅,斥淫哇",然其集中《沁园春》咏美人诸作,则又词旨冶荡,不堪寓目,乌足以言从容大雅也。朱、陈两家词中,则吾取其年焉。

---

[1]《沁园春·题徐渭文〈钟山梅花图〉》:"十万琼枝,矫若银虬,翩如玉鲸。正困不胜烟,香浮南内,娇偏怯雨,影落西清。夹岸亭台,接天歌板,十四楼中乐太平。谁争赏,有珠珰贵戚,玉佩公卿。 如今潮打孤城,只商女船头月自明。叹一夜啼乌,落花有恨,五陵石马,流水无声。寻去疑无,看来似梦,一幅生绡泪写成。携此卷,伴水天闲话,江海馀生。"

十一

朱竹垞《高阳台》词云:"桥影流虹,湖光映雪,翠帘不卷春深。一寸横波,断肠人在楼阴。游丝不系羊车住,倩何人、传语青禽。最难禁,倚遍雕阑,梦遍罗衾。 重来已是朝云散,怅明珠佩冷,紫玉烟沉。前度桃花,依然开满江浔。钟情怕到相思路,盼长堤、草尽红心。动愁吟,碧落黄泉,两处谁寻。"此为集中佳作,不斤斤于南宋,情韵颇近少游、美成,词笔亦有次序。过片"重来"句甚佳,一"散"字化去上片之意,极有概括力。然通篇看来,亦欠浑成,如首两句则轻重不称,上句生动有致,而下句则平庸率易。

十二

竹垞《瑶华·午梦》[1]词,为浙西派典型作品。用意学北宋,用笔学南宋。上半阕如"芳魂摇漾,渐听不分明莺语""逗红蕉叶底微凉,几点绿天疏雨"等句,皆极力锻炼,如象牙之球,如贝嵌之画,美则美矣,终有破碎琐屑之嫌。下半阕较完整。"愁春未醒,定化作、风子寻香留住"二语,笔力颇重,

---

[1]《瑶华·午梦》:"日长院宇。针线慵拈,况倚阑无绪。翡帷翠幄看尽展,忘却东风帘户。芳魂摇漾,渐听不分明莺语。逗红蕉、叶底微凉,几点绿天疏雨。 画屏遮遍遥山,知一缕巫云,吹堕何处。愁春未醒,定化作、风子寻香留住。相思人并,料此际、惊回最苦。亟丁宁、池上杨花,莫便枕边飞去。"

意又深进一层。"相思人并",换笔换意,然其气则一以贯之。末二语"亟丁宁、池上杨花,莫便枕边飞去",而从侧面着笔,细致已极。然浙西派之徒子徒孙,无此笔力,又刻意雕琢,则真气全丧矣。

十三

竹垞《卖花声·雨花台》词,气体沉雄,声调嘹亮,当为集中不可多得之高作。吊古伤今,藉以感悼南明弘光政权之覆亡,不着形迹,其痛在骨。上半阕云:"衰柳白门湾。潮打城还,小长干接大长干。歌板酒旗零落尽,剩有渔竿。"极写战后城市荒凉的情状。盖清兵攻金陵,自八卦洲入城,江干一带兵燹尤为惨烈也。"剩有渔竿"四字中,含有多少血泪。下半阕云:"秋草六朝寒。花雨空坛。更无人处一凭栏。燕子斜阳来又去,如此江山。"写雨花台之情景,围绕一"空"字着笔。收二语所感甚大。坛空,无人,唯燕子于斜阳来往而已,景象极其衰飒。真如谭献所云:"声可裂竹。"

十四

浙西派至樊榭始为健全,其词幽深隽拔,有时或过于竹垞。竹垞颇芜杂,爱用典实,《静志居》之作,又近纤艳,咏物一集多欠空灵。《忆云》[1]多俊秀语、真挚语。第一、二卷有一己性情。第三卷转学玉田为多,但失于未能浑厚耳。卷四悉为拟唐五代之作,则无甚可取。

十五

浙西馀子为词,立意不高,取径不远,内容枯窘,笔调浮滑,下字纤巧,柔媚无骨,支离破碎,何足名家。等而下之,则为假隐士之词、清客之词、打秋风之词矣。张惠言撰《词选》,首倡"尊体",谓词当继承风骚传统,要得比兴之真义,道贤人君子之情,张氏遂为常州词派之开山祖。至周济出,始立下常州派门法规,其《宋四家词选》序提出"问途碧山,历梦窗、稼轩,以返清真之浑化"之学词门径,又谓词分正变(婉约为正,豪放为变;兴为正,赋为变,等等),对后世影响颇大。其为法,先求空,以得其灵气往来;成格调后,则求"实",以有寄托入,以无寄托出。又认为学词必由南宋,盖南宋有门径可寻,虽难实易,北宋无门径可寻,虽易实难。如此种种,皆填词家法门,有益后学匪浅。可惜家法既定,学者景从,溺而不返矣。

---

[1]《忆云》:指项鸿祚的《忆云词》。

十六

阳羡派自陈其年后,至蒋士铨始得薪传。蒋氏精诗、词、曲及骈文,尤以曲之成就为大,陈廷焯评蒋词"粗率",实有偏见,盖蒋氏为词,描写范围广,题材多,笔力雄劲而词语质朴,境真情深,如《水调歌头·舟次感成》词云:"偶为共命鸟,都是可怜虫。泪与秋河相似,点点寄天东。十载楼中新妇,九载天涯夫婿,首已似飞蓬。年光愁病里,心绪别离中。咏春蚕,疑夏雁,注秋蛩。几见珠围翠绕,含笑坐东风。闻道十分消瘦,为我两番磨折,辛苦念梁鸿。谁知千里夜,各对一灯红。"以常语道伉俪之情,朴素而无脂粉气,感人至深,非浙派徒标举空灵者所能至也。

十七

康乾之世,"家白石而户玉田"之说,空疏枯廓,流弊日甚。厉鹗为浙派中坚,其词清逸灵秀,仍以白石之风骨,写幽峭之意境,法度精密,格调典雅,确是一时无两。然其生长于清代盛世,生活平庸单调,故其词未臻沉郁深厚,所谓水清无鱼。《八归·隐几山楼赋夕阳》[1]词,为樊榭代表之作,妙用宕笔,疏远有致。上

---

[1]《八归·隐几山楼赋夕阳》:"初翻雁背,旋催鸦翼,高树半挂微晕。销凝最是登楼意,常对乱波红蘸,远山青衬。不管长亭歌欲断,渐照去、鞭痕将隐。想故苑、燕麦离离,满地弄金粉。 何况春游乍歇,花愁多少,只恼黄昏偏近。冷和帆落,惨连筇起,更带孤烟斜引。误雕阑倚遍,霁色明朝也应准。无言处、望中容易,下却西墙,相思人老尽。"

阕结云："想故苑、燕麦离离,满地弄金粉。"下阕有句云:"冷和帆落,惨连笳起,更带孤烟斜引。"此等语若翁山、姜斋[1]为之,当更苍凉沉厚。

十八

张惠言力尊词体,《词选》一书,力扫浙西陋习,有功词林甚巨。惜其《茗柯词》,佳作不多,未能以大量实践验证其理论,斯亦才能所限,无可如何也。其《丑奴儿慢》云:"柳绵吹尽,楼外旧愁如梦。又镇日、门随雨闭,帘借烟笼。却怕凭栏,相思无字问残红。新阴绿处,几时轻逗,芳意千重。 玉勒俊游,从他幽独,不到山中。况满地、浮英浪蕊,还做春容。只有斜阳,年年识得换薰风。春馀心事,凭将杜宇,深诉花工。"此为见榴花而作,其沉着处拟碧山,而参以玉田之秀致疏宕,乃常州派之上乘手法,骎骎直逼山谷《庆春朝》[2]之高格。"门随"二语佳对,"借"字尤炼。"只有"二字,笔触宕开,意

---

[1]姜斋:明末清初大思想家王夫之号。其词有《鼓棹初集》《二集》及《潇湘怨词》,虽音律多疏,而芳悱缠绵,怆怀故国,风格遒上。朱孝臧题云:"苍梧恨,竹泪已平沉。万古湘灵闻乐地,云山韶濩入凄音。字字楚骚心。"

[2]疑《庆春朝》为《庆春泽》之误,即《满庭芳》之别名。应指"修水浓青"一首:"修水浓青(一作修水柔蓝),新条淡绿,翠光交映虚亭。锦鸳霜鹭,荷径拾幽蘋。香渡栏干屈曲,红妆映、薄绮疏棂。风清夜,横塘月满,水净见移星。 堪听。微雨过,嫛姗藻荇,琐碎浮萍。便移转、胡床湘簟方屏。练霭鳞云旋满,声不断、檐响风铃。重开宴,瑶池雪沁,山露佛头青。"

更深永。此实胜于久负盛名之《木兰花慢·杨花》[1]等作。后来常州派好手,亦每多依此格调。如周济《渡江云·杨花》[2]词,境界深远而用笔豪放,首句"春风真解事",作翻案语,不落俗套。

十九

张惠言《茗柯词》存词仅四十六首,取舍可谓精矣。然其中除选本常选录者外,其馀尚欠浑厚,功力亦浅,用韵尤劣拙,读来绝不和谐。虽然其尊体之说,诚足以补偏救弊,一扭游词、鄙词、淫词[3]之坏习,但细观其师友徒侣之作,既无生气,更乏性灵,侈言寄托,而每无感而发,惟强作类乎比兴之语,似此又何尝异乎游词。

---

[1]《木兰花慢·杨花》:"尽飘零尽了,何人解当花看。正风避重帘,雨回深幕,云护轻幡。寻他一春伴侣,只断红、相识夕阳间。未忍无声委地,将低重又飞还。 疏狂情性,算凄凉、耐得到春阑。便月地和梅,花天伴雪,合称清寒。收将十分春恨,做一天、愁影绕云山。看取青青池畔,泪痕点点凝斑。"
[2]《渡江云·杨花》:"春风真解事,等闲吹遍,无数短长亭。一星星是恨,直送春归,替了落花声。凭栏极目,荡春波、万种春情。应笑人、春粮几许,便要数征程。 冥冥。车轮落日,散绮馀霞,渐都迷幻景。问收向、红窗画箧,可算飘零。相逢只有浮云好,奈蓬莱东指,弱水盈盈。休更惜、秋风吹老莼羹。"
[3]游词、鄙词、淫词:指不真、不雅、不正之词,语出金应珪《词选后序》。

二十

张惠言《相见欢》:"年年负却花期。过春时。只合安排愁绪送春归。　梅花雪,梨花月,总相思。自是春来不觉去偏知。"放言遣辞清澈典雅,虽不明所指,而情味隽永,似寓无限感慨者,求之清代固属难得,即置于唐五代、北宋,亦是上乘之作。

二十一

庄中白[1]为常州派后期代表作家,与谭献并称。陈廷焯对庄氏评价极高,未免标榜过甚。庄词缺点有二:一曰假古董。徒具唐五代、北宋之面目,而失去个人之真性情;二曰破碎浮滑,因其力求似宋人,字摹句拟,不暇审度。其《蝶恋花》词四首[2],皆学冯延巳,纯用比兴体,如《白雨斋词话》所谓"托志帷房,眷怀身世"者,然语语着力,语语着实,无深婉不迫之意,其情则转伪矣。

---

[1] 庄中白:庄棫。
[2] 《蝶恋花》四首:其一:"城上斜阳依绿树。门外斑骓,见了还相顾。玉勒珠鞭何处住。回头不觉天将暮。　风里馀花都散去。不省分开,何日能重遇。凝睇窥君君莫误。几多心事从君诉。"其二:"百丈游丝牵别院。行到门前,忽见韦郎面。欲待回身钗乍颤。近前却喜无人见。　握手匆匆难久恋。还怕人知,但弄团团扇。强得分开心暗战。归时莫把朱颜变。"其三:"绿树阴阴晴昼午。过了残春,红萼谁为主。宛转花旛勤拥护。帘前错唤金鹦鹉。　回首行云迷洞户。不道今朝,还比前朝苦。百草千花羞看取。相思只有侬和汝。"其四:"残梦初回新睡足。忽被东风,吹上横江曲。寄语归期休暗卜。归来梦亦难重续。　隐约遥峰窗外绿。不许临行,私语频相属。过眼芳华真太促。从今望断横波目。"

二十二

乾嘉年间，浙西派与常州派迭兴，角持一代词坛，独周之琦一人，能截断众流，巍然自立，斯亦难能可贵矣。惜为历来学者选家所忽视，百年以还，湮而未彰，良用惋叹。《心日斋词》，短调学北宋，长调则近张炎，用笔翻腾变化，不必如常州诸子高陈其义，而情韵自足动人。尤得南宋名家勾勒之法，由浅入深，于平顺中见险峭，表现独特之意境。晚清诸子提出"空际转身"之用笔法，周氏早已付诸实践，其长调亦"重、拙、大"兼而有之。如《三姝媚》词云："交枝红在眼。荡帘波香深，镜澜痕浅。费尽春工，占胜游惟许，等闲莺燕。朱屦廊回，盈裰粉、蛛丝偷冒。小影玲䂬，冷到梨云，便成秋苑。　容易题襟催散。又酒逐花迷，梦将天远。系马垂杨，但翠眉还识，旧时人面。暗数韶华，空笑我、樱桃三见。剩有盈盈蝴蝶，西窗弄晚。"取材虽平易，然笔力极重，全首铺排恰到好处，其炼语亦在草窗、梦窗之间。半塘、彊邨之《三姝媚》词[1]，亦沿用此法。首句"交枝红在眼"，极平常之词语，一经运用，便觉警策。二、三句好在一"荡"字，总

---

[1] 半塘、彊邨之《三姝媚》词：王鹏运词盖指"蘼芜春思远"一阕，见本卷二六则。朱孝臧词盖指《三姝媚·寒食梵王渡园作》："闲芳明倦眼。殢馀寒林亭，冶春过半。笑靥临池，有露桃依旧，避人妆面。伫立妍香，花信与、东风俱换。野水鳞鳞，不上金杯，茗怀深浅。　随também登楼能惯。便冷节相携，暗愁轻遣。报答风光，要水漘烟次，小诗寻遍。软脚行芳，明月事、筇枝先懒。坐久夕阳逾好，归轮漫转。"

领"帘""镜"之意。"费尽"三句,融汇南宋名家笔法,"小影"三句,作三折,笔直而意曲,虽从白石"怕梨花落尽成秋苑"化出,然更为深峭。过片后转入人事,"容易"句平直,赖下二句补足,便觉有劲。"酒逐"二句,纯为梦窗句法,"系马"三句,装置甚好。结语亦含蓄有味。全词善用衬字,"荡""占""盈""又""但"等字皆妙,其馀虚词如"惟许""便成""剩有"等,皆见笔力。

二十三

周之琦实乾嘉词坛中之关键人物。其小令纯是北宋情调,《思佳客》词云:"帕上新题间旧题。苦无佳句比红儿。生怜桃萼初开日,那信杨花有定时。　人悄悄,昼迟迟。殷勤好梦托蛛丝。绣帏金鸭熏香坐,说与春寒总未知。"末二语绮艳而格调高,"总"字有力。谭献评曰:"唐人佳境,寄托遥深。"此实写恋情,无关寄托也。

二十四

浙西、常州两派而外,独树一帜者为文廷式。其《云起轩词》以苏辛为风骨,而参以白石之幽峭,时复以同光体诗法为词,更见兀傲挺拔,如《鹧鸪天·即事》:"劫火何曾燎一尘。侧身人海又翻新。闲拈寸砚磨碞世,醉折繁花点勘春。 闻柝夜,警鸡晨。重重宿雾锁重闉。堆盘买得迎年菜,但喜红椒一味辛。""磨碞""点勘"字法,"但喜红椒一味辛"之意度,均为前人所未有。胡先骕谓"其全词秾丽婉约,则又直入《花间》之室",实不敢强同。

二十五

清中叶以后,词家多谈姜、张而少及苏、辛,至文廷式出,以其俊逸、豪宕之笔,始为苏、辛一派吐气。文氏学苏、辛,不似阳羡诸公,无一毫叫嚣浮滑陋习,盖从骨格学苏、沉痛处学辛也。然其长调亦有取法白石者,时亦有周、秦之情调,论者或讥其驳杂不纯,庸非偏谬。

二十六

《云起轩词钞》中有用洛浦(洛神典故)者,当乃为珍妃而作。检其《菩萨蛮》四首、《齐天乐·秋荷》、《好事近》"一片碧云西"均掩抑凄悱,颇似伤珍妃被废者。然词情隐晦,只能略会其意耳。[1]清末词人，如彊邨、大鹤凡用"瑶台""西园""倚帘人""垂帘"之词句，多用以比喻西太后者（余有杨铁夫手批彊邨词，曾指出数事）。廷式《贺新郎》"别拟西洲曲"[2]一阕，则确为珍妃而作，惜未及见王瀣批本《云起轩词》。叶遐庵于此词仅批为"何减东坡'乳燕飞华屋'"，未及指出意义所在。王半塘《三姝媚》"蘼芜春思远"[3]一阕，不少人谓因怜珍妃被幽而作。

[1]《菩萨蛮》四首：其一："帘波轻漾屏山悄。锦衾梦断闻啼鸟。此际觉春寒。绣罗衣怎单。 幽兰凝露重。江远蘋花共。愁极夜如年。静看炉上烟。"其二："啼莺唤起罗衾梦。柳丝无力春愁重。晓枕困相思。凭春说与伊。 语深良夜促。灯穗飘红粟。回面泪偷弹。此情郎忍看。"其三："兰膏欲烬壶冰裂。寒帷瞥见玲珑雪。无奈夜深时。含娇故起辞。 徐将环佩整。相对瓶花影。敛黛镜波寒。钗头玉凤单。"其四："情深不惜明珰解。泪痕红泡鲛绡在。云袅翠翘低。沉沉蕙思迷。 断桥秋色浅。落叶重门掩。别久费思量。锦衾知夜长。"《齐天乐·秋荷》："几时不到横塘路。西风送秋如许。艳冷红衣，凉生太液，罗袜尘侵微步。嫣然一顾。尚低侧金盘，暗擎仙露。只恐销魂，锦鸳飞入白蘋去。 蝉声又嘶远树。有人惆怅极，如怨羁旅。苇乱波横，蓳疏翠落，谁信秋江能渡。婵娟日暮。愿玉笛清商，漫吹愁谱。护惜馀香，月明深夜语。"《好事近》："一片碧云西，梦里瑶姬花在。整顿平生心事，向婵娟低拜。 鲛绡别泪凝红冰，犹忆旧时态。道是不曾消瘦，但频拈罗带。"

[2]《贺新郎》"别拟西洲曲"："别拟西洲曲。有佳人、高楼窈窕，靓妆幽独。楼上春云千万迭，楼底春波如縠。梳洗罢、卷帘游目。采采芙蓉愁日暮，又天涯、芳草江南绿。看对对、文鸳浴。 侍儿料理裙腰幅。道带围、近日宽尽，眉峰长蹙。欲解明珰聊寄远，将解又还重束。须不羡、陈娇金屋。一雾长门辞翠辇，怨君王、已失苕华玉。为此意，更踯躅。"

[3]《三姝媚》"蘼芜春思远"：即王鹏运《三姝媚·次珊读唐人息夫人不言赋，有感于"外结舌而内结肠，先钳心而后钳口"之语，赋词索和，聊复继声，亦盍各之旨也》："蘼芜春思远。采芳馨愁贻，黛痕深敛。薄命怜花，倚东风罗袖，泪珠偷泫。瞑入西园，容易又、林禽声变。 那得相思，付与青蘋，自随蓬转。 惆怅罗衾扪遍。便梦隔欢期，旧恩还恋。芳意回环，认鸳机锦字，断肠缄怨。缕缕丝丝，拚袅尽、香心残篆。漫想歌翻壁月，临春夜满。"

二十七

文廷式《忆旧游·秋雁》词,写庚子事件,于比兴中有赋体,音乐亢亮,格韵颇高。词云:"怅霜飞榆塞,月冷枫江,万里凄清。无限凭高意,便数声长笛,难写深情。望极云罗缥缈,孤影几回惊。见龙虎台荒,凤凰楼迥,还感飘零。 梳翎,自来去,叹市朝易改,风雨多经。天远无消息,问谁裁尺帛,寄与青冥。遥想横汾箫鼓,兰菊尚芳馨。又日落天寒,平沙列幕边马鸣。"一起[1]融情入景,写八国联军入侵、国家残破。接叙个人苍凉感受。"天远"以下用汉武帝《秋风辞》典,抒发对光绪西逃之怀念。

二十八

张景祁《新蘅词》功力深,意境新。昔人论词,每少道及之,抑亦词人之不幸也欤?张氏晚年薄宦台湾,值法军入侵,集中不少作品描述台湾风光及海洋景色,为前人所未有,而忧时感事,充满爱国主义精神,记述中法台湾之战者尤为杰出。其词境界空阔,笔调雄壮而无粗率之弊,受梅溪、白石影响颇深。史之屈曲纤丽、姜之气格高旷,能合为一手;至写海防边衅,则又慷慨悲凉,类乎南渡二张之作,如谭献所评"筱吹频惊,苍凉词

---

〔1〕一起:指开头的"怅霜飞榆塞"三句。词人以一韵为一个意象单位,故曰一起。

史,穷发一隅,增成故实"。清季四家[1]之前,词人当以张氏最为杰出。

二十九

张景祁词多写法人侵略之事。其《望海潮》词云:"插天翠壁,排山雪浪,雄关险扼东溟。沙屿布棋,飙轮测线,龙骧万斛难经。笳鼓正连营。听回潮夜半,添助军声。尚有楼船,鲎帆影里矗危旌。 追思燕颔功名。问谁投健笔,更请长缨。警鹤唳空,狂鱼舞月,边愁暗入春城。玉帐坐谈兵。有僮花压酒,引剑风生。甚日炎洲洗甲,沧海浊波倾。"起三句气势极佳,形象生新。台湾海岸多峭壁,"插天"一语,形象逼肖。接写港口形势险要,气势极贯。"尚有"二句,笔触一转,写敌人楼船入侵,中有隐忧无限。下半阕叹息诸守将之腐败无能。"玉帐"三句,讽刺入骨。张氏尚有《秋霁·基隆秋感》[2]一词,用险拗之调,写抑塞不平之气,声情统一,晚清词史也。

---

〔1〕清季四家:指王鹏运、朱孝臧、郑文焯、况周颐。
〔2〕《秋霁·基隆秋感》:"盘岛浮螺,痛万里胡尘,海上吹落。锁甲烟销,大旗云掩,燕巢自惊危幕。乍闻唳鹤,健儿罢唱从军乐。念卫霍,谁是汉家图画壮麟阁。 遥望故垒,毳帐凌霄,月华当天,空想横槊。卷西风、寒鸦阵黑,青林凋尽怎栖托。归计未成情味恶。最断魂处,惟见莽莽神州,暮山衔照,数声哀角。"

三十

纳兰性德、项鸿祚、蒋春霖三人之词,方可算词人之词。项氏才华太露,情胜于学,故为词有时不免破碎,然佳处固非浙西、常州诸人所及,以其有性情故也。嘉道年间,国家未乱,莲生长于富家,却"生幼有愁癖,故其情艳而苦",如其《三犯渡江云》词云:"断潮流月去,柁楼碎语,侵晓挂帆初。一行沙上雁,又被西风,吹影落江湖。红墙渐远,拂征衣、自叹清癯。最凄凉,疏萍剩梗,漂泊意何如。 愁余。黄花旧径,修竹吾庐,是离魂来处。料此后、诗边酒冷,梦里灯孤。倚船莫近投书浦,况路长、容易无书。归便早,今年总负鲈鱼。"语淡而情苦,其疏宕、转折处颇似玉田,而秀远或过之。过片后词意不断,亦谨守玉田家法。收二句概括,馀味无穷。一"总"字笔力尤重。小令《浣溪沙》云:"风蹴飞花上绣茵。柳丝无力绊残春。今年时节去年人。 蝉锦暗销双枕泪,雁弦愁锁一筝尘。不思前事亦伤神。"纯用白描,刻画形象,辞婉而情伤,亦极写其沉郁无奈之态矣。

三十一

项莲生亦为一代名手,微嫌失之纤弱,气格萎靡。小令有情致,但多为聪慧语。长调少潜气内转,且未免率。青年人易喜之。学之,往往只得其欠佳处,而失却其佳处。项命短,其历史遭遇无可考，即交游亦不显著，无从知其词内容。余看其所描写之情怀，断非独因世为盐商，家道中落，失意科场，复遭火水二灾者。其词无涉及此等事，似另有一段凄婉动人之遭遇，惜无可考矣。项应为清代名家中之卓越者，惟谭献谓其兼有南宋四家之长，而无四家之短，又与饮水、水云鼎足并称为清代词人之词，如此过誉，对之遂不能不苛求。

三十二

鹿潭合豪放婉约为一手，以豪放派之气势，达婉约派之情致。故即艳语亦见笔力，无靡弱之弊。蕙风虽擅情致，但于雕琢中而见自然，故无轻薄语。

三十三

晏几道后，以小令擅名者唯纳兰性德一人而已。小令本以抒情含蓄为妙，而纳兰有挚情，善用白描，不过求婉曲，而情致感人。其学南唐二主，学欧、晏，均得其神理，清新隽逸，不斤斤于字面摹拟也。其《采桑子》词云："桃花羞作无情死，感激东风。吹落娇红。飞入窗间伴懊侬。　谁怜辛苦东阳瘦，也为春慵。不及芙蓉。一片幽情冷处浓。"末句真为惊创之语。《南歌子》词云："暖护樱桃蕊，寒翻蛱蝶翎。东风吹绿渐冥冥。不信一生憔悴滞啼莺。素影飘残月,香丝拂绮棂。百花迢递玉钗声。索向绿窗寻梦寄馀生。"尤善心理刻画。先写"暖""寒"之于物的感受不同,写出春天之特征。"冥冥",暗示春去无踪。过片后写梦醒情景,末句作尽语,然已非欧、晏之法矣。其馀如《浣溪沙》词之"一片晕红才着雨,几丝柔柳乍和烟""逗雨疏花浓淡改,关心芳草浅深难",《蝶恋花》词之"若似月轮终皎洁,不辞冰雪为卿热",《菩萨蛮》词之"粉香看欲别,空剩当时月。月也异当时。凄清照鬓丝",《临江仙》词之"疏疏一树五更寒。爱他明月好,憔悴也相关",皆哀感顽艳,格高韵远,断非王时翔、过春山辈所能及矣。

三十四

深情须以浅语出之,不然情为语掩。纳兰性德悼亡之作,无论长调小令,均真挚深婉,缠绵悱恻,而善用白描手法,以家常语道来,极情深语切,哀感顽艳之致。使矫情作伪者为之,势必苍白无力,或佻薄不文。

三十五

纳兰以小令之法为长调,故其长调气格薄弱,即如其《台城路·塞外七夕》[1]词，谭献评曰："逼真北宋慢词。"其实距周、秦之作何止以道里计。近人每惜其"享年不永，力量未充"，未能臻于"沉着浑至"之境，其实纳兰长处，正以凄婉轻丽动人，何必定以"沉着"律之也。

三十六

小令需天分、情致，长调需功力气势。《饮水词》纯以天分胜，但苟无其个人遭遇与家世、无一往之深情，则虽有天分，亦无非侧艳小慧之作而已。似此等词，乍读之颇觉轻倩纤婉，再三读之，终不耐人寻味。《饮水词》以其情至真且深，为他人所少有也。论者每谓《饮水词》中多悼亡之作，细读之，觉其哀感顽艳，凄惋怆痛，然实非皆为悼其亡妻者，盖其词不少相思阻隔、恋情怆伤，甚至经历风波曲折之意。如其名句："人到情多情转薄，如今真个悔多情""无分暗香深处住，悔把兰襟亲结""密意不曾休，密愿难酬""等闲变作故人心，却道故人心易变""还是薄情还是恨，仔细思量"……当不可能为妻室而发，极可能与相恋者分别阻隔，后此女子终于死去，不久又丧妻，至令读者误二为一。试观《采桑子》"桃花羞作无情死，感激东风。吹

---

[1]《台城路·塞外七夕》："白狼河北秋偏早，星桥又迎河鼓。清漏频移，微云欲湿，正是金风玉露。两眉愁聚。待归踏榆花，那时才诉。只恐重逢，明明相视更无语。　人间别离无数。向瓜果筵前，碧天凝伫。连理千花，相思一叶，毕竟随风何处。羁栖良苦。算未抵空房，冷香啼曙。今夜天孙，笑人愁似许。"

落娇红。飞入窗间伴懊侬。 谁怜辛苦东阳瘦,也为春慵。不及芙蓉。一片幽情冷处浓",倘以此词参之,则个中人呼之欲出耳。

三十七

蒋春霖词,疏宕婉秀,高健沉郁,恪守格律而又自然流畅,字面玉田、碧山,笔势则东坡、稼轩,格调则清真、白石。沉郁顿挫,谭献以"词中老杜"称之,虽似过誉,然其慢词慷慨悲愤,于艺术上自为有清一代之冠矣。其《木兰花慢·江行晚过北固山》云:"泊秦淮雨霁,又灯火,送归船。正树拥云昏,星垂野阔,暝色浮天。芦边。夜潮骤起,晕波心、月影荡江圆。梦醒谁歌楚些,泠泠霜激哀弦。 婵娟。不语对愁眠。往事恨难捐。看莽莽南徐,苍苍北固,如此山川。钩连。更无铁锁,任排空樯橹自回旋。寂寞鱼龙睡稳,伤心付与秋烟。"笔势豪纵,而炼字用语则婉约深至,境界阔大,当为集中最高之作。豪放而不粗率,即其年亦未臻此境也。鹿潭善炼动字,如"拥""垂""浮""晕""荡"等字皆生动形象,"看"字直贯到"回旋",气势甚劲,而"任""自"二字亦极见工力。清季四家(王鹏运、郑文焯、朱祖谋、况周颐)力炼虚字,亦以此为式。

三十八

鹿潭长调多用赋体。赋体笔力须健挺,积健为雄,始无拖沓之弊。其《甘州》词云:"又东风唤醒一分春,吹愁上眉山。趁晴梢剩雪,斜阳小立,人影珊珊。避地依然沧海,险梦逐潮还。一样貂裘冷,不似长安。 多少悲笳声里,认匆匆过客,草草辛盘。引吴钩不语,酒罢玉犀寒。总休问、杜鹃桥上,有梅花、且向醉中看。南云暗,任征鸿去,莫倚阑干。"此调宜用重笔,故鹿潭尤喜填之。"避地"二语,笔力极重。下半阕细写兵乱中生活,收笔挺健有味。《白雨斋词话》谓其"真得玉田神理",其实感慨较玉田尤深也。

三十九

蒋春霖《琵琶仙》词云:"天际归舟,悔轻与、故国梅花为约。归雁啼入箜篌,沙洲共漂泊。寒未减、东风又急,问谁管、沉腰愁削。一舸青琴,乘涛载雪,聊共斟酌。 更休怨、伤别伤春,怕垂老心情渐非昨。弹指十年幽恨,损萧娘眉萼。今夜冷、蓬窗倦倚,为月明、强起梳掠。怎奈银甲秋声,暗回清角。"哀感顽艳,变为凄厉。大凡为词,豪放则以气取,艳冶则以情胜,唯高健沉郁则关乎神理,将匪易学。此调谨守白石之律,用入声韵,宜表达凄咽之情。四句七字句,上三下四,非韵非对,最为难作。此以宋人诗法入词,故特峭健。

四十

《台城路》词调平顺，颇难着笔，鹿潭善填此调，其易州寄高寄泉之作，以极重之笔，大开大合，表现苍凉悲慨之情调，真如谭献所评："豪竹哀丝，一时并奏。"词云："两年心上西窗雨，阑干背灯敲遍。雪拥惊沙，星寒大野，马足关河同贱。羁愁数点。问春去秋来，几多鸿雁。忘却华颠，昔时颜色梦中见。　青衫铅泪似洗，断笳明月里，凉夜吹怨。古石欹台，悲风咽筑，酒罢哀歌难遣。飞华乱卷。对万树垂杨，故人青眼。雾隐孤城，夕阳山外远。"一、二句旋起旋落，深于用笔之法。"雪拥"三句，景大笔重。"马足"句尤为惊心动魄，非久困于行役者不能道，匪独姜、张无之，即稼轩亦无此深慨。"忘却"二句有情味，真挚。"忘却""昔时""梦中"，三语叠写，层层加厚。过片后极写怨情，吊古伤今，感怀身世，然稍觉后劲不继矣。此词字面似草窗晚年之作，格调则以白石、玉田，而气韵则类苏、辛，然苏、辛笔气流动，未须如此琢炼也。

四十一

清代浙西诸家自命学玉田，徒得空疏破碎，盖单从修辞、用笔处学故也。鹿潭学玉田，则有所发展，参以稼轩之健、白石之峭，用笔重，故不浮，取景大，故见拙。玉田多淡语，毫不用力，得自然真趣，鹿潭作淡语而着力，似不经意而实经意，此乃清词与宋词区别之处也。如《满庭芳》词："黄叶人家，芦花天气，到门秋水成湖。携尊船过，帆小入菰蒲。谁识天涯倦客，野桥外、寒雀惊呼。还惆怅，霜前瘦影，人似柳萧疏。　愁余。空自把、乡心寄雁，泛宅依凫。任相逢一笑，不是吾庐。漫托鱼波万顷，便秋风、难问莼鲈。空江上，沉沉戍鼓，落日大旗孤。"近人郁达夫极喜此词，文中曾提及之。全词多用淡语，似温婉不迫，而末数语以最重之笔力，将全章振起，则觉到淡语皆有味矣。

四十二

鹿潭以善用重笔见胜，其小令乏轻灵婉秀之致，本只平平，然一用重笔，则又所谓"下语镇纸"者，如《卜算子》："燕子不曾来，小院阴阴雨。一角栏干聚落华，此是春归处。　弹泪别东风，把酒浇飞絮。化作浮萍都是愁，莫向天涯去。"

四十三

清词至清季四家，词境始大焉。盖此四家者，穷毕生之力，深究词学，其生长之时代及生活，亦多可喜可愕、可歌可泣者，故为词亦远过前代。王于碧山、郑于白石、朱于梦窗、况于梅溪（王参以东坡、稼轩而能宏健深远，郑参以柳永而幽深高隽，朱参以清真而浓厚沉着，况参以贺铸而情致婉秀），皆有所得，功力同为宋以后所不能到，甚有突过宋人之处者。

四十四

江浙人论清季四家，或举王、郑、朱、文，或举王、郑、朱、况。凡学文者必轻况，爱况者必轻文。况蕙风推崇半塘"重、拙、大"之说，而己作则不尽符，惟以情致轻灵见长。盖其才适足为词而已。文道希能大、能重，亦能生、能新。昔人多称其学东坡，其实东坡而外，更近遗山也。

四十五

清季四家词，无论咏物抒情，俱紧密联系社会实际，反映当时家国之事。或慷慨激昂，或哀伤憔悴，枨触无端，皆有为而发。词至清末，眼界始大，感慨遂深，内容充实，运笔力求重，用意力求拙，取境力求大。王鹏运词学碧山、东坡，郑文焯学白石、耆卿，朱祖谋学梦窗、清真，况周颐学梅溪、方回，俱能得其神髓，而又形成自己之面目。学古人而不为古人所拘限，此乃清四家远胜于浙西、常州诸子之处。

四十六

王鹏运《念奴娇·登旸台山绝顶望明陵》词云："登临纵目，对川原绣错，如接襟袖。指点十三陵树影，天寿低迷如阜。一霎沧桑,四山风雨,王气销沉久。涛生金粟,老松疑作龙吼。 惟有沙草微茫,白狼终古,滚滚墙边走。野老也知人世换,尚说山灵呵守。平楚苍凉,乱云合沓,欲酹无多酒。出山回望,夕阳犹恋高岫。"此词写英法侵略军火烧圆明园后,明陵亦被侵扰之事。陈其年有此雄健而无此沉郁顿挫。境界沉远,意极沉痛,于东坡、稼轩之外自辟一路,直可陵轹千古,匪独一时无与抗手也。

四十七

王鹏运《祝英台近·次韵道希感春》一词,写甲午之战失败后之感慨,表达哀怨怅望之情,然语句之凄厉则又类草窗。词云:"倦寻芳,慵对镜,人倚画栏暮。燕妒莺猜,相向甚情绪。落英依旧缤纷,轻阴难乞,枉多事、愁风愁雨。 小园路,试问能几销凝,流光又轻误。连袂留春,春去竟如许。可怜有限芳菲,无边风月,恁都付、等闲风絮。"可谓沉着秾厚。"燕妒"句,当写主和派之倾轧正人,"春去",写事势之无法挽回。收数句,用意与陈亮《水龙吟》"恨芳菲世界,游人未赏,都付与、莺和燕"相近。

四十八

王鹏运《三姝媚》词,写珍妃被幽囚时之情景。是时王氏与彊邨正校勘梦窗词,故此词不免受梦窗影响,情思掩抑,若有无限难言之隐者。《满江红·朱仙镇》[1]词则雄健、沉郁,吊古伤今,实为时事而发。其《减兰》词云:"婆娑醉舞,呵壁无灵天不语。独上荒台,秋色苍然自远来。 古人不见,满目荆榛文字贱。莫莫休休,日凿终为浑沌忧。"其所感亦大矣。

四十九

朱彊邨《声声慢》词,盖伤珍妃而作。词云:"鸣螿颓城,吹蝶空枝,飘蓬人意相怜。一片离魂,斜阳摇梦成烟。香沟旧题红处,拚禁花、憔悴年年。寒信急,又神宫凄奏,分付哀蝉。 终古巢鸾无分,正飞霜金井,抛断缠绵。起舞回风,才知恩怨无端。天阴洞庭波阔,夜沉沉、流恨湘弦。摇落事,向空山、休问杜鹃。"上半阕用汉武《落叶哀蝉曲》典。先写西太后回京时故都残破、群臣零落之景状,"一片"句,扩大境界,语在可解不可解之间,表现人之身世飘零,不由自主。斜阳之外,烟中落叶,故国归梦亦摇曳不定,如夕照荒烟,语甚沉痛。"香沟"二句转笔,紧贴落叶,暗示珍妃被幽囚憔悴。"寒信"三句,再作转折,写帝国主义军队大举入侵,京城危急。过片后笔力尤重,另换一意,以梧桐叶落深井喻珍妃之死,与光绪帝之恩爱从此断绝。"起

---

[1]《满江红·朱仙镇》:"风帽尘衫,重拜倒、朱仙祠下。尚彷佛、英灵接处,神游如乍。往事低徊风雨疾,新愁黯淡江河下。更何堪、雪涕读题诗,残碑打。 黄龙指,金牌亚。旌旆影,沧桑话。对苍烟落日,似闻悲咤。气耷蛟鼍澜欲挽,悲生箎鼓民犹社。抚长松、郁律认南枝,寒涛泻。"

舞"二句，写西太后回京后予珍妃封号，以缓和人心。"恩怨无端"四字，见封建统治者之出尔反尔。"天阴"二句，写无穷遗恨。收笔处极轻，略为点缀，便有远味。

五十

彊邨词笔调屈曲，寄意深邃，而其气之流溢较梦窗为显。到粤后，其词气势笔调始开朗，不局限于宋人范围，笔触广阔，意态郁勃，如《宴清都》词云："饯腊蛮村鼓。声声急、雁边低和鸣橹。琼箫市远，膏垆焰薄，好春何许。横溪数萼娇红，点缀入、迎年秀语。任向夕、雪意垂垂，韩山冷落眉妩。　银荷翠管西船，歌呼簺博，浑忘羁旅。涂笺燥墨，沾杯淡酒，自温眠绪。荒鸡定怜沉梦，是一夜、乡心几处。唤绪风、帆色新年，春程未误。"此词学梦窗，然笔气起伏，浩瀚流转，多用名词，典丽秾密，有脉络，有中心，骎骎乎直驾乎梦窗之上矣。

五十一

彊邨《摸鱼子·梅州送春》词，盖为荣禄之死而发。词云："近黄昏、悄无风雨，蛮春安稳归了。匆匆染柳熏桃过，赢得锦笺凄调。休重恼。问百五韶光，酝造愁多少。新颦旧笑，有拆绣池台，迷林莺燕，装缀半残稿。　流波语，飘送红英最好。西园沉恨先扫。天涯别有凭栏意，除是杜鹃能道。归太早。何不待、倚帘人共东风老。

消凝满抱。恁秉烛呼尊,绿城阴矣,谁与玉山倒。"荣禄为后党大头目,维新派之死对头,死后,在北京之彊邨故旧纷纷写信梅州报喜,因感极而赋。此词结构甚好,况蕙风亦极赏之。前二句翻用欧阳修词意,写荣禄竟得寿终正寝,中含食肉寝皮之愤。"匆匆"二句,写荣禄一生,坏事做尽,终不免一死。"休重恼",三句结合自己心情,回首政治波澜,感怆无限。"新颦旧笑"四字,写尽两排人的心境。池台,指荣禄之势位;莺燕,指荣禄之爪牙,如此"生荣死哀",装点其丑恶一生,恰如春归后,残花剩鸟点缀诗人残稿。过片后写自己心情,水流花落亦是好事。"凭栏意",写维新人士有回朝之心意;"归太早"三字,又一转折。转念一想,还需待西太后一死。"东风老"颇类稼轩"春且住"之意。收数语写出内心矛盾,过片后一步一步,层层深入,似断不连,可见词人功力。

五十二

《烛影摇红》为彊邨所擅长,其《晚春过黄公度人境庐话旧》[1],上下阕七言长句,大气流行,用苍莽笔调,极有气象。此词除注意用笔行气外,又能注意章法波折,长句能扬,短句能抑,一吞一吐,得开阖纵横之意,可以取法。此词句句紧凑,无

---

〔1〕《晚春过黄公度人境庐话旧》:"春暝钩帘,柳条西北轻云蔽。博劳千啭不成晴,烟约游丝坠。狼藉繁樱划地。傍楼阴、东风又起。千红沉损,鸭鹈声中,残阳谁系。 容易消凝,楚兰多少伤心事。等闲寻到酒边来,滴滴沧洲泪。袖手危栏独倚。翠蓬翻、冥冥海气。鱼龙风恶,半折芳馨,愁心难寄。"

懈可击,颇似稼轩"行神如空,行气如虹"笔调。

五十三

彊邨《夜飞鹊·香港秋眺怀公度》[1]词,慷慨悲凉,奔放中有郁勃之气。起笔极重,写出阔大境界。"大旗落日,照千山、劫墨成灰"二句,惊心动魄,收处有无限感慨。匪独一时无两,自稼轩以还,未见有此雄深高健之作。

五十四

"掩峰屏,喧石濑,沙外晚阳敛。出意疏香,还斗岁华艳。喧禽啼破清愁,东风不到,早无数、繁枝吹淡。 已凄感。和酒飘上征衣,莓鬟泪千点。老去难攀,黄昏瘴云黯。故山不是春,荒波哀角,却来凭、天涯阑槛。"此《祝英台近·钦州天涯亭梅》词为彊邨最得意之作,好在收二句,写出丧乱中沉痛的心情,境大笔重,未易到也。

---

[1]《夜飞鹊·香港秋眺怀公度》:"沧波放愁地,游棹轻回。风叶乱点行杯。惊秋客枕酒醒后,登临尘眼重开。蛮烟荡无霁,飐天香花木,海气楼台。冰夷漫舞,唤痴龙、直视蓬莱。 多少红桑如拱,筹笔问何年,真割珠厓。不信秋江睡稳,掣鲸身手,终古徘徊。大旗落日,照千山、劫墨成灰。又西风鹤唳,惊筇夜引,百折涛来。"

五十五

　　彊邨与蕙风适相反，其小令似不如长调。盖其早年之小令，虽用笔沉着秾厚，下字奇丽，千锤百炼，然失之伤气，亦乏情致。中年之小令学东坡，运密入疏，寓浓于淡，跌宕有致。晚年则由深入真，深意浅传，语淡而情苦，每有动人之处。如《南乡子》词："病枕不成眠。百计湛冥梦小安。际晓东窗鹥鸠唤，无端。一度残春一惘然。　歌底与尊前。岁岁花枝解放颠。一去不回成永忆，看看。唯有承平与少年。"以一意直贯全篇，气韵沉雄，耐人寻味。收三句是何等沉厚之语，洗净铅华，一空依傍矣。

五十六

　　清季四家成就以彊邨最为杰出。其词无闲淡之言，字面完整，法度严谨，笔势变化，善将内容形象地表现出来，虽微近于晦，然亦不难理解。其词每有寄托，如清末时多写庚子事件之痛，又语涉宫闱内幕，不能明写，故以曲折之手法表达之，却晦而不涩，颇受梦窗影响。潜气内转，名词虽密，亦能运用自如。辛亥以后，彊邨对袁世凯称帝，对国内军阀动乱，哀鸿遍野，极为愤恨感慨。其晚年之作，遂渐趋疏朗，盖用东坡以疏其气，运密入疏，寓浓于淡故也。

五十七

郑文焯喜谈声律，填词谨守四声，其为词从姜夔入，自柳永出，先学白石之幽峭，再融和耆卿之淡秀，风骨最佳，惜情致稍逊耳。其以宋诗之寄慨运于词中，尤善炼句，填险僻之调，以见其工力。少年时为词学北宋情调而不学北宋语句，为避字熟而力炼新语，以"承平少年"之名士姿态出现；中年经历丧乱，杂以南渡后白石之语，登山临水，发思古之幽情，伤今世之遭遇；晚年词笔则似南宋末年诸家，情调苍凉，然比碧山、草窗较为高旷。

五十八

清季四家为词皆有寄慨，然王鹏运、朱孝臧专寄于一时一事，每词皆可追寻其本事始末，故较为质实，郑文焯则不专于一事，故其感慨则更为深沉，带有更多普遍性，概括力强。如《庆春宫·同羁夜集，秋晚叙意》[1]及《迷神引》"看月开帘惊飞雨"[2]两词慷慨悲凉，未尝专指也。

---

〔1〕《庆春宫·同羁夜集，秋晚叙意》："霜月流阶，芜烟衔苑，戍笳愁度严城。残雁关山，寒蛩庭户，断肠今夜同听。绕阑危步，万叶战、风涛自惊。悲秋身世，翻羡垂杨，犹解先零。　行歌去国心情，宝剑凄凉，泪烛纵横。临老中原，惊尘满目，朔风都作边声。梦沉云海，奈寂寞、鱼龙未醒。伤心词客，如此江南，哀断无名。"

〔2〕《迷神引》"看月开帘惊飞雨"："看月开帘惊飞雨，万叶战秋红苦。霜飙雁落，绕沧波路。一声声，催笳管，替人语。银烛金炉夜，梦何处。到此无聊地，旅魂阻。　眷想神京，缥缈非烟雾。对旧河山，新歌舞。好天良夕，怪轻换、华年柱。塞庭寒，江关暗，断钟鼓。寂寞衰灯侧，空泪注。迢迢云端隔，寄愁去。"

五十九

作险调、拗句、险韵,须出语平顺。作熟调、律句、宽韵,须出语曲折。此为填词大法。蕙风善作险调,能自然妥顺。其方法为:快作慢改。认真处理轻重、疾徐、低昂、起伏之关系。短句须重而疾,长句须轻而徐,由浅而深,由直而曲,由小而大,逐层推进,庶免佶屈聱牙之弊。如《醉翁操》词:"凄然。春妍。含暄。渺风烟。堪怜。南鸿为谁愁惊寒。雪明霜暗何天。凭画栏。有恨付无言。隔软红、几家管弦。 艳阳错认,生怕啼鹃。玉钟翠袖,回首承平少年。花有香而歌前,柳有阴而吟边。何因青鬓斑。多情无韶颜。阻梦万千山。乱云残照春忍还。"

六十

况蕙风词为清季四家中最有情致者。四家一般以长调见胜,笔、篇、字、句皆刻意求工,然章法过密,每影响情调。蕙风长调稍逊于三家,然小令则远非三家可及。蕙风小令,对一事一物皆有深情,故《蕙风词话》卷一先论词心,酝酿意境,培养创作感情。词心真挚,意境深沉,则为词亦无纤弱萎靡之病。古人为小令,亦重情致,每疏于笔法气势;蕙风小令,则精力弥满,亦达重、拙、大之高境,温厚和婉,于自然中能见沉着。然馀三家则唯于镂刻中见沉着,故逊于蕙风也。

六十一

蕙风小令，北宋情调多，尤得力于贺铸（自浙派、常州派出后，词人少学北宋矣），故清丽、婀娜，有势而不纤弱。其《浣溪沙》词云："惜起残红泪满衣。他生莫作有情痴。人天无地著相思。　花若再开非故树，云能暂驻亦哀丝。不成消遣只成悲。"又"一晌温存爱落晖。伤春心眼与愁宜。画阑凭损缕金衣。　渐冷香如人意改，重寻梦亦昔游非。那能时节更芳菲。"皆委婉缠绵而有笔力者。

六十二

蕙风《苏武慢·寒夜闻角》[1]词，或谓为己亥（一八九九年）秋作，疑误。此词当作于辛丑（一九〇一年）深秋，时慈禧太后"回銮"北京，故词语苍凉沉郁。"珠帘绣幕，可有人听，听也可曾肠断。"叶遐庵谓乃作者最得意之笔，朱彊邨则以为失之露，有意刻画。然刻画亦不妨其为佳句也。

---

〔1〕《苏武慢·寒夜闻角》："愁入云遥，寒禁霜重，红烛泪深人倦。情高转抑，思往难回，凄咽不成清变。风际断时，迢递天街，但闻更点。枉教人回首，少年丝竹，玉容歌管。　凭作出、百绪凄凉，凄凉惟有，花冷月闲庭院。珠帘绣幕，可有人听，听也可曾肠断。除却塞鸿，遮莫城乌，替人惊惯。料南枝明月，应减红香一半。"

六十三

蕙风长调空灵,然不乏沉着之气。色泽不如彊邨浓厚,又不似大鹤枯槁,气韵流动,其笔势一以贯之,不事雕琢,亦自有佳处。如《曲玉管》词:"两浆春柔,重闉夕远,尊前几日惊鸿影。不道琼箫吹彻,凄感平生。忍伶俜。 杳杳蘅皋,茫茫桑海,碧城往事愁重省。问讯寒山可有,无限伤情。作钟声。 换尽垂杨,只萦损、天涯丝鬓。那知倦后相如,春来苦恨青青。楚腰擎。抵而今消黯,检点青衫红泪,夕阳衰草,满目江山,不见倾城。"全词既温婉,复沉着,末三句大笔振起,无怪其自赏也。

六十四

蕙风长调自梅溪入,亦近浙西之樊榭,偏重才情,少作颇有纤巧之弊(《第一生修梅花馆词》中此类作品尚未删去)。后交半塘,作风大变,盖接受其"重、拙、大"之说也。然老去才情未减,《蕙风词》中如《满路花·彊邨有听歌之约词以坚之》《金人捧露盘·芙蓉》《八声甘州·〈葬花〉一剧属梅郎擅场之作》《西子妆》"蛾蕊颦深"诸作皆风致嫣然。[1]

六十五

况周颐小令情致缠绵而又能用重笔,情事皆藏于词中,好用新词藻,精警而不觉生硬,亦无浮泛油滑之语。其词境多凭想象,因事布景,《临江仙》词听歌八首,可称其代表作。小令而能巧用虚词,以虚间密,细味之,可悟填词之法。如"嘶骢只在铜街""一桁湘帘尘不到,除非燕子归来""相逢切莫误横波""可有青衫供换泪""断魂芳草外,何止忆王孙"等句中,"只在""除非""切莫""可有""何止"皆极细致准确。惜篇章

---

[1]《满路花·彊邨有听歌之约词以坚之》:"虫边安枕簟,雁外梦山河。不成双泪落、为闻歌。浮生何益,尽意付消磨。见说寰中秀,漫眹修蛾。旧家风度无过。 凤城丝管,回首惜铜驼。看花馀老眼、重摩挲。香尘人海,唱彻定风波。点鬓霜如雨,未比愁多。问天还问嫦娥。"《金人捧露盘·芙蓉》:"恁娉婷。真不染,世间尘。似静女,晓镜妆新。当楼映幕,未烦初日助风神。据霜高格,与东篱、傲骨同论。 梦江头,搴木末,谁手把,寄夫君。旧情在、麝度微薰。集裳欲问,水花莫误注骚人。后开随分,向西风、展尽红颦。"《八声甘州·〈葬花〉一剧属梅郎擅场之作》:"向天涯丝管已难听,何堪恁伤春。算怜卿怜我,无双倾国,第一愁人。仿佛妒花风雨,逐梦入行云。芳约啼鹃外,回首成尘。 占取人天红紫,早颓圆断井,分付消魂。拌随波未肯,何计更飘茵。便三生、愿为香土,费怨歌、谁惜翠眉颦。肠回处,只青衫泪,得似红巾。"《西子妆》"蛾蕊颦深":"蛾蕊颦深,翠茵蹴浅,暗省韶光迟暮。断无情种不能痴,替消魂、乱红多处。飘零信苦。只逐水、沾泥太误。送春归、费粉娥心眼,低徊香土。 娇随步。著意怜花,又怕花欲妒。莫辞身化作微云,傍落英、已歌犹驻。哀筝似诉。最肠断、红楼前度。恋寒枝、昨梦惊残怨宇。"

过长，七、八两阕意尽笔枯，未收通体精粹之功耳。

六十六

王国维《人间词话》标举境界，而其所为词却未见境界，盖其境界非出于自然故也。其论词，力主"不隔"，而其所为词却刻画求工，虽力图摹拟唐五代、北宋，总觉费力，令人难以捉摸。其《蝶恋花》词云："百尺朱楼临大道。楼外轻雷，不问昏和晓。独倚阑干人窈窕。闲中数尽行人少。　一霎车尘生树杪。陌上楼头，总向尘中老。薄晚西风吹雨到。明朝又是伤流潦。"比庄棫笔力较为挺健，感情亦较真挚。然用力过重，终欠自然。

六十七

吾粤词学兴盛较晚（宋代诸词人中，粤籍仅占六人），粤东三家[1]词风格如一，多破碎浮滑之作，本已不足称。吴兰修学浙派趋于末流，每多绮靡纤弱之处，且其意境有如闺阁女子，风格不高。兰甫[2]雅正而略欠空灵。述叔当为大家，开岭南风气，自海绡出，粤词始得正声。若以文廷式上代侨居穗垣而列入粤东，

---

〔1〕粤东三家：指叶衍兰、沈世良、许玉彬三家。
〔2〕兰浦：陈澧。

则属于另一体例矣。

六十八

述叔《风入松·重九》一阕，朱古微最赏之。古微评《海绡词》云："卷二多朴遫[1]之作，在文家为南丰[2]，在诗家为渊明。"

六十九

述叔《风入松·重九》词，深为叶遐庵所赏，谓其"沉厚转为高浑，此境最不易到"。其实述叔此作，亦从梦窗化出，但能去貌取神，一洗秾丽字面，而以气势、筋力见胜。词云："人生重九且为欢。除酒欲何言。佳辰惯是闲居觉，悠悠想、今古无端。几处登临多事，吾庐俯仰常宽。　菊花全不厌衰颜。一岁一回看。白头亲友垂垂尽，尊前问、心素应难。败壁秋蛩休诉，雁声无限江山。"前人咏重九，必写登高临远，而述叔却写重九不出，真所谓"言在耳目之内，情寄八方之表"，读之使人忘其浅近，自生远志。此词尤善用虚字表神，如"且""欲何""惯是""全不"等，皆极跌宕之致。

---

[1] 朴遫：本指小木，引申指平凡、短小。
[2] 南丰：北宋文章大家曾巩。

七十

疆邨、遐庵俱赏述叔《风入松·重九》词，其实"甲戌寒食"之作似较"重九"更胜。字面去梦窗愈远，而神理愈深，即所谓"运密入疏，寓浓于淡"者，语淡而情苦，真合重、拙、大为一手。词云："人生离合似萍蓬。时节苦匆匆。年年寒食空相忆，今年见、蜡烛光融。往事山河梦里，高谈风雨声中。　承平冉冉逐孤鸿。天阔更无踪。相携便作佳期看，亲知面、也算遭逢。几点飞花门巷，依然故国东风。"

七十一

述叔《玉楼春》词云："新愁又逐流年转。今岁愁深前岁浅。良辰乐事苦相寻，每到会时肠暗断。　山河雁去空怀远。花树莺飞仍念乱。黄昏晴雨总关人，恼恨东风无计遣。"作于海绡楼被日寇焚毁之后，内意沉郁深厚，合北宋初及南宋末为一手，用笔、骨格似欧、晏，感情悲愤则似碧山、玉田。述叔卒后，诗人熊润桐挽联云："重吟沧海遗音，泪湿鲛绡，当时已分填词老；忍问故楼断壁，风传燕语，有谁珍惜覆巢悲。"即用此词意。

七十二

陈述叔《海绡说词》本有概论部分，疆邨《沧海遗音集》

未收。其内容主要有十方面：一曰"本诗"。此乃常州派词论，谓词继承《诗经》《楚辞》而代兴，以美人香草道达幽眇之情。二曰"源流正变"。以温、韦、二晏、六一、周、吴为正统，以苏、辛为变。又抑白石而尊梦窗。三曰"师周、吴"。本周止庵四家之说，然更谓应进周、吴为师，退辛、王为友。四曰"以'留'求梦窗"。留者，停顿也，留有馀地也。每个意境、每个笔法皆须如此。五曰"贵守律"，严格依照平仄四声。六曰"贵拙"。拙者，含蓄也。七曰"贵养"。养谓德养、学养。八曰"内美"，不唯求字面美，尤须求内在美。九曰"由吴以希周"，自吴文英以进周邦彦。十曰"襟度"。指作者之胸襟见解。

七十三

述叔晚年之作，其卷三各词，多有转近玉田者，不过法度仍为梦窗。其《琐窗寒·重九》[1]一阕，已渗进白石、玉田风骨，故其致熊润桐自称"中有极自赏"语。大抵作家暮年多运密入疏，寓浓于淡，即学古之篇，亦去貌取神。

---

[1]《琐窗寒·重九》："去国秋风，天涯又作，一番重九。茱萸办了，旧俗看看还有。掩闲门、自珍岁华，古来尽道佳时候。只东篱误约，及花无奈，几回搔首。　当膈。霜林后。甚对面青山，未成携手。新亭泪眼，怕检凭高罗袖。咽歌蝉、残日梦回，故人不见天也瘦。待从头、诉与今朝，倦客殊方久。"

七十四

六禾翁以填词遣日,最爱用僻调、僻字,只以堆砌积叠成词。曾用功于白石、梅溪、梦窗、草窗,而于史、周较近。惟只从字面上学,故下笔艰而气靡,用语险而境窄。六禾词未刊时流传不多(其中有不少词,乃先作了词然后加上题目。《玉蕊楼词钞》中,此类甚多),《秌音集》其中有些作品,并非述叔与之唱和,乃其见述叔之作而自和,或将述叔之作于题目上添入与其唱和字样。不过,述叔初学为词,实受六禾之影响,此点述叔亦不甚讳。

七十五

《六丑》本为长调,字句极参差,所叶韵又为入声,音节崛促,苟非以气行之,则贯串颇难。海绡此词[1]在集中亦非绝佳之作。不过,龙榆生爱咏木棉,自作多阕均不佳,故其《近三百年名家词选》选海绡此阕耳。实则《海绡词》卷一所载"正啼红满

---

[1]《六丑·木棉谢后作》:"正朱华照海,带碧瓦、参差楼阁。故台更高,无风花自落。一梦非昨。过眼千红尽,去来歌舞,怨粉轻衣薄。青山客路鹧啼恶。泪断香绵,灯收雨箔。颓然旧游城郭。尚幢幢日盖,残霸天邈。 川盘岭礴。算孤根易托。顿有离家恨,何处著。争枝又闹群雀。似依依念定,惹茸曾约。芳韶好、柳黄初啄。得知道、一样天涯化絮,到头漂泊。山中事、分付榴萼。笑燕子、尚恋西园夜,春归未觉。"

径"[1]一阕,较此更佳。其离合顺逆,腾翻转折处,确得梦窗神妙。咏木棉词,以往佳者亦不多,余意以朱彊邨之《齐天乐》[2]为最佳。笔重境大而寓意深刻。其歇拍"老尽春丛,可怜朱凤故巢在"已极沉郁;下半阕"茧蝶移家,蓉砂变景,谁睬孤根岭外。交柯未改。好留驻年年,祝融幢盖。梦结扶桑,日华擎翠海",不惟用笔力破馀地,其境界之空阔宏大,实不易得。非体质内充,曷克臻此?似又高出海绡一层矣。

七十六

海绡词确难理解,其词句倘以语体翻译之,几至不成文理。往往余亦不能解悟其语意,制题每多揉捏做作。即其尺牍亦自谓学晋人小柬,令人诵之,茫茫不知所指。词制题宜简,白石是序而非题。

---

[1]《六丑》"正啼红满径":"正啼红满径,绣阁掩、虚廊无月。画阑试凭,年时香尚发。柳带堪结。还是湔裙候,背花临水,荡晓愁空阔。行云冉冉孤城接。镜匣收鸾,罗衣卷蝶。邻箫为谁先咽。算花风廿四,犹解催别。 桃根杏叶。委新词半箧。又堕年华泪、尘暗甃。多情怕看团笺。似留恋苦恨,薄人轻绝。残煤冷、雨声初阕。应不分、一晌销魂,拼与渡头飞雪。西园事、归燕能说。但早来、纵有游春意,骄骢正怯。"
[2]《齐天乐·木棉》:"烛龙飞上珊瑚岸,殷空万镫成蕾。干掩斑鳞,得衔绛嘴,凝作连溪朝采。烟滋露溉。就中著温茸,岁寒曾耐。老尽春丛,可怜朱凤故巢在。 越王台畔丽质,照人风雨夜,天半无晦。茧蝶移家,蓉砂变景,谁睬孤根岭外。交柯未改。好留驻年年,祝融幢盖。梦结扶桑,日华擎翠海。"

七十七

余谓述叔词近温飞卿,此说甚新,但亦有据。《海绡说词》稿评辛弃疾词一段有云:"清真、稼轩、梦窗,各有神采;清真出于韦端己,梦窗出于温飞卿,稼轩出于南唐李主,……"述叔专攻梦窗,又倡内美之说,曾云:"若不观其倩盼之质,而徒眩其珠翠,则飞卿且讥,何止梦窗。"以此推之,则海绡词之远祖温飞卿亦言之成理。

七十八

玉甫[1]先生在都刊其所著《遐翁词赘稿》既成,以三十部见寄,嘱为代赠粤中后起同好。壬寅人日,沚斋词弟过余分春馆,为检书棚,尚馀一册,即以持赠。玉甫为吾粤晚近词家巨子,博雅嗜古,为词精且多,少作缠绵悱恻,迫近方回;晚年则一洗绮罗芗泽之态,雄姿壮采,合贺、周、苏、辛为一手矣。

七十九

徐乃昌刻闺秀百家词,录清人最多,有集传世者几近百人,大多为千篇一律之闺情词,纤巧无格,读之令人厌倦。然其中尚

---

[1]玉甫:叶恭绰。

有佼佼者，吾取其三焉：曰徐灿，曰吴藻，曰西林太清春[1]，皆足为易安之继。徐灿为明进士陈之遴妻，陈降清后官至宏文院大学士，灿深感痛心，所为词每寓兴亡之感。其小令常参欧、晏，能用重笔，以北宋字句结合南宋气骨，故格调颇高。其《踏莎行》词云："芳草才芽，梨花未雨。春魂已作天涯絮。晶帘宛转为谁垂，金衣飞上樱桃树。　故国茫茫，扁舟何许。夕阳一片江流去。碧云犹叠旧山河，月痕休到深深处。"以比兴手法寓故国之思，可谓"重、拙、大"三者俱备。"芳草"三句，痛惜南明小朝廷的覆灭。"晶帘"二句，极宛曲深微之致，"金衣"云云，其为之遴投靠新朝而发耶？换头后境界更大，笔力更重，一结更有不尽之意。吴藻遭逢不偶，晚岁寡居，然其词多清新流丽之语，如《如梦令》云："燕子未随春去。飞到绣帘深处。软语话多时，莫是要和侬住。延伫。延伫。含笑回他不许。"写春日闺情，纯是闺中女子口吻。西林春为满族女词人，其词刚健奇丽，无闺秀词常见之荏弱格调。《蕙风词话续编》云："评闺秀词无庸以骨干为言，大都嚼蕊吹香，搓酥滴粉云尔。"斯语当不为顾春而发也。

八十

顾太清词，于满族妇女中当为第一无疑，即置于其他闺阁词

---

〔1〕西林太清春：顾春。

中，亦为第一流，蕙风甚赏之。惟遍观其全集（有西泠印社木刻排字本凡两册，缺卷二。龙榆生将第二卷载于《词学季刊》第一卷第二号），终觉乏味。可胜人者，闺阁气尚少，不比其他女词人之纤薄靡弱，且笔势较生硬挺健耳。

八十一

千古以来，女词人咏兴亡之感者，当推李清照与徐灿。碧城[1]女士虽皈依我佛，然家国之思未尝去怀。其《汨罗怨·过旧都作》云："翠拱屏障，红逦宫墙，犹见旧时天府。伤心麦秀，过眼沧桑，消得客车延伫。认斜阳、门巷乌衣，匆匆几番来去。输与寒鸦，占去垂杨终古。　闲话南朝往事，谁踵清游，采香残步。汉宫传蜡，秦镜荧星，一例秾华无据。但江城、零乱歌弦，哀入黄陵风雨。还怕说、花落新亭，鹧鸪啼苦。""认斜阳、门巷乌衣，匆匆几番来去。输与寒鸦，占取垂杨终古"，"汉宫传蜡，秦镜荧星，一例秾华无据"，黍离麦秀之痛，固不减李、徐也。

八十二

黄遵宪出使欧美东瀛之便，描绘海外风光，缕述异国事物，

---

〔1〕碧城：吕碧城。

其诗开拓前人未有之境界，雄奇瑰丽，美不胜收，使人耳目为之一新。予谓词人当推吕碧城女士，其《玲珑玉·阿尔伯士雪山，游者多乘雪橇，飞越高山，其疾如风，雅戏也》云："谁斗寒姿，正青素、乍试轻盈。飞云溜屧，溯风回舞流霙。羞拟凌波步弱，任长空奔电，恣汝纵横。峥嵘。诧遥峰时自送迎。　望极山河幂缡，警梅魂初返，鹤梦频惊。悄碾银沙，只飞琼、惯履坚冰。休愁人间途险，有仙掌、为调玉髓，迤逦填平。怅归晚，又谯楼、红灿冻檠。"亦新奇可喜。惜未得其《晓珠》全集一读为憾。

卷四　南宋及金元明各家词

一

稼轩气势磅礴，豪迈奔放，如万马奔腾，银河泻落，然其与前代名人相校，其律未尝有差异，盖由才气大，学问博，经历多，故守律而不为律所约制，反驱使其律以骋其才华。

其词不仅仅以豪放为主，抑亦有高健、沉郁、绮丽风格；举凡前人具备者，无一不备，前人所无如诙谐、讽刺、俗语、问答等，无所不有之。此非刻意而为，实由其才杰出超卓，彩笔淋漓，写其特有之情，叙其特有之事。故况蕙风云："性情少者勿学稼轩，非绝顶聪明，勿学梦窗。"

二

辛弃疾《菩萨蛮》词："郁孤台下清江水。中间多少行人泪。

西北望长安。可怜无数山。 青山遮不住。毕竟东流去。江晚正愁予。山深闻鹧鸪。"《菩萨蛮》词用笔之重、声势之壮,当以此篇为最。

三

稼轩善以文为词,笔势沉重,条理畅达,层次分明,而变化繁多,如诗之有曲折者,《贺新郎》"甚矣吾衰矣"[1]一阕尤可见焉。

四

以经史散文字面及典故入词,即高手难免有迂腐之感,使人望而生畏。稼轩才气大,抑亦具真实内容,是以字面虽佶屈聱牙,典故虽生僻熟俗,却一一似供其随意挥洒,写来妥帖自然,天趣横生。观其《六州歌头》:"晨来问疾,有鹤止庭隅。吾语汝,只三事,太愁予。病难扶。手种青松树,碍梅坞,妨花径,才数尺,如人立,却需锄。秋水堂前,曲沼明于镜,可烛眉须。被山头急雨,耕垄灌泥涂。谁使五庐。映污渠。 叹青山好,檐外竹,遮

---

[1]《贺新郎》"甚矣吾衰矣":"甚矣吾衰矣。怅平生、交游零落,只今馀几。白发空垂三千丈,一笑人间万事。问何物、能令公喜。我见青山多妩媚,料青山、见我应如是。情与貌,略相似。 一尊搔首东窗里。想渊明、停云诗就,此时风味。江左沉酣求名者,岂识浊醪妙理。回首叫、云飞风起。不恨古人吾不见,恨古人、不见吾狂耳。知我者,二三子。"

欲尽，有还无。删竹去，吾乍可，食无鱼。爱扶疏。又欲为山计，千百虑，累吾躯。凡病此，吾过矣，子奚如。口不能臆对，虽扁鹊、药石难除。有要言妙道，往问北山愚。庶又瘳乎。"又《兰陵王》："恨之极。恨极消磨不得。苌弘事，人道后来，其血三年化为碧。郑人缓也泣。吾父攻儒助墨。十年梦，沉痛化余，秋柏之间既为实。　相思重相忆。却被怨结中肠，潜动精魄。望夫江上岩岩立。嗟一念中变，后期长绝。君看启母愤所激。又俄顷为石。　难敌。最多力。甚一忿沉渊，精气为物。依然困斗牛磨角。便影入山骨，至今雕琢。寻思人世，只合化，梦中蝶。"可见一斑。

五

《贺新郎·别茂嘉十二弟》[1]非一般送别之词，盖所用四典：王嫱之去、戴妫之归、河梁、易水之别，皆一去永绝者，茂嘉此去极可能深入金地，刺探军情，时有性命之虞。惜史所不详，无从厘定。

六

稼轩词有看似俗者，然其出自匠心，不依傍他人，反觉新颖生辣，奇趣横生。他人学步则多如东子效颦。至强学其雄豪处，

---

[1]《贺新郎·别茂嘉十二弟》：全词见第25页注释。

唯见空洞、浮夸、叫嚣而已，此时代身世使然也。

七

陆放翁词风格可分为温馨绮艳、豪迈奔放、闲适自然三类。前人谓乃学少游、稼轩、东坡而至，殊非的评。

放翁小令佳者，多为怀念前妻唐琬及相恋之作，缠绵真挚，动人心坎，旖旎情深，近乎小山、少游；其豪雄者，盖抱报国大志，而又数临边燧之地，有此身世经历，而以矫健之笔出之，自必近乎稼轩；闲适之作，实乃壮志难申，无可奈何寄情于田园山水之间，悲壮之气渐化而为平淡。此皆身世遭遇所致，非学少游、稼轩、东坡而有此手法及风格也。

八

《相见欢》调，字句忽长忽短，宜于表达蕴藉之情，而难于表达愤慨、悲凉、豪迈、淋漓痛快之感。然亦有例外者，朱敦儒《相见欢》："金陵城上西楼。倚清秋。万里夕阳垂地大江流。　中原乱，簪缨散，几时收。试倩悲风吹泪过扬州。"朱词以赋体一发忠愤之气，实乃独一无二。此词上阕写景，下阕叙情。下笔重，境界大，不仅在朱词中不可多得，即千古以来亦允推上乘之作。

九

朱敦儒词语句虽平易自然,但已经浅近,每易流于率滑,佳构终究不多。故于词坛只可称名家,不得谓之大家。其遭逢国变,流离颠沛,悲凉之作尚可一读;其逃避现实,闲适之作,充满烟霞气者实不可学。

十

陈亮《龙川词》气势豪迈,风骨磊落,然功力与成就去稼轩尚远。《水调歌头·送章德茂大卿使虏》[1]通篇洋溢着民族自豪感与胜利信念,读来人心鼓舞,无怪其子陈沆编为压卷之作。惜乎末二句转接不妥,"赫日"于此转承"胡运"而言,用意遂适得其反。

十一

张元幹《芦川词》以"送胡邦衡待制赴新州"及"寄李伯纪

---

[1]《水调歌头·送章德茂大卿使虏》:"不见南师久,漫说北群空。当场只手,毕竟还我万夫雄。自笑堂堂汉使,得似洋洋河水,依旧只流东。且复穹庐拜,会向藁街逢。 尧之都,舜之壤,禹之封。于中应有,一个半个耻臣戎。万里腥膻如许,千古英灵安在,磅礴几时通。胡运何须问,赫日自当中。"

丞相"两阕《贺新郎》[1]为压卷。此二词语调慷慨悲凉,笔势沉郁雄厚,境界开阔,一反其南渡前清新婉丽之作,表现了强烈之爱国主义思想,使词坛耳目为之一新,成为张孝祥、陆游、辛弃疾等及后世爱国词人之先驱。此非张氏有过人之处,实由此种风格为时代之心声,遂因而发展,形成一大流派——豪放派。

十二

刘克庄词近似而实有别于稼轩者:稼轩之豪放为生机洋溢,词笔灵活,包罗万有,任何题材一经其手,无不见性情,且精力弥满,为真正之壮。后村多以古文笔法为词,虽内容充实,时有大笔淋漓之处,而语言终究乏华丽,欠生机精警,且常于词中发议论,故作大言,不免质枯板硬,是粗率而非真壮也。

---

[1]两阕《贺新郎》:"梦绕神州路。怅秋风、连营画角,故宫离黍。底事昆仑倾砥柱,九地黄流乱注。聚万落、千村狐兔。天意从来高难问,况人情、老易悲如许。更南浦,送君去。 凉生岸柳催残暑。耿斜河、疏星淡月,断云微度。万里江山知何处。回首对床夜语。雁不到、书成谁与。目尽青天怀今古,肯儿曹、恩怨相尔汝。举大白,听金缕。""曳杖危楼去。斗垂天、沧波万顷,月流烟渚。扫尽浮云风不定,未放扁舟夜渡。宿雁落、寒芦深处。怅望关河空吊影,正人间、鼻息鸣鼉鼓。谁伴我,醉中舞。 十年一梦扬州路。倚高寒、愁生故国,气吞骄虏。要斩楼兰三尺剑,遗恨琵琶旧语。谩暗涩、铜华尘土。唤取谪仙平章看,过苕溪、尚许垂纶否。风浩荡,欲飞举。"

十三

自来《浣溪沙》词皆为婉约之品。婉者美也，媚也；约者隐也、屈也、含蓄也。然亦有沉雄之作，如张孝祥《浣溪沙》："霜日明霄水蘸空。鸣鞘声里绣旗红。淡烟衰草有无中。 万里中原烽火北，一樽浊酒戍楼东。酒阑挥泪向悲风。"此词悲慨沉雄，即东坡、稼轩集中亦无其匹，遑论其年、心馀诸子也。

十四

南宋二刘（刘过、刘克庄）无论辞句、用笔、手法等方面，均摹学稼轩。稼轩不仅雄才大略，文思敏捷，而遭际经历，尤迥异与常人，是以其词文采与内容极其丰实。二刘虽亦有豪气，第得其粗犷；或俚俗不文，终乏典雅；或言之过急，不耐人寻味。从来学稼轩不到者，必近二刘，此书法上所谓"学褚得薛"[1]耶？

十五

史梅溪与姜白石同时，成就亦大，且能自成风格。然白石在词坛之声名与影响当在其上，盖梅溪远不如白石之浑厚。

史从清真出，然周之舒徐、浑厚处，史所不及，故前人谓周

---

〔1〕学褚得薛：唐代书法家薛稷学书于褚遂良，时人有谚语云：买褚得薛，不落节。意思是买褚遂良的字，得到薛稷的字，也不算吃亏。

之胜史,全在一"浑"字。通体浑成,史确实不如周,但就寻章摘句而论,史则较周更多警策处。与史并时齐名之高竹屋、卢蒲江,均学清真,第既无超卓手法,风格亦不高,实远非史之俦匹。

梅溪词虽时涉纤巧,然其用笔重则气贯,惯于重重联接、层层加紧,至觉其使事下语真切而不虚用。其与吴梦窗词相较,吴一句一事一物;而史则数句一事相联,故不密。如其《绮罗香·咏春雨》:"做冷欺花,将烟困柳,千里偷催春暮。尽日冥迷,愁里欲飞还住。惊粉重、蝶宿西园,喜泥润、燕归南浦。最妨他、佳约风流,钿车不到杜陵路。 沉沉江上望极,还被春潮晚急,难寻官渡。隐约遥峰,和泪谢娘眉妩。临断岸、新绿生时,是落红、带愁流处。记当日、门掩梨花,剪灯深夜语。"词以烘托手法,写来刻画而不露痕迹,一似信手拈来,钿车约会之妨碍,剪灯夜语之回忆,均乃人与景物同处于春雨环境之中,是以情景交融,神味隽永,使人赞叹不已,不独以造语精炼为工也。

十六

统观梅溪词以咏物之什为最佳善,盖能体物入微,且情景交融,不为咏物而咏物,所谓系人心目者。又宜作入画题材,借增意境构思。至学之当在其用字所长,譬夫写画,以数点焦墨醒人心目,过当则反损气韵矣。

十七

白石虽脱胎于稼轩,然具南宋词之特点,一洗绮罗香泽、脂粉气息,而成落拓江湖,孤芳自赏之风格。此乃揉合北宋诗风于词中,故骨格挺健,纵有艳词,亦无浓烈脂粉气息,而以清幽出之;至伤时吊古一类,又无粗豪与理究气味,而以峭劲出之。总之白石词以清逸幽艳之笔调,写一己身世之情,在豪放与婉约外,宜以"幽劲"称之。予以为词至白石遂不能总括为婉约与豪放两派耳。

十八

陈述叔先生道出白石似稼轩处,在于传神而不取其形,此诚有理,然仍有未尽处。白石受稼轩之影响为词中之行气及树立骨格,其《永遇乐·次稼轩北固楼韵》[1]乃模仿稼轩者。又"自胡马、窥江去后,废池乔木,犹厌言兵"(《扬州慢》)似稼轩,"最可惜一片江山,都付与啼鴂"(《八归·湘中送胡德华》)亦似稼轩,"数峰清苦,商略黄昏雨"(《点绛唇·丁未冬过吴松作》)用重笔为刚坚幽清之风格,均亦近乎稼轩也。

---

[1]《永遇乐·次稼轩北固楼韵》:"云隔迷楼,苔封很石,人向何处。数骑秋烟,一篙寒汐,千古空来去。使君心在,苍崖绿嶂,苦被北门留住。有尊中、酒差可饮,大旗尽绣熊虎。 前身诸葛,来游此地,数语便酬三顾。楼外冥冥,江皋隐隐,认得征西路。中原生聚,神京耆老,南望长淮金鼓。问当时、依依种柳,至今在否。"

十九

王沂孙《花外集》存词六十馀首，颇有研究学习价值。其词吐语典雅无俗气，笔调沉着深厚，有寄托，尤其咏物诸什，多言中有物，而以比兴出之，读来有真实感。

其词除当时人张炎曾赞赏外，元、明两代均少人称许。至清中叶，常州派词人与词评家，对其推崇备至：学词有"问途碧山，历梦窗、稼轩，以还清真之浑化"之观点；甚而以为其词有寄托，至将其与屈、曹并论[1]。

然《花外集》或因时代使然，至辞义隐晦，笔调行曲，令人难以捉摸；且题材狭隘，惟以咏物为主；至其家国之感，实缘出路无由而低声饮泣，实从个人利益出发而已。比之屈、曹固是不伦，若徒以咏物为工，方之比兴，以为"言中有物"，恐亦"刻舟求剑"耳。

二十

《乐府补题》一卷，昔人多谓愤于杨琏真加发陵而作。综观所录各词，当非专指发陵一事者，盖借咏物以抒写遗民之痛，发陵哀痛亦有所触及而已。卷中最著如王碧山《齐天乐·蝉》："一

---

〔1〕与屈、曹并论：按此当为朱先生误记。陈廷焯《白雨斋词话》卷二："王碧山词，品最高，味最厚，意境最深，力量最重。感时伤世之言，而出以缠绵忠爱。诗中之曹子建、杜子美也。词人有此，庶几无憾。"将王沂孙比为曹植、杜甫。

襟馀恨宫魂断,年年翠阴庭树。乍咽凉柯,还移暗叶,重把离愁深诉。西窗过雨。怪瑶佩流空,玉筝调柱。镜暗妆残,为谁娇鬓尚如许。　铜仙铅泪似洗,叹移盘去远,难贮零露。病翼惊秋,枯形阅世,消得斜阳几度。馀音更苦。甚独抱清商,顿成凄楚?漫想薰风,柳丝千万缕。"此词意极为凄苦,然所运用辞汇典实,与发陵一事无涉,实以晚秋寒蝉,喻其亡国后凄凉身世与暗淡前途,反映其悲观绝望心情,谓为发陵而作,殊属牵强。

二十一

碧山原与玉田相近,只较玉田沉郁凝重耳。梅溪只好铸句炼字,以新俊纤丽为主。

二十二

草窗词早期华丽而空泛,绮艳而无生气,缺乏真情,字面雕琢,较梦窗有过之无不及;宋亡后,虽辞藻有堆砌之痕,因有家国之感,内容较充实而具见真情,变富丽之气为幽峭、高旷之风,惜此类作品为数不多。

二十三

《甘州》"记玉关踏雪事清游"一词为玉田最高之作,历代评家对此推崇备至。此词对理解玉田词风,极为重要。人皆以为玉田为婉约派词人,其实从此词可见,玉田词亦有近于稼轩风格者,第数量不多而已。此词变稼轩之慷慨激昂为沉郁、疏朗,笔重而境界开阔。

玉田词早期较浑厚,后期有浮率之嫌。盖玉田中岁遽遭国变,故多幽咽凄苦之音,无论登山临水、咏物怀人,虽抚景写情,均无限委婉凄怆,然而彼为没落王孙,是以身世沧桑之感,远过故国沦亡哀思。迨后流转江湖,垂老困顿,情怀转于淡远、闲逸。

二十四

玉田受白石影响,显而易见,然欠白石之矫劲,清夐处则胜之。其咏物词《绮罗香·红叶》[1]近似白石,不如史梅溪之刻画雕琢,而幽咽、沉着过之;《高阳台·西湖春感》[2]一首,尤逼似白石,词意凄怆,出笔舒徐自然,既不以刻画见长,又不以丽密取胜。玉田主清空,其作品诚如所论。

---

[1]《绮罗香·红叶》:"万里飞霜,千林落木,寒艳不招春妒。枫冷吴江,独客又吟愁句。正船舣、流水孤村,似花绕、斜阳归路。甚荒沟、一片凄凉,载情不去载愁去。　长安谁问倦旅。羞见衰颜借酒,飘零如许。谩倚新妆,不入洛阳花谱。为回风、起舞尊前,尽化作、断霞千缕。记阴阴、绿遍江南,夜窗听暗雨。"

[2]《高阳台·西湖春感》:"接叶巢莺,平波卷絮,断桥斜日归船。能几番游,看花又是明年。东风且伴蔷薇住,到蔷薇、春已堪怜。更凄然,万绿西泠,一抹荒烟。　当年燕子知何处,但苔深韦曲,草暗斜川。见说新愁,如今也到鸥边。无心再续笙歌梦,掩重门、浅醉闲眠。莫开帘,怕见飞花,怕听啼鹃。"

二十五

玉田词,不善学之,最易流于浮滑,故浙西派词颇多浮滑之处。应学其清疏、自然、精警与贯注,毋学其信笔与不假雕琢。

二十六

刘辰翁乃宋末豪放派后劲。其词亡国前直抒愤懑胸臆,强烈反映现实,对权奸误国极其痛切;亡国后,偷生于元人残酷统治下,抚时伤事,和泪写成。其岁时景物诸篇(如上元、端午、重阳等),均因节序而怅触万端,主题显而易见,亦所谓"亡国之音哀以思"者。同时作手多隐晦不显,无须溪之凄厉。是以南宋遗民中,《须溪词》实为个中佼佼者。

二十七

《兰陵王》为三叠之调。刘辰翁"丙子送春"[1]一阕,独具匠心,妙运词调特点,三个"春去"故之重叠,一如涂漆,涂一层则色深一层,愈说则愈凄楚。他人重复,不免絮絮滔滔之议,此

---

[1]《兰陵王》"丙子送春":"送春去。春去人间无路。秋千外、芳草连天,谁遣风沙暗南浦。依依甚意绪。漫忆海门飞絮。乱鸦过、斗转城荒,不见来时试灯处。 春去。最谁苦。但箭雁沉边,梁燕无主,杜鹃声里长门暮。想玉树凋土,泪盘如露。咸阳送客屡回顾。斜日未能度。 春去。尚来否。正江令恨别,庾信愁赋。苏堤尽日风和雨。叹神游故国,花记前度。人生流落,顾孺子,共夜语。"

则如李光弼将郭子仪之兵,一经号令,精彩百出。[1]至一结"人生流落,顾孺子,共夜语",拙朴无华,语淡而笔重,寄寓深沉,又所谓"语淡而情苦"者矣。

二十八

陈洵《海绡说词》以为吴梦窗《高阳台》"修竹凝妆","是吴词之极沉痛者"。按吴氏登临揽胜之作,不少境界开阔,用笔健劲,寓意深厚,并非悉如张炎所指"梦窗如七宝楼台,眩人耳目,碎拆下来,不成片段"者,其格调远高于忆姬诸词。可惜后来评选家对此类吴词,每每忽略。

此类命题分韵,本乃应酬文字,而丰乐楼又宏丽冠湖山,游人繁盛,为高轩驷马、峨冠鸣佩、朝绅同年会拜乡会之地,士大夫游宴之所。但词中意无一语涉及杯酒酣乐,既非堆金积玉,炫耀华藻,又无脂香粉腻气息,只对湖山景物,低徊俯仰,寓情于景,反映其别有怀抱。而陈洵在《海绡说词》中云:"'浅画成图',半壁偏安也,'山色谁题',无与托国者,'东风紧送',则危急极矣。凝妆驻马,依然欢会;酒醒人去,偏念旧寒;灯前雨外,不禁伤春矣。'愁鱼',殃及池鱼之意。'泪满平芜',城邑邱圩,高楼何有焉,故曰'伤春不在高楼上',是吴词之极沉痛

---

[1]"李光弼"以下三句:事见《新唐书·李光弼传》。李光弼与郭子仪都是平定安史之乱的名将,李曾代郭为朔方节度使,"营垒、士卒、麾帜无所更,而光弼一号令之,气色乃益精明"。

者。"此说近乎臆测，如常州派"作者未必然，读者未必不然"之论点，仅可作为参考而已。然其时国势日蹙，边事日亟，日暮伤春之际，登高临远，自有一时身世感触，而命意遣词，写作手法，颇具感染力，不过究竟无确切之处，当不能妄自引喻测度。

此词结语凄怆荒凉，预感重来之日，景物全非，第此时距元兵攻陷临安二十馀年，故不应先有"城邑邸圩，高楼何有"之感，出此凄楚之论，当有所寓而待细考者也。

二十九

大家之作，其风格必有独特之处，然亦每包罗万有，不一而足者。梦窗《望江南》："三月暮，花落更情浓。人去秋千闲挂月，马停杨柳倦嘶风。堤畔画船空。　恹恹醉，长日小帘栊。宿燕夜归银烛外，啼莺声在绿阴中。无处觅残红。"虽属流连光景之作，但造句婉秀，饶有韵致。上下阕七言对偶句，研炼精警，全阕不多用言情之语，只排列使人惋惜之景物，而伤春情绪，自然流露，与五代、北宋，"含蓄蕴藉"同一机杼。

与梦窗同时词人，不少受白石影响，趋向清空疏宕一派，而吴氏则继承与发展周邦彦"富丽精工"词风，寓疏于密，色泽秾丽。周济《宋四家词选》称其"返南宋之清泚，为北宋之秾挚"，殆即指此类作品而言。

此阕刻画中见自然，于吴词中亦不常见，历来评选家均不甚注意。近人俞平伯选入《唐宋词选释》，并认为"本篇与欧阳修之《采桑子》'群芳过后西湖好'极相似,写法却在异同之间",所论殊有见地。

三十

《霜花腴·重阳前一日泛石湖》[1]为吴文英自度曲,清劲疏朗,异于其本色之作。即陈廷焯《白雨斋词话》所谓"梦窗之妙,在超逸中见沉郁"一类。全篇以善于用笔见胜,其承转、变换、照应之处,俱见手法。

三十一

梦窗之佳处,一为潜气内转,二为字字有脉络。辞藻虽密而能以气驱使之,即使或断或续之处,仍能贯注盘旋,而"不着死灰"。不过,其气非如稼轩发之于外,而蓄之于内耳。此殆书家之藏锋而非露锋欤?

三十二

清真已具潜气内转之法,梦窗更广为运用,并成为独特手法。梦窗从清真出,却非完全承袭清真面目,其词丽密、沉着、

---

[1]《霜花腴·重阳前一日泛石湖》:全词见《宋词选析》(本书第320页)。

浓厚,而无清真之自然,故须以较晦涩手法出之。沈伯时[1]谓"梦窗深得清真之妙,其失在用事下语太晦处,人不可晓",实属的评,较尹焕、张炎所评[2]中肯。

三十三

梦窗词后人学之者众多,沈伯时《乐府指迷》曾转引其作词之主张。后世以"正宗"词派自居者,莫不据此以为填词之法。倘不用重笔,决不能得。盖笔重始能将瑰丽之辞藻驱使至飞舞流动,具见厚拙。梦窗造句精巧,用笔幽邃之处,予后世有一定影响,且起纠正浮滑轻率习气之作用。

三十四

凡作长调,须善于铺叙,见层次,最关键处在收束一段,应集中精力,务求气势沉着,力破馀地,总括全篇,方能免于轻重倒置、后劲不继。求诸柳永、周邦彦诸大家莫不如此。周邦彦出自柳永,去其俚俗、平易浅近,而为缜密典丽。吴文英出自周邦彦,特愈加雕琢幽邃而已。沈伯时称"梦窗深得清真之妙",盖指法度而言。

---

[1]沈伯时:沈义父。
[2]尹焕给吴文英的词集作序说:"求词于吾宋,前有清真,后有梦窗。此非焕之言,四海之公言也。"张炎所评,见《分春馆词话》卷三·二十八(本书第144页)。语出张炎《词源》卷下。

三十五

《莺啼序》"残寒正欺病酒"[1]为梦窗刻意之作，此词层次分明，体格浑成，低徊往复而一气贯注。陈廷焯《白雨斋词话》评为"全章精粹，空绝千古"，虽为过誉，然就此调而论，历来作家所作，均无出其右，则可为定论矣。

此词第一段为伤春，第二段为念往，第三段为感逝，第四段为寄慨。篇幅虽长而脉络分明，结构完整，意境沉郁，将与姬人悲欢离合心情，曲曲描绘，无一率语败笔，于铺叙中时见照应，允称名作。至第三段笔势骤然宕开，尤见气贯、笔重，意拙而境大。

三十六

《瑞鹤仙》"晴丝牵绪乱"[2]一阕，杨铁夫[3]定为寒食节忆姬之作。陈述叔《海绡说词》称此词"含思凄婉，低徊不尽"。细味其"待凭信，拚分钿"以下数语，似作于与姬分别未久，欲写书诀绝而又不忍之时。

此词作法曲折往复，当从周邦彦一脉相承而来，惟于周词"深厚和雅""缜密典丽"而外，用字过于讲求研炼，运意流于晦

---

〔1〕《莺啼序》"残寒正欺病酒"：全词见《宋词选析》（本书第324页）。
〔2〕《瑞鹤仙》"晴丝牵绪乱"：全词见《宋词选析》（本书第308页）。
〔3〕杨铁夫：杨玉衔。

涩而已。

朱彊邨致力校研吴梦窗词数十年，其在吴词手批本中，仅题二则评语：一为《宴清都·连理海棠》[1]；另一则为此词，于"试挑灯欲写，还依不忍，笺幅偷和泪卷"数语上评云"力破馀地"，可见其称赏。盖此数语层次宛转委曲而不伤气，贯注直下，用笔特重。盖学吴词者，当学此等重笔手法，庶无破碎之病矣。

三十七

《金缕曲·陪履斋先生沧浪看梅》[2]一词为吴文英抚时伤事之作。此词慷慨悲歌，笔调清健疏朗，寓沉郁于自然之中，一变平日密丽深涩之风格，实为《梦窗词》中不可多得之作。

三十八

梦窗《宴清都·连理海棠》一词，通篇奇思壮丽，意境层次变换，而"内气潜转"，"障艳蜡"一韵，以嫦娥之孤寂，衬托海

---

[1]《宴清都·连理海棠》："绣幄鸳鸯柱。红情密，腻云低护秦树。芳根兼倚，花梢钿合，锦屏人妒。东风睡足交枝，正梦枕、瑶钗燕股。障滟蜡、满照欢丛，嫠蟾冷落羞度。　人间万感幽单，华清惯浴，春盎风露。连鬟并暖，同心共结，向承恩处。凭谁为歌长恨，暗殿锁、秋灯夜语。叙旧期、不负春盟，红朝翠暮。"朱彊邨评语为："濡染大笔何淋漓。"

[2]《金缕曲·陪履斋先生沧浪看梅》：全词见《宋词选析》（本书第337页）。

棠连理，语丽而笔重。况蕙风谓"梦窗词中间隽句艳字，莫不由沉挚之思、灏瀚之气，挟之以流转"，意或指此耶？

三十九

梦窗字面极典雅、密丽。况蕙风谓"梦窗密处易学，厚处难学"。密，当指其字句之秾丽；厚，当指其命意之浑厚。前者为体格，后者为神致。世人不善学梦窗，但知摹拟其字句之秾丽而不能得其意境之深厚也。然学梦窗又易流于晦涩，且每因过密致成质实，乃须益之以稼轩之豪宕、疏朗以补其不足。

四十

元好问《遗山乐府》清丽刚健，盖以硬语写柔情。《鹧鸪天》三十七首可为代表作。挺秀清健，极有气骨，既缠绵悱恻，又痛快淋漓，骎骎直欲驾方回之上，匪独为金词之冠，即百代之后，尚无其匹。如："颜色如花画不成。命如叶薄可怜生。浮萍只合无根蒂，杨柳谁教管送迎。云聚散，月亏盈。海枯石烂古今情。鸳鸯只影江南岸，肠断枯荷夜雨声。"遗山词，《白雨斋词话》竟诋为"刻意争奇求胜"，"可称别调，非正声也"。而陈廷焯论词有"本诸风骚""不外比兴"之语，似此则有类于叶公好龙矣。

四十一

近人论遗山词,每有偏颇。刘大杰《中国文学发展史》称其"不减周秦"[1],北大《中国文学史》又谓其学辛弃疾。其实遗山词之风格极近贺铸,不论小令、长调,皆有其婉约与豪放两面。大抵其早年词多绮丽,中年奔放,晚作则沉郁深厚。金亡之后,每作旷达平淡之语,而情愈苦,以寄其刻骨铭心之哀思,无此身世,当不及也。

四十二

吴激为米芾之婿,出使金国被留,用为翰林学士。其《东山乐府》多表现身世之感、故国之思。《人月圆》词云:"南朝千古伤心事,犹唱后庭花。旧时王谢,堂前燕子,飞向谁家。 恍然一梦,仙肌胜雪,宫鬓堆鸦。江州司马,青衫泪湿,同是天涯。"运用前人诗句入词,浑化无迹,如同己出。吴词成就远过蔡松年。蔡词富丽精工,感情贫乏,即如一时传诵之《鹧鸪天·赏荷》[2]词,体物入微,声韵圆美,然全无感慨,亦何足多哉?

---

〔1〕不减周秦:按此语为张炎评元好问《摸鱼儿》二首(雁丘词、双蕖怨)之语。
〔2〕《鹧鸪天·赏荷》:"秀樾横塘十里香。水花晚色静年芳。胭脂雪瘦薰沉水,翡翠盘高走夜光。 山黛远,月波长。暮云秋影蘸潇湘。醉魂应逐凌波梦,分付西风此夜凉。"

四十三

明词鄙陋，多无足道者，《明词综》所收，率皆纤仄靡弱之作，即如国初刘基、高启，亦有意而无辞，殆未得两宋精神之什一。明陈霆《渚山堂词话》，曾收入《四库全书》，纪氏晓岚言其"持论多确"，然所录明词，率皆"纤言丽语，大雅是病"，此亦时代风气使然，无可如何也。

四十四

明词实已趋于沦亡，词、曲不分，格调一致。以曲为词，则易成浅俗，以词为曲，则曲亦失其民间文学本色。词宜雅，曲宜俗，未可混同也。明代复古之风甚盛，文必秦、汉，诗必盛唐，为词亦标榜五代、北宋，奉《花间》《草堂》为圭臬，务求纤丽轻倩，故风格低，笔力弱，更无论性情矣。明初杨基《眉庵词》，承元人张翥遗绪，小词轻新典丽，笔触细致。其《清平乐》云："欺烟困雨。拂拂愁千缕。曾把腰支羞舞女。赢得轻盈如许。　初寒未暖时光。将昏渐睡池塘。记取春来杨柳，风流全在轻黄。"五六句仿佛少游，得北宋空灵之致。

卷五　唐五代及北宋词

一

汉府诗为早期之民间诗，敦煌曲子词为早期之民间词，两者相互校参，实有相类之处，遂觉敦煌词有吸取汉乐府手法，显而易见者为《菩萨蛮》"枕前发尽千般愿"，与汉乐府《上邪》[1]同一机杼。

二

《云谣集》为较完整之敦煌词选集，亦为写作年代最早之词集。内容丰富，远过后世词集，其记载医学病理及辨症方法者，尤为珍贵。于此可见，其时词已在民间广泛流传，且任何题材均可入词，非徒绮艳幽情也。

---

[1]汉乐府《上邪》："上邪，我欲与君相知。长命无绝衰。山无陵，江水为竭。冬雷震震夏雨雪。天地合。乃敢与君绝。"

三

　　敦煌词中有较完整精炼者,可能经文人加工润色;然亦有朴拙甚而不通者,究其原因有二:一为传抄错误,二为作自民间,故未臻较高之文学水准。当时得以流行者,固由音乐,亦因感情真挚而又有浓厚生活气息,易于引起共鸣,譬诸粤曲,虽有庸俗以至不通之句却亦流行。

　　敦煌词风,采自民间者多,文人者甚少。

四

　　词选家但追求字句完美、格律完整、内涵充实,语句传抄错误或稍欠通顺之作,辄弃而不取。故敦煌词多选《菩萨蛮》"枕前发尽千般愿"与《望江南》"天上月"等二三阕而已,至其中佳作埋没颇多,殊为疏忽。其实仅此二三阕,不足以概括敦煌词。

　　如《云谣集》中《生查子》"三尺龙泉剑"[1],其雄壮激昂,不独敦煌词,即历代词坛亦不可多得。此外,敦煌词中,写保卫边塞及其他作品,非尽歌筵酒席、公子佳人之作也。

　　敦煌词实值得深入探讨。目前,任二北[2]《敦煌曲校录》《敦

---

〔1〕《生查子》"三尺龙泉剑":"三尺龙泉剑,匣里无人见。一张落雁弓,百只金花箭。　为国竭忠贞,苦处曾征战。先望立功勋,后见君王面。"

〔2〕任二北:任讷。

煌曲初探》二书,为较完整之作。

五

敦煌词至清末始刊行面世,其词调格律与康熙《钦定词谱》《万氏词律》等所收颇有不同之处。如《菩萨蛮》调,过片之处,传为李白所作,为"玉阶空伫立,宿鸟归飞急",温庭筠为"照花前后镜,花面交相映",周邦彦为"天憎梅浪发,故作封枝雪",率作"仄平平仄仄,仄仄平平仄"或"平平平仄仄,仄仄平平仄"。然敦煌词中,过片首句亦有作"平仄平平仄"或"仄仄平平仄"者("惟念别离苦""白日参展现""每恨无谋识"等,于十五首中居其过半)。又《云谣集》第一首《虞美人》为平韵调,此调后世均为平仄转换。

敦煌词为最早期之词,于此中可窥词调格律之演变。与各词谱相校即知,后世词之格律实较当时完整,此盖经乐工、文人不断加工,至成定格。

六

读敦煌词应注意其别字及衬字。别字可据其读音及句意而推度其本原之正字,如"自从远涉违游客","违"当是"为";"长帆举棹觉船行","长"当是"张"。衬字于歌(读)时,以加快法添上,此法为戏曲常用,如《望江南》"天上月,遥望似一团银"[1],依后世词谱应为"天上月,遥望一团银",其中"似"字轻快溜过即可。又如《菩萨蛮》"枕前发尽千般愿"[2]一首,上下阕五字句衍变为七字句,亦同此例。

七

《云谣集》中《菩萨蛮》"自从远涉违(为)游客"[3]一首,末句"望乡关双泪垂"疑为"望乡关双泪零"之误[4]。又《菩萨蛮》"再安社稷垂衣理"[5]一首,下片第二句"金(今)喜回鸾凤"之"凤"字,疑为"驭"字之误。

八

柳永词继承与发展《云谣集》字句朴素、感情真切之风格,

---

〔1〕《望江南》"天上月":"天上月,遥望似一团银。夜久更阑风渐紧。与奴吹散月边云。照见负心人。"
〔2〕《菩萨蛮》"枕前发尽千般愿":"枕前发尽千般愿。要休且待青山烂。水面上秤锤浮。直待黄河彻底枯。　白日参辰现。北斗回南面。休即未能休。且待三更见日头。"
〔3〕《菩萨蛮》"自从远涉违(为)游客":"自从远涉违(为)游客。乡关迢递千山隔。求官宦一无成。操劳不暂停。　路逢寒食节。处处樱花发。携酒步金瓶。望乡关双泪垂。"
〔4〕疑为"望乡关双泪零"之误:今人校录,以为上句"瓶"为"堤"之误。
〔5〕《菩萨蛮》"再安社稷垂衣理":"再安社稷垂衣理。寿同山岳长江水。频见老人星。万方休战征。　良臣安国部。金(今)喜回鸾凤。从此后太阶清。齐钦呼圣明。"

其《凤归云》"恋帝里"[1]尤相类。

欧、晏则从《花间》、南唐小令之士大夫词之一脉而来,故其调几全为小令,其风格亦自婉雅温丽。

九

敦煌词中写闲逸生活之作,自然朴素,似随手拈来,如《山花子》:"五里竿头风欲平。长(张)帆举棹觉船行。柔橹不施停却棹,是船行。 满眼风波多闪烁,看山恰似走来迎。仔细看山山不动,是船行。"写景形象、生动活泼之风格,实为文人作品中少有。

十

《调笑令》又称《转应曲》,《转应曲》之名颇能道出此调之特点。戴叔伦《转应曲》:"边草。边草。边草尽来兵老。山南山北雪晴。千里万里月明。明月。明月。胡笳一声愁绝。"此作格调响而悲壮苍凉,"重、拙、大"兼而有之。

---

[1]《凤归云》"恋帝里":"恋帝里,金谷园林,平康巷陌,触处繁华,连日疏狂,未尝轻负,寸心双眼。况佳人、尽天外行云,掌上飞燕。向玳筵、一一皆妙选。长是因酒沉迷,被花萦绊。 更可惜、淑景亭台,暑天枕簟。霜月夜凉,雪霰朝飞,一岁风光,尽堪随分,俊游清宴。算浮生事,瞬息光阴,锱铢名宦。正欢笑,试恁暂时分散。却是恨雨愁云,地遥天远。"

十一

张志和为唐文人较早为词之作家,其《渔歌子》五首[1],仍吸收民歌风格,咏渔夫栖隐江湖,反映藩镇之乱,士大夫期望得以解脱之情,且风格近诗,故唱和者众。"西塞山前白鹭飞"一首,尤幽逸清新,苏、辛均融其句入词,于唐人浓烈脂粉气中,有此清穆疏宕之作,故为后世所称许。

十二

白香山为中唐时期写词多之作家。其《忆江南》三首[2],均以《竹枝词》手法来写,而非《竹枝词》之格式。每首末句均用笔较重。《忆江南》一调,须于末句用重笔。牛松卿此调:"红绣被,两两间鸳鸯。不是鸟中偏爱尔,为缘交颈睡南塘。全胜薄情郎。"末句用笔极重。故全词并不见轻浮浅俗之病,而反觉有深厚之意。

---

[1]《渔歌子》五首:"松江蟹舍主人欢。菰饭莼羹亦共餐。枫叶落,荻花干。醉宿渔舟不觉寒。""西塞山前白鹭飞。桃花流水鳜鱼肥。青箬笠,绿蓑衣。斜风细雨不须归。""钓台渔父褐为裘。两两三三舴艋舟。能纵棹,惯乘流。长江白浪不曾忧。""雪溪湾里钓鱼翁。舴艋为家西复东。江上雪,浦边风。笑著荷衣不叹穷。""青草湖中月正圆。巴陵渔父棹歌连。钓车子,橛头船。乐在风波不用仙。"
[2]《忆江南》三首:"江南好,风景旧曾谙。日出江花红胜火,春来江水绿如蓝。能不忆江南。""江南忆,最忆是杭州。山寺月中寻桂子,郡亭枕上看潮头。何日更重游。""江南忆,其次忆吴宫。吴酒一杯春竹叶,吴娃双舞醉芙蓉。早晚复相逢。"

十三

韦庄之《菩萨蛮》与温庭筠风格不同。温词作风古艳,韦词作风古朴。温词:"江上柳如烟。雁飞残月天。"写无人之境,幽峭而哀怨。韦词:"春水碧于天。画船听雨眠。"写有人之境,和谐、舒畅而静谧。可见韦庄善于搜索突出之典型景物,加以描绘,以表现当时之境况。

十四

薛昭蕴《浣溪沙》"倾国倾城恨有馀"[1]一词,重、拙、大俱全,超出《花间》作风。盖五代十国与春秋社会状况大致相同,均无中央集权而各处互为兼并争斗。故作者以此词寄托,伤叹时局之变乱,发怀古之幽情,于《花间集》中绝少见。

十五

欧阳炯《献衷心》"见好花颜色"[2]一作,乃唐五代词中首先有领字之词作。

---

[1]《浣溪沙》"倾国倾城恨有馀":"倾国倾城恨有馀。几多红泪泣姑苏。倚风凝睇雪肌肤。 吴主山河空落日,越王宫殿半平芜。藕花菱蔓满重湖。"
[2]《献衷心》"见好花颜色":"见好花颜色,争笑东风。双脸上,晚妆同。闭小楼深阁,春景重重。三五夜,偏有恨,月明中。 情未已,信曾通,满衣犹自染檀红。恨不如双燕,飞舞帘栊。春欲暮,残絮尽,柳条空。"

十六

鹿虔扆之《临江仙》"金锁重门荒苑静"[1]一词,慷慨悲凉,超出花间体风格,乃《花间集》中绝无仅有之作品。此词既存于《花间集》,故不可能寄托蜀亡之忧思,而实哀叹唐之亡也。后世词人追思家国兴亡,多受此作影响。故历来选本皆选入此词。

十七

《花间集》作者,除温、韦外,仅李珣较具独特风格。其《南乡子》[2]十七首,每首均能描写出当时两广之景物特点,写出南国少数民族之风土人情。其词藻(如藤笼,荔枝等),非但《花间》所无,直至清代亦甚少用。除此十七首外,其馀则与花间体相近矣。

十八

南唐偏安于东方,民丰物阜,文化得以发展。词人数量虽

---

[1]《临江仙》"金锁重门荒苑静":"金锁重门荒苑静,绮窗愁对秋空。翠华一去寂无踪。玉楼歌吹,声断已随风。 烟月不知人事改,夜阑还照深宫。藕花相向野塘中。暗伤亡国,清露泣香红。"

[2]《南乡子》第二首:"兰桡举,水文开。竞携藤笼采莲来。回塘深处遥相见。邀同宴。渌酒一巵红上面。"第五首:"倾绿蚁,泛红螺。闲邀女伴簇笙歌。避暑信船轻浪里。闲游戏。夹岸荔支红蘸水。"

不及西蜀多，然成就则高于西蜀。至中主时，国势日蹙，强邻压境，其词乃于动荡不安之社会中得以成就发展，有哀怨之思。《望远行》"碧砌花光照眼明"[1]一作，情辞婉转，音节靡曼，有凄迷悱恻之感。《摊破浣溪沙》二首[2]，代表其在位时郁郁不欢之心情。此二首既不同于《花间集》中风云月露、流连光景之作，又不同于后主亡国之哀思，对眼前情景满怀哀怨而不能自已，故写得极之含蓄蕴藉，使人无限低徊。观其内容及手法，此二首可能为同时之作，一首伤春，一首悲秋，皆感慨国势之飘摇。

十九

冯正中词应以《鹊踏枝》一批为最佳之作。自始至今，此调他作均不能脱出其藩篱。其《菩萨蛮》词则有别于温、韦，较温尚凄丽悱恻。鼎足而三，对北宋影响颇大。然学温者不善，则成堆砌；学韦者不善，则成浅率。惟冯词可学，盖有脉络可循也。

---

[1]《望远行》"碧砌花光照眼明"："碧砌花光照眼明。朱扉长日镇长扃。馀寒欲去梦难成。炉香烟冷自亭亭。　辽阳月，秣陵砧。不传消息但传情。黄金台下忽然惊。征人归日二毛生。"

[2]《摊破浣溪沙》二首："菡萏香销翠叶残。西风愁起绿波间。还与韶光共憔悴，不堪看。　细雨梦回鸡塞远，小楼吹彻玉笙寒。多少泪珠何限恨，倚阑干。""手卷真珠上玉钩。依前春恨锁重楼。风里落花谁是主，思悠悠。　青鸟不传云外信，丁香空结雨中愁。回首渌波三峡暮，接天流。"

二十

张子野享年八十八岁,寿命长,创作时间亦随之而长,其词之格调亦因之随时之流转而变易。陈廷焯《白雨斋词话》称其为"古今一大转移",盖指词之体格由小令发展为长调,子野实有预焉。陈廷焯又云:"子野适得其中,有含蓄处,亦有发越处;但含蓄处不似温韦,发越处亦不似豪苏腻柳。"此乃张子野慢词虽不无通俗真挚之语,然正如夏敬观所云,每多用小令作法而为长调,故其成就不高,对后世之影响亦不大。

二十一

词评家于欧阳修《六一词》,但以选本所选者为论,实欠全面。诚然,其词以小令为主,清新而有气息,婉丽而意境广远,实别具一格。惟尚有其雄健、开阔、疏隽之处,如《朝中措》:"平山栏槛倚晴空。山色有无中。手种堂前垂柳,别来几度春风。 文章太守,挥毫万字,一饮千钟。行乐直须年少,尊前看取衰翁。"则已跳出冯廷巳之范围,洗脱南唐旧格矣。

二十二

晏殊《珠玉词》吐属俊雅,柔和赡丽;意趣清新,无庸脂俗粉之气;情致婉转而真挚动人。尤善以平淡之意境为深婉丽句,写来工巧而自然。然其生长北宋承平之时，少即以神童荐，为朝廷赏识，自是飞黄腾达，贵为台辅重臣，无痛切苍凉甚或坎坷之遇，自无沉痛慷慨、沉郁之语。

其为人平居好贤进材，一时俊彦如范仲淹、孔道辅、韩琦、富弼辈，皆出其门下，其词既适合当世，其人又为士林所钦重，故其词风对当时影响极大。

晏氏脍炙人口之名句"无可奈何花落去，似曾相识燕归来"，语工意巧而极浑成自然，看似不费力，又似矜意刻画，其技巧惯为人所称道，乃在此等处也。

二十三

郑文焯云："屯田，北宋专家，其高浑处不减清真，长调尤能以沉雄之魄、清劲之气，写奇丽之情，作挥绰之声。"夏敬观云："耆卿词，当分雅俚二类。雅词为六朝小品文赋作法，层层铺叙，情景交融，一笔到底，始终不懈。"诚然，柳词之佳者，铺叙层次分明，而笔力雄健，一气贯注；写景细致，言情工切，而又能情景交融，境界开阔。如其《夜半乐》："冻云黯淡天气，扁舟一叶，乘兴离江渚。渡万壑千岩，越溪深处。怒涛渐息，樵风乍起，更闻商旅相呼，片帆高举。泛画鹢、翩翩过南浦。 望中酒旆闪闪，一簇烟村，数行霜树。残日下、渔人鸣榔归去。败荷零落，衰杨掩映，岸边两两三三，浣纱游女。避行客、含羞笑相语。 到此因念：绣阁轻抛，浪萍难驻。叹后约、叮咛竟何据。

惨离怀、空恨岁晚归期阻。凝泪眼、杳杳神京路。断鸿声远长天暮。"写景则由空阔而近接,一若今之电影者:始则万壑千岩,大江蜿蜒,波涛空渺,渐而酒旗烟树,衰柳败荷,终至浣纱女之低声笑语,可得而闻;言情则浅起而深入,先"念",继之以"叹","叹"而"惨","惨"成"恨","恨"极生悲而"凝泪"。一、二片虽一路平铺直叙,用笔从容,实乃"欲擒故纵",为后来蓄势。第三片笔随意换,一气呵成,一语一意,一顿一深,结语情深景阔,笔力沉重,直是"千里来龙,自此结穴"。

二十四

柳永大量创制与推展慢词,其风格亦因格律不同,变含蓄为发越,变概括为铺叙,故描写能细致深入,所谓"状难状之景,达难达之情"。《雨霖铃》:"寒蝉凄切。对长亭晚,骤雨初歇。都门帐饮无绪,方留恋处,兰舟催发。执手相看泪眼,竟无语凝噎。念去去、千里烟波,暮霭沉沉楚天阔。 多情自古伤离别。更那堪、冷落清秋节。今宵酒醒何处,杨柳岸、晓风残月。此去经年,应是良辰好景虚设。便纵有、千种风情,更与何人说。"本篇为其代表作,虽乃惜别之词,然不无身世之感,全阕以白描手法,直叙平铺,至"今宵酒醒何处?杨柳岸、晓风残月",融情于景,境界突出,醉中相别,雾霭沉沉,到酒醒之时,已是晓风残月,景物凄清,神京望渺,伊人何处?纵有良辰美景,凭谁慰藉?得此二句,通篇光彩,若徒赏其"晓风残月"造句之工,则转失其意境矣。

二十五

晏小山词虽高华矜贵，然对南宋词坛影响不大。盖小山为贵介公子，其作品全然抒写其个人情怀；南宋词人多流荡江湖之上，俯仰于公卿之门，身世之感，家国之恨，大异于小山，当无此等作品。故自小山而后，惟清代纳兰性德出身与小山相类，得以继承。

二十六

少游词芜杂，有辞语尘下者，就其佳构而论，可以清、新、婉、丽四字概括之。其用笔轻灵，深得欧晏之典雅；而笔随情变，又为欧晏之所无。小令足以发展南唐馀绪。其长调受柳永影响，缠绵婉约而去其庸俗，自然处往往不甚着力而深婉含蓄，情致动人，允称北宋一大家。然开拓词坛不如柳，内容取材不如苏，功力亦不如稍后之周邦彦，且气格不免伤于弱。宋胡仔已有"少游词虽婉美，然格力失之弱"之评。至其身世之感，一以情韵缠绵而出之作，尤为历来所称道。《踏莎行》："雾失楼台，月迷津渡。桃源望断无寻处。可堪孤馆闭春寒，杜鹃声里斜阳暮。　驿寄梅花，鱼传尺素。砌成此恨无重数。郴江幸自绕郴山，为谁流下潇湘去。"无限伤感寄慨，大类东坡作法。

二十七

少游最平易处,却是最不易到之处也。

二十八

单调小令字数少,不容细叙,是以千古以来,佳构不多,贺方回《古捣练子》六首[1],不假雕饰,纯以白描手法,写思妇怀人念远,情意深婉,使人一唱三叹,非惟宋词中绝无仅有,即唐人绝句,亦不可多睹,固不让王龙标[2]专美于前也。

二十九

贺方回《东山词》每以词中字句为词名,如《杵声齐》:"砧面莹,杵声齐。捣就征衣泪墨题。寄到玉关应万里,故人犹在玉关西。"实乃《捣练子》。《半死桐》:"重过阊门万事非。同来何

---

[1]《古捣练子》六首:"楼上鼓,转□□。□□□□□□□。思妇想无肠可断,□□□□□□□。"(失题,本词今仅剩残句)"收锦字,下鸳机。净拂床砧夜捣衣。马上少年今健否,过瓜时见雁南归。"(《夜捣衣》)"砧面莹,杵声齐。捣就征衣泪墨题。寄到玉关应万里,戍人犹在玉关西。"(《杵声齐》)"斜月下,北风前。万杵千砧捣欲穿。不为捣衣勤不睡,破除今夜夜如年。"(《夜如年》)"抛练杵,傍窗纱。巧翦征袍斗出花。想见陇头长戍客,授衣时节也思家。"(《翦征袍》)"边堠远,置邮稀。附与征衣衬铁衣。连夜不妨频梦见,过年惟望得书归。"(《望书归》)

[2]王龙标:指盛唐诗人王昌龄。因曾为龙标尉,故称。其诗以七绝见长,擅写边塞闺怨之题材。

事不同归？梧桐半死清霜后，头白鸳鸯失伴飞。 原上草，露初晞。旧栖新垄两依依。空床卧听南窗雨，谁复挑灯夜补衣？"原是《鹧鸪天》。仅举二例，馀不多录。此读贺词者须知。

三十

历来论者于贺铸词评甚多，而"浓郁""郁勃""刚健"等语均未尽焉。至清人以为"绮丽中带清刚之气"则是矣。刚不能绮、清不能丽，此乃相矛盾者。然贺铸以豪迈奔放为主，而兼擅绮丽，至为难能。夏敬观云："稼轩秾丽处，从此脱胎，细读东山词，知其为稼轩所师也。"所论良是。贺词风不仅影响稼轩，亦北宋无二者。

三十一

贺铸词风多样，然后世学者以为：其小令不如小山，宁学欧阳、二晏；绮艳宁学柳永；豪迈宁学苏辛；隐秀宁学清真。故师之者不多。

三十二

贺铸为北宋词坛重要作家，其词风格多样，非论世知人，熟稔其生平及作品，不能定论。

贺为赵宋外戚,又娶宗女,但出生武职,天性刚强,与人论事,坚执己意,虽贵要略不退让宽容,是以宦途偃塞,其词即随遭际而遭变:早岁生活闲适优逸,小令清刚绮绝;既而官场失意,浪迹市尘,转近柳永;中年迁播不定,越激越高,变为豪放;晚岁饱谙世故,英气销尽,遂变为平淡、沉郁、含蓄矣。

三十三

《行路难》(即《小梅花》)凡四仄韵转四平韵,韵位短促,句有长短,乃极不易为之调。贺方回:"缚虎手,悬河口。车如鸡栖马如狗。白纶巾,扑黄尘,不知我辈可是蓬蒿人。衰兰送客咸阳道。天若有情天亦老。作雷颠。不论钱。谁向旗亭美酒斗十千。 酌大斗。更为寿。青鬓常青古无有。笑嫣然。舞翩然。当垆秦女十五语如弦。遗音能寄秋风曲。事去千年犹恨促。揽流光。系扶桑。争奈愁来一日却为长。"此词妙运古乐府一韵一意形式及风格为之,写来沉郁而磊落,豪迈而清刚,堪称上乘之作,其豪而不放处,稼轩所不能学也。

三十四

李清照《漱玉词》,当时已备受推崇,影响后世尤大。其《词论》一以词乃"别是一家"为旨归,与诗严格区分,所谓诗以言志,词以抒情;且好作大言,嗤点前修。然其所作,尤其南渡以后,并非尽如其所论者,当是早年立论、学识、经历、修养未臻纯青之候,故其作品,冲破其《词论》樊篱,自相矛盾。至讥评之语,实为诬妄。[1]

历来对清照词作之评,往往偏高溢美。其词清新流丽,自然中见曲折,然生活面狭隘,闺阁气重,不免近乎纤弱。清代周济云:"闺秀词为清照最优,究苦无骨。"所评良是。后世不少柔靡轻巧之作,与清照流风不无关系。

三十五

《瑞龙吟》"章台路"[2],为清真代表作,由此可窥周词手法、风格之全豹,故历代选周词者,必以此为首选。后世填此调亦众,

---

[1]李清照《词论》:原文见于《苕溪渔隐丛话》,《词论》之名,是后人所加。在这篇文章中,李清照提出"词别是一家"的观点,认为词与诗不同,"诗文分平侧,而歌词分五音,又分五声,又分六律,又分清浊轻重",认为晏殊、欧阳修、苏轼所作皆"句读不葺之诗",又往往不协音律。又说王安石、曾巩若作小歌词,人必绝倒因不可歌之故。她认为只有晏几道、贺铸、秦观、黄庭坚始能知词与诗之别,但又认为晏几道苦无铺叙。贺铸苦少典重。秦观专主情致,而少故实。譬如贫家美女,虽极妍丽丰逸,而终乏富贵态。黄庭坚即尚故实而多疵病,譬如良玉有瑕,价自减半。朱庸斋认为这些都是李清照的诬妄之语。

[2]《瑞龙吟》"章台路":"章台路。还见褪粉梅梢,试花桃树。愔愔坊陌人家,定巢燕子,归来旧处。 黯凝伫。因念个人痴小,乍窥门户。侵晨浅约宫黄,障风映袖,盈盈笑语。 前度刘郎重到,访邻寻里,同时歌舞。唯有旧家秋娘,声价如故。吟笺赋笔,犹记燕台句。知谁伴,名园露饮,东城闲步。事与孤鸿去。探春尽是,伤离意绪。官柳低金缕。归骑晚,纤纤池塘飞雨。断肠院落,一帘风絮。"

且多以此为依傍，用其韵者占百分之七十，和其韵者占百分之三十，其影响可见。

周词堪称功力之词，即极普通之事物，亦能以曲折离合，顺逆之法写出，若能得其善变手法，则不难有佳作矣。

三十六

周清真学识渊博，精晓音律，其词能博采众美，融化各家之长，成一己之风格，而雅化柳永词尤为突出——柳永词中常见之字句，一入其词，则更为婉转而又保持柳词之风格。其词虽仍以艳为主，终较柳词优雅，语言亦精警，且擅长用笔，曲折多变，每愈变愈深而愈觉动人，往往同一意境，以不同笔法出之，而曲折尽致，予人多种感受，章法大备，通体浑成。

王国维称之为"词中老杜"，乃指其在宋词发展之承先启后与规范作用，恰如老杜之于唐诗，非指其内容与社会意义可与杜诗相比也。

周词无特殊内容，然能以多变手法，使同一寻常之相思、离别、羁旅等情事，写来多姿多彩，各尽其妙，故又有言情体物，"穷极工巧"之评。

三十七

清真小令不如长调，然亦具独特风格。其长调纯以笔法见长，而小令亦以长调笔调、章法为主，处处着意于用笔、用力，化平淡之内容为曲折深远、沉郁之意境，虽雕琢为之，却见自然，较欧晏清晰明净、贴切逼真而又通俗。

《菩萨蛮》"银河宛转三千曲"[1]为其小令之代表作。《菩萨蛮》一调之佳者，当以温、韦为最。温、韦此调自然而无章法可寻，周词则用笔顿挫，布局曲折，跌宕开阖，法度完备。

又《玉楼春》"桃溪不作从容住"[2]一阕，以其独特手法出之，句法凝练雕琢，结句一反诗词结句切忌"言尽意尽"之常规，以对偶句出之，言尽意尽，而反觉情深款款，其味隽永，即欧及二晏，亦无此妙法也。

三十八

清真善学东坡行气，其《浣溪沙》"楼上晴天碧四垂"[3]一阕，乃得东坡行气、笔法；东坡《赤壁怀古》一阕，亦为其《金陵怀

---

[1]《菩萨蛮》"银河宛转三千曲"："银河宛转三千曲。浴凫飞鹭澄波绿。何处是归舟。夕阳江上楼。　天憎梅浪发。故下封枝雪。深院捲帘看。应怜江上寒。"

[2]《玉楼春》"桃溪不作从容住"："桃溪不作从容住。秋藕绝来无续处。当时相候赤阑桥，今日独寻黄叶路。　烟中列岫青无数。雁背夕阳红欲暮。人如风后入江云，情似雨馀黏地絮。"

[3]《浣溪沙》"楼上晴天碧四垂"："楼上晴天碧四垂。楼前芳草接天涯。劝君莫上最高梯。　新笋已成堂下竹，落花都上燕巢泥。忍听林表杜鹃啼。"

古》[1]之先河;至周之《满庭芳》"风老莺雏"[2]一阕,尤其"且莫思身外,长近尊前""歌筵畔、先安枕簟,容我醉时眠"数语,无论意气与字面,均似坡仙谪放之作。

三十九

宋人七夕词多,北宋总胜于南宋,亦因南宋过于刻意费力之故。六一《渔家傲》三阕[3],当是七夕联章之作。所咏极工,但似只为七夕而作,无作者本人在其中。小山《蝶恋花》"喜鹊桥成催凤驾,天为欢迟,乞与初凉夜"[4]亦佳。但不如《鹧鸪天》"当日佳期鹊误传,至今犹作断肠仙……情知此会无长计,咫尺凉蟾

---

[1] 周邦彦《西河·金陵怀古》:"佳丽地。南朝盛事谁记。山围故国绕清江,髻鬟对起。怒涛寂寞打孤城,风樯遥度天际。 断崖树,犹倒倚。莫愁艇子曾系。空馀旧迹郁苍苍,雾沉半垒。夜深月过女墙来,伤心东望淮水。 酒旗戏鼓甚处市。想依稀、王谢邻里。燕子不知何世。入寻常、巷陌人家,相对如说兴亡,斜阳里。"

[2]《满庭芳》"风老莺雏":全词见《宋词选析》(本书第294页)。

[3]《渔家傲》三阕:"喜鹊填河仙浪浅。云軿早在星桥畔。街鼓黄昏霞尾暗。炎光敛。金钩侧倒天西面。 一别经年今始见。新欢往恨知何限。天上佳期贪眷恋。良宵短。人间不合催银箭。""乞巧楼头云幔卷。浮花催洗严妆面。花上蛛丝寻得遍。颦笑浅。双眸望月牵红线。 奕奕天河光不断。有人正在长生殿。暗付金钗清夜半。千秋愿。年年此会长相见。""别恨长长欢计短。疏钟促漏真堪怨。此会此情都未半。星初转。鸾琴凤乐匆匆卷。 河鼓无言西北眄。香蛾有恨东南远。脉脉横波珠泪满。归心乱。离肠便逐星桥断。"

[4]《蝶恋花》"喜鹊桥成催凤驾":"喜鹊桥成催凤驾。天为欢迟,乞与初凉夜。乞巧双蛾加意画。玉钩斜傍西南挂。 分钿擘钗凉叶下。香袖凭肩,谁记当时话。路隔银河犹可借。世间离恨何年罢。"

亦未圆"[1]为更胜也。淮海之《鹊桥仙》[2]艳传千古。后山之《菩萨蛮》如"行云过尽星河烂""东飞乌鹊西飞燕"等咏七夕词四阕[3]，远不逮矣。

---

[1]《鹧鸪天》"当日佳期鹊误传"："当日佳期鹊误传。至今犹作断肠仙。桥成汉渚星波外，人在鸾歌凤舞前。 欢尽夜，别经年。别多欢少奈何天。情知此会无长计，咫尺凉蟾亦未圆。"

[2]《鹊桥仙》"纤云弄巧"："纤云弄巧，飞星传恨，银汉迢迢暗度。金风玉露一相逢，便胜却、人间无数。 柔情似水，佳期如梦，忍顾鹊桥归路。两情若是久长时，又岂在、朝朝暮暮。"

[3]《菩萨蛮》四阕："行云过尽星河烂。炉烟未断蛛丝满。想得两眉颦。停针忆远人。 河桥知有路。不解留郎住。天上隔年期。人间长别离。""绮楼小小穿针女。秋光点点蛛丝雨。今夕是何宵。龙车乌鹊桥。 经年谋一笑。岂解令人巧。不用问如何。人间巧更多。""东飞乌鹊西飞燕。盈盈一水经年见。急雨洗香车。天回河汉斜。 离愁千载上。相远长相望。终不似人间。回头万里山。""银潢清浅填乌鹊。画檐急雨长河落。初月未成圆。明星惜此筵。 愁来无断绝。岁岁年年别。不用泪红滋。年年岁岁期。"

分春馆词话补遗

卷一　诸家诗词评改

一

陈襄陵《临江仙·途经西关旧家十年一梦》："十载违离人顿老，重来事事堪怜。旧家门巷夕阳天。深情销短劫，残泪幻华年。　丛菊至今还在否，凭谁问讯篱边。梦中才得小留连。一湾流水畔，顾影淡于烟。"先生评曰："落花门巷，经醉湖山，家国哀思，一时并集，是劫是幻，惟有作如是观，语虽淡而情弥苦耳。"

二

陈襄陵《临江仙·沙河视亡妹莫离女史墓，葬十二年矣》："尘世烽烟撩乱处，一抔埋玉深深。十年生死两侵寻。慈亲新白发，游子旧青襟。　故里重归为寄旅，低徊易主园林。仓皇别后到如今。佳城无恙绿,泪点认苔岑。"先生评曰:"丧乱之馀,抚时叹逝,哀悼不自胜,故能真切动人,视'惜花人去花难久'旧作,愈怆痛矣。"

三

陈襄陵《临江仙·过北郊宝汉茶寮壁上有余十四年前留照岂能无词》:"留得青春图画里,梦痕影事重寻。轻车同载古城阴。酒杯含泪劝,诗句琢愁吟。 少小钟情深似许,不应断送如今。兔葵燕麦一登临。年华甘黯淡,将息劫馀心。"先生评曰:"天生情种,又终不能自胜其情,发而为词,宜乎有过人之处,世或有感物抒怀,每多虚语,以艰饰浅,藉以骇人之作,持此相较,真伪自别,收二句,忆云逊其怆切。"

四

陈襄陵《临江仙》:"一蔌花魂吹不醒,柳梢眉月朦胧。晚来孤负卷帘风。镜鸾单影,娇倚蜡灯红。 曾是防闲鸦鹊妒,可怜各自惺忪。谢家庭院宋家东。粉墙三尺,偏待梦相逢。"先生评曰:"起语固已精譬哀怨,以'晚来'之句承之,意境愈凄丽矣。鸦鹊见妒,防闲不胜,读之使人相惜相怜,同声一叹,收处稍率直,但此二阕乃联章者,固无妨也。"又同调"为盼柳梢新月上,斜阳处处留红。安排言语莫匆匆。环连玦断,端在此相逢。 百劫情缘应未了,襟痕花叶玲珑。一珠零露湿春风。离魂夜夜,各自绕珍丛。"先生评曰:"朝朝暮暮,萦怀无已,是连是断,逆料都难,似此幽思,讵无佳作,况出自多情人之手乎?两阕皆逼肖纳兰,惟其有之,是以似之。"

五

陈襄陵《一萼红·柳》:"傍帘旌。插一枝和露,时节又清明。眉样纤纤,腰肢楚楚,往事重省零星。约俊侣、黄昏月上,衬袜尘、衫影绿冥冥。寸寸成阴,丝丝垂地,低护温馨。 容易鬓边添絮,尚依依旧梦,袅袅馀情。灞岸临风,渭城浥雨,从此销减青青。念何处、无风无雨,再移根、休近短长亭。惆怅华年逝水,怨曲还听。"先生评曰:"吐属俊秀,'念何处'数语,寓语自深,用笔亦动荡有致,收处有不尽之胜,此类笔法,鹿潭、蕙风常喜用之,词中叠字七见,微嫌近纤。"

六

陈襄陵《蓦山溪》:"烟波北岸,相约初逢处。传语再丁宁,石栏边、榕阴一树。还都牢记,襟上小红花,春正好,日方长,惯有行人驻。 流云逝水,往事知何许。失落少年心,倚南楼、无端凝注。情天不老,尘世自沧桑,犹认得、渡江船,朝暮频来去。"先生评曰:"情景宛如尚在目前,甚感着力,已足感人。"

七

陈襄陵《解连环》:"素弦声咽。知条风料峭,絮云重叠。护海棠、借得春阴,甚不念夜来,有花无月。暗绿楼台,听深处、一鸠啼切。又箫笙渐起,晓暮按歌,但想桃叶。　非关怨怀自结。奈闲情易老,同梦终怯。怕软尘、冷渗兰襟,便欢唾泪痕,也都销歇。镜晕朦胧,认眉黛、淡浓难别。更何堪、旧色旧香,背人细说。"先生评曰:"情文相生,缠绵往复,月韵颇过着意,仍不失为新妙,楼台鸠切,饶见沉郁,换头虽作情语,而笔力殊重,梅溪手法也。"

八

陈襄陵《洞仙歌》:"溪山缥缈,旧日蓬莱地。杨柳新栽画船寄。惯一番轻别,一晌贪欢,浑忘却、去国抛家况味。　相思终误了,误了归心,暗把悲凉换沉醉。梦老又春残,无赖东风,让红豆、自生自萎。正燕子、重逢话羁愁,渐转绿回黄,个人知未。"先生评曰:"'梦老春残'以下,似怨如诉,凄婉动人。'红豆'句新且警,以设想语作收,尤觉宛委,樊榭、灵芬[1],把臂入林,惟换头排叠处稍滑耳。"

---

[1]灵芬:郭麐。

九

陈襄陵《醉花阴》:"红叶黄花衫影翠。露点凝珠泪。镜月又中天,才照欢娱,又照人愁悴。 一番圆缺真容易。埋没殷勤意。除是梦来寻,问讯难通,何况相思字。"先生评曰:"凄感处近容若,'镜月又中天'数语不减'辛苦最怜天上月'。"

十

陈襄陵《烛影摇红·高八招宴并约同赋此调》:"天上春来,赋情借酒春云展。春江晓暮涨新潮,旧梦春前断。老去春人兴浅。怯春寒、湘帘半卷。过墙春色,出谷春声,游春都倦。 花鸟殷勤,画屏一枕函幽怨。吟边应有未销魂,袅袅随香篆。寸寸柔丝自剪。又无端、蛮笺泪泫。素心何处,小别何长,华年何短。"先生评曰:"上半阕全从春字着笔,盘旋贯注,逐层演进,自是才情语,收三句如作歇拍尤佳,用作煞拍意境似未完足。"

十一

陈襄陵《少年游》:"馀花谢了,香红赊尽,才算识春愁。深树鹃声,留春不住,连夜促春休。 华鬘劫后仍风雨,门外水横流。泪替珠圆，心随玉碎，断梦接残秋。"先生评曰："一往情深，少日风华仍在，收语接字殊警。起数语神肖湘真[1]。"

十二

陈襄陵《烛影摇红》："烟雨楼台，翠微高处迷春昼。凭栏心事去来今，荏苒中年后，燕子斜阳巷口。尚猜疑、飘零未久。故园桃李，故国河山，思量时候。　镜影灯痕，醉魂千万长相守。生涯前定作词人，哀怨天然有。少小多情记否。慰分携、无端赠柳。等闲离绪，从此移根，东风非旧。"先生评曰："盘旋动荡，真挚沉郁，歇拍数句，尤见笔力，'生涯前定作词人，哀怨天然有。'二句殊确切，足为自评。"

十三

陈襄陵《临江仙》："前夜等闲挥手别，误人来日方长。乍传铃语到芸窗。换巢鸾凤，声影限宫墙。　格外温存才一度，后期未及商量。卅年埋恨水云乡。相思重叠，新梦旧斜阳。""芳约寻常来别浦，等闲便趁兰桡。伤春情绪未全销。暂凭尊酒，暗自慰无聊。　不定梦魂轻去住，因循雨暮云朝。蓝桥旧路阻新潮。而

---

[1]湘真：陈子龙。

今才觉，如此可怜宵。""前日邮筒知误托，明朝又约重携。渡头南畔石栏西。梦魂今夜，先自到长堤。　淡墨残笺亲递与，要他细味箴规。秋花无分作春泥。许多良愿，惟愿莫相亏。""重过那回携手处，幽丛一径参差。月华灯晕异当时。纷纷人境，惟念蔚蓝衣。　如此相逢如此绝，不应如此相思。闻声无分见无期。更难忍泪，轻易让他知。"先生评曰："第一章最现成语，最见情味。第二章怅触万端，极低徊掩抑之致，旧叹新梦觉来时，情逾怆矣。'秋花'句情凄艳，精警绝伦，惜'箴规'二句略有头巾气，不甚相称。第四章深情以浅语传之，一往缠绵，终难自拔，哀感顽艳，殆指此乎。"

十四

陈襄陵《临江仙》："豆蔻梢头春梦断，落花留伴鸳鸯。一湾流水送斜阳。银灯先替月，玉盏渐凝霜。　过分相怜心易碎，何堪过分思量。茫茫来日恨方长。也应从此绝，襟袖有馀香。"先生评曰："掩抑零乱，读之令人怅触无端，'银灯'一联警练，妙在一'先'字，换头叠'过分'二字原佳，经此一叠，语愈重而情愈深，颇嫌'心易碎'三字稍伤雅而近曲耳。'也应'二语，写来极尽情，然终不忍见绝，如往而复，似断还连，句意最工，出入饮水、忆云之间。"

十五

陈襄陵《三姝媚》:"斜阳晴雾雨。向东风园林,绿烟随步。旧倚栏杆,认露珠红晕,试愁凝伫。觑遍繁枝,终不似、年时一树。奈得相思,题叶无心,问花无语。 踪迹流莺知处。念几日吹香,沾泥何遽。为惜轻盈,又乍惊轻薄,更谁堪诉。买梦银笺,休误却、江关词赋。约指金寒,离怀玉暖,情缘自苦。"先生评曰:"伤心人别有怀抱,'终不似'、'休误却'二语深得沉郁顿挫之妙,当为全阕精策处。然此调收二句应为上六下四句式,万氏所收又一体[1],乃沿毛氏于'金衣'上衍'娇莺'二字之误,明万历二十六年太原张廷璋氏所藏本,即无'娇莺'二字,彊邨从之作为四校定本,则此调收处未宜从万氏之疏误也。"

[1] 万氏所收又一体:《词律》卷十六《三姝媚》以王沂孙"红缨悬翠葆"为正格,以吴文英词为又一体:"醉春清镜里。照清波明眸,暮云愁思。半绿垂丝,正楚腰纤瘦,舞衣初试。燕客飘零,烟树冷、青骢曾系。画馆朱桥,还把清尊,慰春憔悴。 离苑幽芳深闭。恨浅薄东风,褪香销腻。彩笔翻歌,最赋情、偏在笑红颦翠。暗拍阑干,看数尽、斜阳船市。付与娇莺,金衣清晓,花深未起。"丁绍仪《听秋声馆词话》以为:"《三姝媚》调始见史梅溪集,计九十九字,各家俱同。独梦窗一首云云。计后结多二字。细玩词意,'付与'二句,必有讹错,盖金衣即莺,不应重用,殆原本或金衣或娇莺,嗣经酌定二字,不知者遂连缀书之,若删去二字,则仍祇九十九字也。"

十六

陈襄陵《秋波媚》："轻雷门外走钿车。垂柳碧纱橱。诗魂缥缈，缫愁作茧，炼泪成珠。　游仙梦觉情天老，重读枕函书。一怕弹指，相思无谓，相见多馀。"先生评曰："'缫愁作茧，炼泪成珠'，巧练精工，叹所未见，得力在'缫'、'炼'二字，收二语情致固胜，但稍弱耳。"

十七

陈襄陵《少年游·戏作代简》："寻芳践约过西畇。一树古城陬。树底有花，花间有路，路半有层楼。　疑云疑雨经年误，朝暮梦交流。还泪分期，赊愁按月，情分几曾偷。"先生评曰："起二语虽平直，而承处却具见层次，逐语推进，直中见曲，看来是景语，实则融而为情语者，似此排叠手法，最易近纤巧，且初见固甚新颖，屡见则乏味矣，'按月分期'，自是新语，得未曾有，且亦精警，惜'偷'字韵作收，微嫌家数不大。"

十八

陈襄陵《思佳客》："一染春愁两鬓霜。韶光九十九回肠。缄书渐少珍珠字，纫佩先寒豆蔻香。　缘恁短，恨何长。游丝飞絮渡幽窗。垂帘遮断烟波路，风笛声中又夕阳。""流水行云不可寻。

水情云意早同谙。罗衾绮梦寒金玦，素袖缁尘玷玉琴。　花灼灼，柳深深。愁红惨绿旧园林。凭君十斛珍珠泪，未抵秋莲一点心。"先生评曰："颇肖遗山[1]凄丽之作。首章情致固胜，然其佳处当作结章，起二语怅惘无已。'愁红惨绿'情愈伤矣，收处尤凄丽哀断。"

十九

陈襄陵《庆春宫》："倦蝶飞迟，新蝉嘶彻，画屏认取仙乡。遗恨珠还，甘心玉碎，此情毕竟难忘。锦囊重理，未销尽、檀奴袖香。春声蓝尾，才谱秦箫，已换伊凉。　晴烟淡染芸窗。山隔平芜，水隔垂杨。别浦萦回，野塘清浅，可曾睡稳鸳鸯。断无消息，念前事、相思夜长。一檠秋雨，一枕秋云，一镜秋霜。"先生评曰："风标酷似梅溪，'锦囊'以下数语，辞婉而情伤。换头意随调转，自近而远，'可曾'一问，愈见凄怆。惟'难忘'一韵，似稍浅率矣。"

以上录自陈襄陵《旧香楼词》

二十

吕君忾《点绛唇·雾》："平楚弥弥，锦江难渡侵晨旅。乍迷

---

[1] 遗山：元好问。

霜树。　人起参差语。　未必情心，长向溟蒙付。空凝顾。氤氲狂舞。遮断春来路。"先生评曰："小令重笔，惟此调独有，清真、白石莫不如此。梦窗虽句腻情婉，仍不作轻巧语。兹作意境，顾未臻沉郁之致，然尚无率语。'春来'二字倒置，寄意顿深。希细参之。"先生改"情心"为"羁情"、"氤氲狂舞"为"野云低沍"、"春来"为"来春"。

二十一

吕君忾《三姝媚·萝岗香雪》："经年花外思。忖丰枝横斜，暗香凝鼻。篆路探芳，贱幽魂烟驿，走尘天气。绝境侵寒，堪一笑、营营诸子。莫与相论，鹤伴孤山，应闲驴骑。　万感琳琅消腻。向绮陌东头，总怜身世。可忆银郊，怆故林休问，梦归环佩。倦倚溪梅，歌宛转、行云流水。旋折酣春在手，繁霙都坠。"先生评曰："顿挫处、转折处都近清人拟觉翁[1]之作，惟过刻意，内气未尽贯注。补救此弊，可于声韵间求之，务使韵字皆响，遂见跌宕矣。此法度清季四家共擅，宜细参之。"又于下半阕加密圈。

先生谓此词体格尚可，并为作较多修改。定稿为："经年花外思。几冰枝横斜，暗香凝睇。索笑探芳，慰幽怀烟驿，乍寒天气。小队成行，侵晓付、营营诸子。遮莫相提，鹤迹湖山，酒边吟

---

[1] 觉翁：吴文英。

骑。万感琳琅消腻。恁绮陌东头，总怜身世。可忆瑶京，怆故林犹有，夜深环佩。倦倚溪桥，歌宛转、行云流水。旋折酹春在手，繁霙未委。"

二十二

苏些雩《洞仙歌·新荷》："莺催梦浅，误一番春信。水殿湘娥更谁问。记黄昏疏雨，轻占横塘，应道是、翠盖凌波初印。　而今凭薄暮，团扇香绡，漫掩鸳鸯影相趁。浴净世间尘，镜里犹添，七分玉、三分朱粉。待天畔、凉蟾过芳汀，再细点芙蕖，酒醒红晕。""误一番春信"，先生改为"了一番花信"，"谁问"改为"重认"，"翠盖"改为"翠袜"，"漫掩鸳鸯影相趁"改为"逐影鸳鸯两相趁"，"浴净世间尘"改为"浴罢晚凉生"，"凉蟾"改为"圆蟾"，"细点"改为"细贴"。

二十三

冯显勤《甘州》："问东风、底事送杨花，含愁上羁程。叹一春枉度，长安好梦，换得飘零。未肯无言委地，欲语泪纵横。风雨归期阻，更听秋声。　不惯黄芦千顷，有谁人见惜，解当花名。算年华误了，回首梦魂惊。且休怨、水边篱角，趁江潮、或许到蓬瀛。狂飙起，望天涯路，万里沉冥。"上片，先生改"含愁上羁程"为"离愁殢归程","一春"为"三春","长安好梦,换得飘零"为"京华好梦,几换飘零","泪纵横"为"泪还倾","风雨归期阻,更听秋声"为"一雨芳期阻,更待秋声"。下片,"不惯黄芦千顷"改为"漫托芦波千顷","解当"改"许作","篱角"改"陌上","或许"改"倘得","起"改"远"。于"更听秋声""有谁人见惜,解当花名""或许到蓬瀛"三句加密圈。并总评曰:"此题中心以杨花为主,所用词汇均宜不离主题。通篇流畅,动荡有致,而写来却能尽曲折回旋之能事。此类风格,当在乾嘉仿南宋之间。差喜用笔虽不甚重,而寓感却甚大,寄兴亦深。歇拍二句,名、瀛两韵,为全篇最警策处。如与周济《渡江云》一章[1]参看,体会更深。"

以上录自朱庸斋手迹

二十四

吕君忾《江城子》:"平生得意在山林。雀声愔。锁秋阴。竹雨松风,依约似鸣琴。贴壁蓝烟寒入袖,人寂静,气萧森。"先生改"依约似鸣琴"为"依约是鸣琴"。并云:"雨竹风松,本非琴音,今言,'似',即证其非,若改'是',则力证其实,词情便觉曲折。古人云'虚则实之,实则虚之',此法惟善用虚词可

---

[1] 周济《渡江云》一章:指《渡江云·杨花》,参见第93页注释。

达。"又谓此词声韵俱佳,颇具中唐气象。

二十五

吕君忾《渡江云·送雷四赴滇西》:"阵云涵野阔,暮噪荒鸦,冉冉度高城。"先生改"冉冉度"为"一霎越"。并云:"'冉冉度'三字过于轻倩,未能显示别情之销黯,今换以'一霎越'三入声字促之,则急迫失落之情,便跃然纸上矣。"又谓"阵云"句奇警,加以密圈。

二十六

吕君忾《浣溪沙》:"花到深红终化恨,水澄一碧憾无鱼。"先生改"憾"为"定"。并云:"《浣溪沙》调句顺韵婉。前三句一气直下,三韵相连,极易流于浮滑,故换头对句必以健劲之势力挺之。惜'憾'字仍弱,意与'恨'字相若,词性与'终'字不类,改为'定'字,则力沉声响矣。以诗法入词则笔健,此联庶几近之。"

二十七

吕君忾《丁未夏词·丁未六七月间,羊城武斗甚剧,闭户不得出,因仿彊邨翁庚子秋词例,约永正日作同题词》总五十六首,先生评云:"较之《庚子秋词》[1],稍欠深沉,缘功力未逮故也。"

二十八

崔浩江《紫荑香慢》:"杜鹃声、遍啼香国,料他知道,春事如此轻轻。心事莫名。"先生评曰:"一结深婉。"

二十九

陈永正《虞美人》:"雨儿洒过两三声。只剩海棠开着太凄零。"先生谓此等词体格卑弱,切不可作。又谓"儿"字小家气,可入曲,不宜入词。

三十

陈永正《朝中措》:"为把哀弦重理,报君泪湿青袍。"先生改"报君"为"赚君"。

---

〔1〕《庚子秋词》:1900年秋(庚子八月),八国联军攻陷北京,西太后、光绪皇帝仓皇逃往西安。王鹏运、朱祖谋、刘伯崇、宋育仁时集于王鹏运之四印斋,相约填词,成词三〇七阕,编为一集,即《庚子秋词》。

三十一

陈永正《谒金门》:"举酒邀君君且酌。旧醪休厌薄。"先生改"邀君"为"酌君","旧醪休厌薄"为"村醪休厌薄"。

三十二

陈永正《四字令·郑成功收复台湾三百周年》:"风云乍张。蛟龙远飏。神丛乔木苍苍。记延平郡王。　中原废荒。繁华岛邦。沧波荡尽兴亡。化啼红数行。"先生谓结句太弱,收束不住。作者后改为"望天涯远航""只家山未忘",先生亦不甚满意。

三十三

陈永正《高阳台·洛阳牡丹》:"飞燕妆成,真妃浴倦,香车偷载归来。"先生改"归来"为"春来"。

三十四

陈永正《浪淘沙》:"风絮夕阳间。远浦萦环。流花直下荔枝湾。"先生改"流花直下"为"流花桥外",谓"流花桥"为千年古地名，甚典雅，又在荔枝湾上游。

三十五

陈永正《三姝媚》："蛮江呜咽语。似当时、鹃声橹边情苦。"先生改"鹃声橹边"为"鹃声橹声"，谓多一层意思。

三十六

陈永正《好事近》："五月愁先西水，咽哀蝉长恨。"先生改"咽哀蝉长恨"为"曳哀蝉新恨"。

三十七

陈永正《临江仙·七夕》："七襄终日织，底事不成纴。可有西风能驻梦，依然香雾云鬟。"先生改"依然"为"除非"，又谓"七襄"[1]《诗经》典，用于词中太硬，原典"不成报章"，用为"不成纴"，"纴"字凑韵。

---

[1] 七襄：指织女星。《诗·小雅·大东》："跂彼织女，终日七襄，虽则七襄，不成报章。"郑玄笺："襄，驾也。驾，谓更其肆也。从旦至莫七辰一移，因谓之七襄。"一说，"七襄，织文之数也。《诗》意谓望彼织女，终日织文至七襄之多，终不成报我之文章也。"

三十八

陈永正《庆春宫·陪朱师游城南水云寺遗址，寺毁于日寇兵火》："寒碧环林，荒烟涵野，旧山聊复低徊。败壁蜗沿，古苔碑蚀，水云都幻沉哀。大千岑寂，问香火、何来劫灰。登临无地，遥目苍茫，鸦舞蒿莱。　沧桑片霎惊回。书剑轻辜，销尽清才。月底芳樽，花间吟袖，可怜都付尘埃。素云千树，怪词客、伤心尚来。剪波轻棹，风雨蛮江，难浣愁怀。"先生改"败壁"为"篆壁"，改"古苔"为"封苔"，改"何来劫灰"为"何缘劫灰"，"鸦舞蒿莱"为"鸦阵蒿莱"，"伤心尚来"为"伤心向来"，"难浣愁怀"为"难浣愁杯"。又谓"书剑"以下两韵皆为无根之语，应全改。作者后来改为"铁马金戈，暗渡珠厓。无言俯仰，十年心事，那堪又见花开"，以与标题呼应。

三十九

陈永正《临江仙·白杜鹃》："江南只合啼清泪，肯教血染花心。可怜芳草隔遥浔。近来新绿，何况比愁深。　任是无情应解意，年年伴我消沉。断魂空托梦边吟。天涯和恨，犹自替春瘖。"先生云："《临江仙》过片宜虚写，以虚间密，尤宜。咏物须不粘不脱，此词写鸟多于写花，主客倒置。"改"替春瘖"为"为春瘖"。

四十

陈永正《眼儿媚·杜鹃谢后作》:"雨风频唤蜀魂还。吟怨旧关山。蜂沉燕寂,自然凄断,不待摧残。 花前多少伤春泪,一洒一回看。思量明日,年涯渐换,芳事都阑。"先生谓首句音节不佳,"蜀魂还"三字尤"哑"。又谓《眼儿媚》词有仄起一体,为改作"风雨频催蜀魄还"。"思量明日"改为"料量明日"。

四十一

陈永正《临江仙·朱师嘱咏春柳》:"韶红浪惹东风泪,谁怜雨袖烟裙。仗伊扶起故园春。翠蛾临镜,无语带愁颦。 多情怕蘸江潭影,年年空逐波尘。夕阳楼阁易黄昏。孤城怨笛,吹彻岭南云。"先生评曰:"意在言外,可传之作。"

四十二

陈永正《苏武慢》:"依人蜡瘦,到夕蛰沉。"先生改为"欺人蜡瘦,款夕蛰沉"。

四十三

陈永正《清平乐》:"相思已惯长更。共伊同梦疏棂。"先生改"同梦"为"分梦"。

四十四

陈永正《一丛花》:"黄花初绽眼犹明。秋节自难胜。抱香枝老应留恨,又争忍、长负风情。相守易分,相思犹在,林叶已无声。　欢期远讯两冥冥。寂寞几重扃。便凭空色醒馀梦,到非梦、更倩谁醒。一雨但供,一宵闲泪,明日是阴晴。"先生改"抱香枝老"为"抱枝香老","相守易分"改为"相守易辜","到非梦、更倩谁醒"改为"到非梦、休更疑醒"。

四十五

郭应新《玉楼春·听琵琶独奏〈黄河〉》:"豪情骤向指中生,满座神凝肝胆热。"先生改"豪情"为"狂澜",并解释云,须与"黄河"呼应。

四十六

郭应新《临江仙·插花》:"移春簪彩画瓶中。"先生改"画瓶"为"玉壶"。解释云:"玉壶"一语较雅,古人亦以壶养花,杨万里有"小摘梅花篸玉壶"之句。且佛家有"画瓶盛粪"之语,易引起不美之联想,故不宜用。

四十七

郭应新《南楼令》:"欲把深衷浑尽诉,才说与,又无端。"先生评曰:"末语甚佳,可谓'辞有尽而意无穷'矣。小令结句,尤当如此。"

四十八

郭应新《高阳台》:"无限晴烟,依然困锁江浔。"先生评曰:"'困锁'二字生硬。"改为"低迴"。

四十九

蔡沛泉《浪淘沙·记游》:"雨过一天青。鸟雀呼晴。闲潭清浅晓风轻。几茎新荷颤袅袅,玉立亭亭。 信步绕溪行。柳暗花明。盈盈娇语暗香生。趁逐落红忘远近,忽遇莺莺。""雨过",先生改为"云淡","几茎新荷颤袅袅"改为"几植新荷含笑靥","玉立"改为"浴罢","柳暗"改为"柳黳","落红忘"改为"飞红迷"。

五十

蔡沛泉《清平乐·惜春》:"留春不住。残萼难为语。应是东皇偏作妒。摧落红香无数。 阶前檐下声声。黄昏滴到天明。最是雨疏风骤,梦中也带愁听。""最是",先生改为"一夜"。

五十一

苏些雪《洞仙歌·送春》:"清明过了,问飞花谁数。短调长吟记芳圃。算呢喃紫燕,陌上归来,应难缀,满目雨馀芳土。 未知春去矣,依旧春风,只是啼鹃总催暮。梦醒更堪怜,半树娇红,剩几片、和伊共舞。待认取、幽窗蝶纷纷,甚点染单衣,一时疏雨。""满目",先生改为"满地","芳土"改为"香土","待认取、幽窗蝶纷纷"改为"漫记取、幽窗旧真真"。

五十二

苏些雪《临江仙·暮春》:"朝宴桃溪风未暖,淡云疏处寒鸦。锦香茵地几堪嗟。梦馀春远,可在玉人家。 何处春光真不老,那回曾问梅花。秦箫怨月又西斜。小楼今夜,惆怅一些些。""朝宴",先生改为"宴罢","疏处"改为"疏点","玉人"改为"丽人","真不老"改为"知不老","怨月"改为"吹月"。

五十三

张桂光《忆王孙·游白云山》:"日落西边那忍还。"先生谓词之用语宜典雅,改"日落西边"为"白日西倾"。

五十四

张桂光《高阳台》:"乐事欢情,如今也到鹃边。"先生谓拟玉田太着迹,为改作"江山不付啼鹃"。

五十五

张桂光《河满子》:"群众无穷力量,汇成一股洪流。"先生云:"'一声何满子,双泪落君前',此词牌不宜写此类内容。"

五十六

李文约《肇庆秋游》:"七星镶宝镜,翡翠缀岩间。九月春犹在,湖波映日闲。"先生改"镶"为"开",改"翡翠"为"锦绣",改"映日"为"映翠"。

五十七

李文约《雨后》:"彩练低林杪,层层绿叶肥。星湖新霁色,波影纳斜晖。翠玉屏围满,丹禽举欲飞。芙蓉迎客笑,倚棹已忘归。"先生评曰:"初学能守格律,较《人月圆》词为佳。"改"彩练"为"积彩",谓前者今人多袭用,后者则有古意。改"层层绿叶肥"为"层峦绿正肥",改"屏围"为"围屏",改"举欲飞"为"向夕飞"。

五十八

张镇民《江城子》:"才迎三五夜偏长。小轩窗,露凝霜。开罢芙蕖,都漫往时香。何况清风圆月白,人寂寂,几回肠。 葵林料想已荒凉。旧西厢,换新墙。故里檐端,空有燕成双。但怪西湖怜水浅,流更驻,苦鸳鸯。"先生改"露凝霜"为"露疑霜","都漫"为"销尽","怜水浅"为"流水浅","流更驻"为"难更驻"。

五十九

张镇民《采桑子》:"杳杳深扃。寥寂昏灯待晓明。"先生改"待晓明"为"坐晓明"。

六十

王钧明《望江南》:"花枝好,摇曳任君亲。今夕醉心吴苑艳,明朝追梦武陵春。惆怅向谁论。"先生改"追梦"为"追惜","向谁论"为"梦中人"。谓以"梦中人"贯串"今夕"与"明朝"。

六十一

古健青《三姝媚·茉莉》:"冰花篱外倚。正梅魂生春,玉钗敲碎。"先生改"冰花篱外倚"为"冰枝楼外倚","生春"为"生香"。并谓"楼"字始与"魂""钗"字面相配。

六十二

李国梁《陪朱庸斋余菊庵二老愉园茶叙,时学诗未久》:"朱师乐唱分春词。菊诵海棠花馆诗。吟罢愉园茶正好,把壶讨教我其时。"先生云,首句"三平尾"声律不妥,且不必强调"分春馆",可改作"朱师策杖唱新词",始合平仄。

六十三

李国梁《夜宿玉屏楼》:"常言高处不胜寒。夜宿玉屏觉被单。梦里仙人轻细语，不知身尚在凡间。"先生云，略有意境，然"觉"字用得轻了，未突出黄山山顶夜间之冷，可改用'怯'字，不仅写出夜气之冷，也使人心理上感觉到清冷，用意便深一层。又曰次句犯孤平，可改"玉屏"为"云巅"。

以上弟子追忆所录

卷二　诗词语录

一

古诗需有古味,不能只斤斤于声调。尤须寓以古文笔法,谋篇布局均属重要。赵氏一谱[1],未能尽古诗之应有也。近人为古诗多肆语,以为非如此不近古诗。至于精神自敛,体质内充,而为醇朴见胜一类,实所未解。

二

为诗须持律严整,篇章浑成,语真而格高。看似无甚骇目,

---

[1] 赵氏一谱：指赵执信(shēn)《声调谱》。《声调谱》全三卷,其例古体诗五言重第三字,七言重第五字,而以上下二字消息之,大抵以三平为正格。律诗以本句平仄相救为单拗,出句如杜甫之"清新庾开府",对句如王维之"暮禽相与还"是也。两句平仄相救为双拗,如许浑之"溪云初起日沉阁,山雨欲来风满楼"是也。其他变例数条,皆本此而推之。

细味之始觉精工。浅人不易知之,青年恐亦不喜。此种老练之处,非多读前人诗不可得识,在宋人中唯陈简斋[1]得之。简斋有辣语、有从容语。辣语易学,从容语难学。辣语气健则得之,从容语非有情不可。"天翻地覆伤春色,齿豁头童祝圣时","病夫搜句了节序,小斋焚香无是非",未必尽胜于"多事鬓毛随节换,尽情灯火向人明"也。[2]

三

绝与律体制章法不同,七绝诗倘能掌握一点偶得之意境,倘能一气贯注,便可信口成章,下笔可较快,学定庵[3]一派下笔更易。七律则不独仗才,还须仗学。以章法论则起承转合,务须分布得宜。以意境论,又须深厚浑成。以对偶论,又须工而不滞,炼而不纤。以下字论,则又须互作照应,如徒矜一字一句见工,当非得体之作。杜老所谓"晚节渐于诗律细",以旨意于律诗中

---

[1] 陈简斋:陈与义。
[2] "天翻地覆"等三联:分别出自《雨中对酒庭下海棠经雨不谢》:"巴陵二月客添衣。草草杯盘恨醉迟。燕子不禁连夜雨,海棠犹待老人诗。天翻地覆伤春色,齿豁头童祝圣时。白竹篱前湖海阔,茫茫身世两堪悲。"《十月》:"十月天公作许功。负霜鸿雁不停飞。莽连万里云一去,红尽千林秋径归。病夫搜句了节序,小斋焚香无是非。睡过三冬莫开户,北风不贷芰荷衣。"《除夜二首》其一:"城中爆竹已残更。朔吹翻江意未平。多事鬓毛随节换,尽情灯火向人明。比量旧岁聊堪喜,流转殊方又可惊。明日岳阳楼上去,岛烟湖雾看春生。"
[3] 定庵:龚自珍。

最显著。近人散原而外,于此最有独会者,首推晦闻[1]先生。海藏多于对句或起语求胜,收处亦常有率意。例如为石遗[2]所爱之"往事梦空春去后,高楼天远恨来时",固佳矣,而结句"莫道一生无际遇,灵修瘦损记风仪"亦率。[3]

四

《唐宋诗举要》[4]长于论唐,短于论宋。两代诗风固自不同,各具面貌特色,一则善于言情,一则善于说理;唐人以神韵胜,宋人以骨格胜。此选足见唐人规模而未足见宋人面目,盖就宋人中近乎唐人风格而选之者,未能离开旧习也。

五

近世粤诗大盛,黄遵宪为"诗界革命"之先导,康、梁皆元气淋漓,骎骎直驾于中原诸子之上,然至晦闻(黄节)出,合

---

〔1〕晦闻:黄节。
〔2〕石遗:陈衍。
〔3〕"往事梦空"二联:郑孝胥《汉口春尽日北望有怀》:"牵怀何意意犹疑。楚水销魂似别离。往事梦空春去后,高楼天远恨来时。袖间缩手人将老,地下埋忧计已迟。莫道一生无际遇,灵修瘦损记风仪。"
〔4〕《唐宋诗举要》:桐城派后期代表学者高步瀛(1873—1940)所编的一部唐宋诗选本,按诗体分类,先之以五七古,继之以五七律,末则为绝句,每一诗体下则先唐后宋,以其源流正变。

南社与同光派为一手，[1]始开粤诗之生面。其七律刚柔并美，无同光之晦涩，亦无南社之率易，宋骨唐面，堪称大家。继之者其为詹无庵与吴辛旨[2]乎？詹氏词学名家，然为诗却无"以词入诗"之病，能于气格中见情韵。吴氏学殖富硕，取广用宏，尤工近体。五律如《吊章太炎》，七律如《题蒹葭楼诗》[3]等皆格高调响。

六

王安石《登宝公塔》诗云："江月转空为白昼，岭云分暝与黄昏。"与韩偓"细水浮花归别涧，断云含雨入孤村"句法同而意境别。杜老有"返照入江侵石壁，归云拥树失山村"句，最为明人所赏，荆公此联应是过之。

---

〔1〕南社、同光派：南社，1909年成立于苏州，由柳亚子、高旭、陈去病共同发起，是一家以种族革命为号召的文学团体。同光派，又称同光体，本是陈衍、沈曾植对同治、光绪以来诗人不墨守盛唐者的戏称。同光体是一个时代诗学风会的体现，在创作上重宋亦不废唐，在情感上偏于深沉内蕴，在艺术风格上注重文辞的典重艰深，力避平易浅俗。同光体又可分闽、浙、江西三派，代表人物有陈衍、林旭、陈宝琛、沈曾植、陈三立等。

〔2〕吴辛旨：吴三立。

〔3〕吴三立《读先师黄晦闻〈蒹葭楼诗〉敬题》二首："廿年未已说诗心。一往孤怀略可寻。风露入肝尘泽尽，蒹葭寄意溯洄深。南冠北客伤时语，菊晚荷拈带泪吟。逸调堪追陈正字，长留天地作商音。""少日尝严夷夏辨，馀生空切海桑悲。兰成作赋嗟何及，夔府哀时殊未涯。愁对月明思故国，忍将板荡谱新诗。沧波不见停潮日，卒读遗篇百感滋。"

七

荆公《雨花台》诗颔联"新霜浦溆绵绵白,薄晚林峦往往青",意态杰出,为同光体所法。其《留题微之廨中清辉阁》诗"鸥鸟一双随坐啸,荷花十丈对冥搜",为陈石遗所深赏,亦良有以也。

八

韦应物、刘长卿写山川景色,多不着力,妙造自然,故于陶公为近。王安石近体写山川景色多着力,对句尤甚,精炼警策,其源出大谢[1]乎?如《次韵吴季野题岳上人澄心亭》诗"砌水乱流穿石底,槛云高出蔽山层",《春风》诗"阳浮树外沧江水,尘涨原头野火烟。日借嫩黄初着柳,雨催新绿稍归田",皆是。

九

诗最忌头巾气,贤者亦未能免之。荆公《酴醿金沙二花合

---

[1]大谢:指南朝诗人谢灵运。与之相对的小谢则是指谢朓。

发》[1]诗"疑此冶容诗所忌,故将樛木比绸缪",用《诗经》典[2],不见其典雅庄重,反觉酸腐可笑。

十

宋词历来注本无多,然劣拙谬妄则此书(按,指《辛弃疾词选》,中华书局出版,《辛弃疾词选》编写组编写)为至,蒙混后学,可叹可恨。此本即注解之处亦乖错叠出,幸未涉及论词,否则益误人子弟矣。

---

[1]《酴醾金沙二花合发》:"相扶照水弄春柔。发似矜夸敛似羞。碧合晚云霞上起,红争朝日雪边流。我无丹白知如梦,人有朱铅见即愁。疑此冶容诗所忌,故将樛木比绸缪。"

[2]用《诗经》典:用《诗·周南·樛木》意。毛传以为,此诗是"后妃逮下也。言能逮下,而无嫉妒之心焉"。郑玄注云:"后妃能和谐众妾,不嫉妒其容貌,恒以善言逮下而安之。"

卷三　序跋书札

一

天蠁楼词后记

右《天蠁词》二卷，凡一百二十阕，南海黄君咏雩，自己巳至辛卯所作，而余为之选录者也。君才名籍甚，然世人或谓君独以诗长者，于其词殆未稔悉耳。余与君相交十馀年，倡和弥密，先后同社者，如杨铁夫、张汉三、黎季裴、黄慈博[1]、陈协之[2]、叶誉虎诸丈，咸以词名于时，于君作皆深许之。诚以君词，壮采奇思，取材甚富，命意既远，托体尤高，没于瑰丽芳馨之间，而尽幽窈沉郁之致。盖情文相生，感愈深，而语愈工也。近人说词，专主梦窗，君独不为所囿。于赵宋诸家取精而用宏，大抵体制法

---

[1] 黄慈博：黄佛颐。
[2] 陈协之：陈融。

度,宗尚清真;骨格神致,肖乎白石;积健行气,来自稼轩;丽泽辞华,取于梅溪;而感物兴怀,则发乎自己。至于金石史地考据亦能以词出之,尤别开蹊径。其造诣之卓异,固共睹矣。壬辰二月,余录《天蠁词》既成,低徊击节,检视集中倡和同人,而杨、张、黎、黄诸丈,早归道山。余亦人事飘变,踪迹音问都阻,北郭、东园,觞咏莫续。独与君瘖歌沉吟,不觉有文章气类今昔不同之感也。新会朱庸斋。

二

桐花馆词序

词之乐律,入元融而为曲,嗣后,所为词者直长短句之诗耳。世或狃于旧说,以为诗词异途,遂使词境转隘,良可叹也。东坡、稼轩之作,凡诗文所具有者,悉能达之于词。词之领域开拓始夎,非复专事绮筵绣幄、脂粉才情、遣兴娱宾、析酲解酝者矣。况其忧生念乱,抚物兴怀、身世所遭,出以唱叹,命笔寓意,又何有异于诗哉。宋词能与唐诗并称后世者,端复赖此。有明一代,误于词为艳科之说,未能尊体,陈陈相因,取材益狭,趋向如斯,词道几绝。逮及清季,国运衰微,忧患相仍,诗风大变,声气所汇,词学复盛,名家叠出,此道遂尊。言志抒情,不复以体制而局限。故鹿潭、半塘、芸阁、彊邨、樵风之作,托体高,取材富,寓意深,造境大,用笔重,炼语精。赵宋而后此为擅场。

其风骨神致,足与子尹、弢叔、散原、伯子、海藏诸家相颉颃,积愤放吟,固无减于诗也。吾粤自晦闻而后,诗境顿新。后学承其馀响,争以诗鸣。而傅君静庵,亦以工诗称于闾里。视其所诣,盖曾取径于同光体及晦闻,而于半山[1]、雪堂[2]、山谷、后山、简斋、放翁诸作,涵泳至深,郁苍清劲,尤近陈黄[3]。年未三十,誉溢京华,共许必传,无须具论矣。粤中以往逊于为词,述叔先生起而为振衰,截断旁流,归于正声。余为词初恪守其师周吴之说,而迄无所成。得静庵论诗之要旨,从词外而求词,所作始稍得一己之意态。益信诗词之界,格律而外,不宜强分。如必使各具严限,则词乃小道之讥恐终不免,又安得与诗同流而讽诵哉。往昔叶遐庵先生每以"傅诗朱词"相勉,余词功力尚浅,适足自惭。是时静庵亦偶为词,所作《扬州慢》《蓦山溪》《水龙吟》诸调,豪宕高健,亶有可观,顾以非己力之所专注稿皆不传。迄今又逾卅载,静庵垂垂老矣,犹羁栖海涯,以为诗之馀绪而填词,欲以广张风气,亦见其老而志未衰也。余向兄事静庵,今承以其所著《桐花馆词》属为之序。存词仅五十阕,均极沉郁顿挫之致,语隽而律严,笔健而情永。虽远宗白石、梅溪、草窗、玉田,而下逮清季诸老,然皆藉以发挥一己之情意,非句摹字拟斤斤焉求合于古人为工者。况其植根于诗也深,故其发之于词也境界气象迥异常流,翘然有以自立,讵能限诸一家,而于一字一语中求其擅

---

[1]半山,王安石。
[2]雪堂:苏轼在黄州寓居临皋亭,就东坡筑雪堂,故以雪堂代苏轼。
[3]陈黄:陈后山,黄山谷。

胜者耶。读其词，使词中求词者之流亦当废然知返也。甲寅夏弟奂谨序。

三

卷帘楼诗草序

春霆郑三[1]应友人之请，集其所作之诗，刊付于世，而嘱余为之序。余与春霆相别二十馀年，常追溯曩日相率周旋于坛场间。春霆善饮，注酒引杯，骋辞飞辩，庄谐杂出，四座倾倒。余初以为春霆乃才人，胸次旷豁，事事不萦于心，及读其《筇声》一集，又多为坐乱忧生，哀时发愤之作，然后知其所以跌宕洒脱，类似百不措意者，实外畅而内郁，借朋樽之乐以消其块垒，有如昔人之独行清淡，未尝不有所为而发也。《筇声集》刊成于庚辰，翌岁辛巳，东寇见侵，生灵涂炭，城郭丘墟，其间孤忠危苦灾难颠沛之迹，所在多有，而记载未必及焉。是以少陵安史之乱诸诗，千古目为诗史。少陵而后，丧乱之际，代有名作，傍证史乘，补其不备。《筇声集》中，如《难妇吟》《八百壮士》《义卖送东华东院女护士北上救伤》《渔舟曲》《送女壮丁入伍》等纪实之篇，皆慷慨悲愤，辞显意切，在文则有如白氏之新乐府，在义则又何别于少陵诗史哉。其事固赖春霆诗笔见

---

[1]春霆郑三：郑春霆。

存，为后世史家之资助，殆无疑矣。春霆长于古文，为诗则不拘于三唐两宋明季清末，取精用宏，务具己意，才富笔健，性率情溢，即寻常事物，信手出之，别饶隽颖，知诗者均许为可传。《笳声集》行世历三十九年矣，流光荏苒，人事叠迁，故交寥落，十存二三，余得读春霆相别以来之诗遂少，然尝有客道其近况，酒怀豪肆，风趣卓越，一一如前。且屡涉重洋，所阅益广，佳节登临，觞咏之会，友生荣瘁存殁之感，咸述以诗。余虽未悉读之，然以其旷阔寥廓之怀，复得瀛海山川之助，必能有奇思壮采，以寄其念远追往之情，较之《笳声》一集，气象宏而声价益重耳。兹以其未刊稿汇刻为《卷帘楼诗》，而附以《笳声集》，两篇所作，时世与境地各自不同，而其固有情性未尝因之有所改易，今昔兴怀，致仍趋一。况乎感物所遇，不外盛衰，触类发端，辄缘兴替，并陈哀乐，纪以篇章，是亦来者采风论世之所藉焉。则春霆晚近之诗，如《笳声集》一例以诗史视之可也。至其造诣之所精妙，士林早有定论矣。惜未能重集故交于樽前终其卷而讽咏之，为语春霆，定应同感。己未大暑庸斋朱奂之谨序。

四

癸丑（一九七三年）三月四日先生致函佟立章，谈词及身体状况。函曰：

立章我兄足下：

病中得奉台示，廿载以来，交亲欢笑，宛在目前，殊慰。大作吟讽再三，风华情致，不减当年，而视"人归正落西风后，坐忆春红是姓姚"诸篇，功候更深，如与"赴海命危犹兀立，残杯梦里可同倾"相较，则已从险绝而归平易矣。就中抒情诗尤胜于题画诗，能以浅语传深情，句自然而意新颖，落想超卓如定庵杂诗[1]，就中香港听歌及有赠二绝，为弟所深喜。以足下风流文采，域外南溟，为之生色矣。弟抱病几及二十年，剜髋摘肾，久已积弱，去岁又两肺复患重疾，皮骨支离，百事俱废，偶尔填词，亦跛不忘履，聊自遣耳。且幽忧结集，悉不敢示人。至于词学探研，则尚无间断。盖才情消减，自知后人，不如在评述上稍加用功，以学补拙，尚可授徒二三，以娱病境。足下闻之，能勿一笑。近年因服抗痨药物过多，悟力忆力视力体力损害均大，已不能作小楷，间或作山水小幅遣日，稍间当写册页一帧呈正，何如？春交会将届，到时有友人返穗否？缃碧、退之[2]时有相晤，然均老病交侵，极少写作。沈仲强亦有相晤，其女沈进思为弟之女门人，曾着力学词二三载。至于澳中[3]，弟则并无深交，即港中友人，亦不通讯已久，因昨岁留医割肾，始去函向港友求寄赠药物，通讯始繁。此中情况，足下谅亦深知。拙词异日另函就教，恐念先覆，俟容续陈。即颂

---

[1] 定庵杂诗：指龚自珍《己亥杂诗》。
[2] 缃碧、退之：冯缃碧、阮退之。
[3] 澳中：指澳门区域内。

吟祉

     弟　庸斋上

    癸丑清明后一日

舍址为华贵路华贵横街廿号，来书误写荔湾南路

五

癸丑（一九七三年）九月廿六日，先生致函傅静庵，讨论词之创作。函曰：

静庵二兄足下：

十二日手教经旬始收到。适然一文，原不必计较，如能将遐老[1]之函刊出，藉以匡谬，足见盛情。大作《三姝媚》幽削隽逸，其神致仍是白石一派，且更近玉田。歇拍三句，置于《山中白云集》间，颇难辨别。碧山原与玉田相近，只较玉田沉郁凝重耳。梅溪只好铸句炼字，以新俊纤丽为主，比之大作，当未尽符。《三姝媚》亦不易填，适宜一韵一意，层层变换，而脉络相贯，不失通篇主题。清周之琦此调，功力甚深，亦无非以用笔层转脱换见胜。大作亦有类似之处。微觉"共"字与"知谁"二字衔接间不甚得力。直言，希谅。鄙见前云，清末词家多以江西诗派入词，乃率笔而书，实则应作以宋诗入词。盖清初及中叶诗人多爱学唐，故当时词人

---

〔1〕遐老：对叶遐庵的尊称。

亦于唐诗中求取意境字面。此乃墨守前人所称"作词字面应多从李长吉、李商隐诗求之"之说所误。道咸同光之际，诗人又多爱学宋，词风又为之一变。其字面、吐属、意境，均力求与唐诗相异，是以各名家均少陈套词语。文廷式固不须论，即沈寐叟、王鹏运亦如是。务使体格高，风骨劲。至蕙风则诚如尊言，纯乃词人之词。以情致悱恻为尚矣。《和蜡梅》一律，意内言外，深窈宛委，"呵手"句不欠自然，盖道实也。"莽莽"不如"欲雪"，以其通体字面较浑协也。当时弟亦有《南乡子》赋蜡梅，以其率薄，不存稿。姑录之博笑。词云："不嫁冶游郎。坐误芳韶只断肠。记得当年亲手试，宫黄。鸾镜清辉满寿阳。　金缕忍偷量。远讯难封路更长。待把情禅空色相，都忘。莫乞天花作道场。"篇中暗用"黄"字、"蜡"字、寿阳公主及女冠子事。张叔俦[1]曾为陈协之画黄梅花小轴，曾题拙作于上，融老颇不喜之，以为弟调其爱狎比丘尼也。词意兄当能会之。梁嘉诒乃小山[2]后人，字甘仲，旧日稔交也。爱为诗而不求工，为人极厚道，而终身坎懔，惯捐衣食以济朋辈，而人莫知其穷且困也。叶遐老颇喜之，惜以妻貌丑恶而性悍狠，遂耽色滥嫖以自慰。今既潦倒，诚堪一叹，恨无计助之，见时希代候之。拙词另录附后，弟旬日来衰弱特甚，几不能自举其躯，另函口述由门人蔡定国代书，并另寄发，恐函件过厚也。专覆。即颂吟祺。

弟庸斋
九月廿六日

---

〔1〕张叔俦：张成桂。

〔2〕小山：梁庆桂。

六

癸丑（一九七三年）十一月十五日致傅静庵函曰：

静庵二兄足下：

十二月六日函敬悉。所论冼君词当极。冼君词，正如尊说，刻意于求工求似，如此手法，最能掩夺性情，有如窗课。《泛清波摘遍》，弟固嫌其过刻也。《琐窗寒》较《泛清波摘遍》远胜，其佳处悉如所指，微嫌其上下片意境区别太清楚，然此法昔人常用之，当非大病。足下之脉络过显露是矣。有便，乞再录冼词一二阕来，以便细评。评词不欲太无己见，亦有时不免应酬敷衍。谭复堂本精评品，然评前人则胜，评友人词亦不能免之习也。尊作《水龙吟·岁除》词，其体格介夫蒋鹿潭、文道希、陈述老[1]之间，前半阕结处非绝佳，而弟甚爱之，盖有同感也。"天涯魂梦"以下直至收处，笔力直破馀地，又能具矫绕层折之势，沉郁顿挫，即此具见。"舒梅"句好。大家为词，既善写景，又能做境。写景乃就目中所见而描之，做境乃就心中所念而构之。往往每一念至，境随心生。是则别人之以感为甚暖，而足下所感固甚寒也。且以足下客居海涯，欲归不得，除夕万感，一时并集，天寒或亦甚暖，而足下心头果能温暖否耶？否则，写其寒处，正内心之反映，能写吾心即好词也。"舒"字无碍，固甚明矣。且内心之寒，如何能形象之？则必有待于做境，借物态表达而出，使人细读之，

---

[1]陈述老：指陈洵。

沉思之，如能洞见吾心。吾心何状？则如寒梅之未获腊暖也。贺铸之烟草风絮、梅子黄时雨，亦做境以形象心上愁之多耳。在月桥花院中，真能备见一川满城乎？弟平时多说词，以上不过就惯习说词之法而拉杂陈之，未敢自可，尚希见教。弟近日目力骤坏，书写需低俯侧视，殊苦也。且气短，甚上二层亦不自举其躯，上三楼则停歇至十五分钟后，始能作言。足下能径登十七层楼不稍息，可羡之至。然作书信，弟尚可一挥，二三千字即为时甚促，亦能强任。文略[1]兄已有厚馈，今日收讫。伊生活亦非佳，甚过意不去。附谢函希加封转寄与之，不必有劳亲交也。匆覆

即叩

撰安

弟庸斋顿首

癸丑月当头夕

七

甲寅（一九七四年）三月五日，先生致函容庚，言欲借阅唐兰《立庵词》事。函曰：

希丈有道：

开岁以还，卧病连旬，未克趋候。病中叠闻友好方孝岳、沈仲强、熊润桐、冯缃碧相继逝世，益增感悼。近偶得读唐兰旧作

---

[1] 文略：贺文略。

《一枝春》《瑞鹤仙》二词[1]，门径甚正，功力湛深，意厚语警，且多用重笔。其成就远在夏承焘、龙沐勋、唐圭璋、赵万里之上。此翁原不以词名，以往竟忽视之。唐兰乃丈挚交，其所著《立庵词》不审尊橱有藏之否？甚愿一读，藉窥全豹。稍俟停妥，并盼函介通信，庶叨教益，谅能许之。春风多厉，诸惟珍重。舍址：华贵路华贵横街二十号。望能径覆。病中无聊，惟吴三立常来过谈耳。匆上。馀颂撰祺。

晚庸斋叩

三月五日

八

甲寅（一九七四年）七月七日，先生致函傅静庵言旧作《扬州慢》事。函曰：

---

[1]《一枝春》《瑞鹤仙》二词：《一枝春·莹园秋集，海棠桃梅各放数枝，依声赋之，用草窗韵》："临水妍枝，照残妆、似是飘零经雨。秋期暗数，乍见顿牵芳绪。凉蟾镜底，问因甚、细描眉妩。终不比、如绣园林，试忆蝶围蜂聚。　无言汉宫深处。只娇柔、懒对衰杨千缕。谁扶醉态，夜起自翻新谱。西风系恨，算应有、断蓬相妒。一任把、羌管频吹，惯闻愁语。"《瑞鹤仙·戊辰重九会于李园，啸麓、侗伯二公约同作，用梦窗韵》："夕阳迷远峤。甚醉插黄花，匆匆归早。壶觞几班草。对西风霜叶，顿成孤抱。前番倚眺。记天角、孤鸿飘渺。问今年、健否何如，短鬓也曾吹帽。　休道。闲园重访，觅句支筇，杜陵将老。垂杨犹袅。轻攀折，误年少。但萸囊愁佩，凄凉谁诉，洞口秋深径窈。又黄昏、流水无情，悔将影照。"

静庵二兄足下：

暑期已近，改卷料当甚忙。今日适为星期六，无过客。偶翻三十二年前和曾希颖所示《扬州慢》依白石韵一词，甚为骇汗。此调作于弟自石岐归穗，希老亦自香港归穗，与足下晚饭于七妙斋。归家即不复检谱，依希老及蒋鹿潭此调之声律而成，足下亦有和作。数日后，共午茗于酌荷。足下、广权[1]、绍弼[2]皆在，弟乃出示此词。嗣后，六禾、伯孝、霞公、慈博、咏雩、秋雪、遐庵、安泰、寥士、榆生、湖帆、三立、既澄[3]等皆甚许此词，竟无人指出其失律之处。盖弟此时沉醉于鹿潭，鹿潭夙以守律见称，弟遂不从姜词对律，姜此词弟固极熟者。又依希老所作而填之。希老全词已忘记，从现在看之，似不甚遵姜律。例如姜"解鞍少驻初程"句，希老填为"阑干吟望千程"，"阑""吟"二字均应仄，弟遂依希老之作填为"故园归路无程"，"归"字竟从之用平声。鹿潭于此句亦作"谯楼吹断箑声"，"声"如曾希老句。姜词"废池乔木，犹厌言兵"，鹿潭填为"斜阳颓阁，不忍重登"。弟则为"天涯犹有，未老戎兵"。姜"重到须惊"，蒋鹿潭作"见惯都惊"，"见"字应平。姜"难赋深情"句，鹿潭作"可奈苍生"，"可"字应平。姜词"二十四桥仍在"，鹿潭作"月黑流萤何处"，

---

[1] 广权：郑广权。
[2] 绍弼：佟立勋。
[3] 六禾、伯孝、霞公、慈博、咏雩、秋雪、遐庵、安泰、寥士、榆生、湖帆、三立、既澄：即黎国廉、胡熊锷、江孔殷、黄佛颐、黄肇沂、冯平、叶恭绰、詹安泰、陈寥士、龙沐勋、吴湖帆、吴三立、严既澄。

"流"字应仄。收句鹿潭之"隔"之可以入作平，希老句则为"眼前红豆春生"，"眼"字应作平。此词为白石自度，应依白石。《钦定词谱》列有三体，对白石一词标志可平可仄之字甚多，盖依李莱老见《绝妙好词》。之一阕而注之，殊不知李莱老之《扬州慢》乃是变换句式。其前片结二语，句式声位，均不依姜词，不能以其声作为填姜谱之依据。至郑觉斋一体，则与姜词同。

盖《钦定词谱》误将姜词歇拍处以"渐黄昏、清角吹寒，都在空城"为断句也。李莱老"叹而今、杜郎还见，应赋悲春"则平仄迥异，当为别体矣。郑觉斋词基本与姜同。仅于"废"字"杜"字"四"字同平，与姜词平。姜"清"字郑填"月"字，入可作平。《词律》于此阕不注可平可仄，足见谨慎。弟填词于涩僻调、拗哑句、奇异句必甚注意，此类旧作都无错误，为常用顺句。四五六七字句之首一字，辄有错误，无他，恃熟律而轻忽之。因顺句可平可仄之处甚宽，且成惯例也。此词作时距今三十二年，改订时十分艰苦，牵一发辄动全身，动易太多则失旧意。且以今日手法改之，下字出笔之间与昔年颇不调和。兹将稍为更定及原稿同书附后，且弟近日又感填词如能于吃紧之句，如拗句、异出句必须使用去上字之句，能不苟且，不轻放过便可，如于顺句、常用句式亦非刻自死守，似可不必，恐以声害意也。清人词自凌廷堪《梅边吹笛谱》以前，无论浙西、阳羡、常州诸派多不合宋人格律者。指格律，非指乐律。格律指声韵句式，乐律指宫调律吕。然此辈亦不乏好词，不愧称为词中大家或名家。后世亦不能以调中数字声律之误而谓之非词人也。此意与弟三十年来所论相背，自属新见，不知能成理否？以上两说，均请足下教之。酷暑逼人，热不可忍，风扇仍未买得到手，奈何。望覆，即颂撰安。

弟庸斋上
七月七夕

三十二年前旧稿

扬州慢 依白石韵酬希颖题目是否应述明希颖及弟均新返穗?

衰草埋云，乱山明野，故园归路无程。阅沧波倦眼，问更向谁青。怅飘泊、年芳易晚，天涯犹有，未老戎兵。甚耐寒乌鹊，黄昏尚绕严城。 旧期胜赏，料今宵、魂梦应惊。剩看剑停杯，行歌去国，如此心情。多少鱼龙吟啸，西风里、都作潮声。算青衫无恙，年年空自尘生。

第二句"明野"二字太泛，对客路所遇景物欠细状。"归"字应仄。"天"字应仄。"未"字应平。"耐"字、"尚"字均应平。"多"字、"鱼"字均应仄。"都"字应仄。

改后稿

衰草埋云，乱山迎雨，一樽忍顾秋程。阅沧波倦眼，问更向谁青。怅飘泊、年芳易晚，故家台榭，愁隔戎兵。指希颖所谈花桥感旧事，声虽叶，但似不如旧句之气格。叹新霜严夜，鱼龙吹浪江城。 旧期胜赏，料今宵、魂梦应惊。剩琢句停杯，行歌看剑，牢落归情。听彻耐寒乌鹊，西风里、几换啼声。算青衫无恙，年年空自尘生。

"一樽"二字仍未妥，"一"字、"忍"字须仄声。因此无法取得达意字句。

"吹浪"二字与"鱼龙"不甚妥帖。宋文只有"夜则闻鱼龙悲啸"于其后，宋诗则有"江豚吹浪夜还风"。如不相碍，则此句尚佳。但后文又有"听彻乌鹊啼声"，一词中不宜用两种愁声，但不知可以作为一虚写一实写否？因乌鹊啼声，句意尚佳，难于更换。原想作"欹床看剑"，嫌气势未逮。"归情"可否作归后心情解释？旧句不符本意，既归后，不应再写"去国"。"乌啼"句不知与"鱼龙吹浪"之声相重否？

甚矣，艺事之难也。弟非极拙，亦非疏懒。三十二年功力，不过如是如是。既自欺己，亦为人欺。焉得不老来愈怯愈感自卑。卑与怯，心先死之兆也，现在弟词已不敢求工，但求无过而已。然穗中不少后学，自以为唐以后诗，不足与之抗手；宋以后词，不值其一顾盼。自己之高处，李杜所未到。如此大口气，得无退步三舍。颇闻陈寂园[1]有三律寄与足下，不知功力有大进否？弟与之七八年未谋面，只见其近日多拟飞卿《菩萨蛮》而已。其从游者悉为绍彝门下，当视弟如粪土，谓弟词不能越清真、梦窗，无甚好处，可谓笑话。能及清真、梦窗十分之一，于愿已足，何敢望竟能越之耶？此辈只知学汉、魏、齐、梁乐府、杜诗，卑

---

[1] 陈寂园：陈寂。

李。大非王、孟、韦、白,尊韩,义山亦不甚满。[1]卑视宋人,颇喜遗山,不读元明诗。于清只学定庵、独漉、翁山[2],贱视同光。论词专韦、后主、小晏、东坡、方回、樵歌、二刘[3]、稼轩、清照,清代则饮水、定庵、其年、梅村。痛诋王、朱、郑、况,对芸阁较有些好感。痛斥丑化述叔,认为述叔词无哲学观点,不懂美学,不识爱情,不突出性格,不热烈奔放,无人生味道,无时代气息,是木雕泥像,凡学之者必致内容苍白,性灵丧失,才气全无,置身与世相隔,不懂外国情调。以上所述,皆自认为继往开来热心古代文学之后起者,并非树立新人生观之进步人物,并以奉闻。热甚难耐,就此搁笔。并望赐覆。弟庸斋又及。

九

甲寅(一九七四年)八月廿六日,先生致函傅静庵,函曰:

静庵二兄足下:

数日前曾肃一函,谅邀察阅。兹写就寄香棨方先生一函,希设法代为转致。并附近作拙词《惜红衣》,并劳为寄香先生。但足下如认为此词不甚可取,则不必将词寄与,只寄函件作了。且

---

〔1〕李、王、孟、韦、白、韩、义山:指李白、王维、孟浩然、韦应物、白居易、韩愈、李商隐。

〔2〕独漉、翁山:指陈恭尹与屈大均。

〔3〕樵歌、二刘:樵歌是宋词人朱敦儒的词集名,此指敦儒。二刘谓刘过、刘克庄。

寄词与之，未审会不会被人误以为近于干谒，如何处之，悉听卓裁。书至此，适接廿二日来函，兹先简覆，明日再详答，因恐函过重也。湛铨[1]治学以繁琐考据为博，此种风格，始自陈寅恪。"扬州"既须一番引证，何不径读省志及《广陵对》[2]乎。文略专攻击张珩，张，弟之友也。家世、搜藏、交游、学问、识力皆胜贺十倍，而贺必欲尽力非之，多番著文斥之，以为可扬己折人。故弟不甚为其着力考徽宗，即基于是。希颖此诗，甚似足下旧口吻，只"潜龙"二字不似耳。尊作希颖所圈均中肯，《满江红》仍以"相接"居上，"深结"居下为宜。润桐有"近局有鸡"语，未详所出。《十家诗选》[3]弟早知之，甚欲得一本，但不能寄来。贺兄下次来市，可买一本，请其带来，不能带就算了。匆上，馀颂撰祺。

弟庸斋上
八月廿六下午

十

甲寅（一九七四年）八月廿九日，先生致函傅静庵，函曰：

静庵二兄足下：

---

〔1〕湛铨：陈湛铨。
〔2〕《广陵对》：清儒汪中（1744—1794）所作的名文，涉及扬州史地，以渊博该洽著称。
〔3〕《十家诗选》：盖指潘兆贤《近代十家诗述评》。

昨覆一函，料未及收。来示谓"仿意创意易，创格难"一语，真积数十年功力方能道出其中甘苦，至佩。意境、体格乃两回事，苏文擢在中文大学中文系授文学批评，谓境界作风格，传至穗，令人捧腹。创意不难，有诗才平常者偶出意外，亦能得意趣超越之句；有诗功已深，亦能刻意冥搜，务得意趣新颖之处。但彼此终不能另出机杼，以成一己之体格。即能创格而论，其格亦高下有别。王仲瞿、龚定庵皆欲创格，且不能具其一格，而风格不高，终非大家。今日初学者，未识历代诗派体格，便思躐等，以求创格，难一一与言矣。或从奇形怪状以求面目新异。须知面目应有美丑之分，有真伪之别。狰狞攒怒，亦面目也。但不可与秀倩清华同日而语也。涂抹标奇，乃舞台之面谱也，亦非其本来面目也。弟为词多年，新意向能创之，如何始得别具一格，至今尚茫然不自知其所止，即求归宿处亦未择定，创格更不敢望，现只求浑成而已，亦非如前人所谓"词境至浑，无以复加"。弟所求者乃浑成畅达，不求有功，但求无过耳。致耀明[1]函诚多过誉，但闻友人区季谋云，江霞公初识耀明，甚称其能干精明，但可惜为生意人，不解文翰。后有人转告耀明，耀明初甚惭，继至奋志力学，始有今日之一些成就。如此看来，亦甚难得，所谓知耻近勇矣。弟遂故意过许之，因目前对于此道，学者日少，贫者无力就学，富者无意就学，耀明既丰于财，傥能笃爱此道，不但其生活环境足令其易致于成，且对志学之寒士或能有所滋润，枵腹读者

---

〔1〕耀明：梁耀明。

在今日不可能也。非为弟个人计，亦为他人计也。读熊润桐一律，令弟甚失望。其佳处不须论，但"水莫西"之"莫"字，吃力而不安详，颈联意固嫌率，句亦过率，"故国"对"年来"。收句与上数语似未甚关连，无怪足下谓其到港后潦草者极多，希颖之作似较前老到，亦具情致。弟以为足下、熊、曾鼎足而三，各具其胜：润桐胜于功力，希颖胜于才情，足下胜于意境。如只从此诗而论，则熊实有逊足下。虽然读其一篇难括其全，然大家之作，偶有欠佳，乃出自不经意，矩步未尝失也。即有自觉未到之处，亦不示人以拙。润桐或以一代宗师自命，以放意任性，即使不佳，亦不足以损其誉耶。弟为词稍有不惬意，即毁其稿。尊作《满江红》[1]颇似清初贞吉、其年，俯仰矫健，兀傲挺拔，汤视之或又以为近诗非词。一笑。结字韵同于两处均欠安稳，"又偏与"三字欠响。此一豆本可作平仄仄。弟意谓改作"偏又与"，以平声字居第一，则气势音节较吭朗，"相接"妄拟易"相啮"，不审如何。疆邨有"寒云啮垒"句。《蓦山溪》[2]一阕，疏朗清越，以气质论，则仍近白石而非东坡，东坡每于不经意处，自成旷逸，此境不可强求。白石固以幽峭警

---

[1]傅静庵《满江红·锦山隐庐》："滚滚洪流，又偏与、火云相接。沿栏望，芷汀螺市，尽收眉睫。滨海屋庐宽客坐，似山文藻凭君猎。况暑中，红紫一齐开，添闲蝶。　鱼之乐，周难诘。禽之乐，修能说。看敲诗翻酒，故情深结。醉踏癸辛街上雨，醒招丁卯桥边月。更应教，香入桂枝来，填双阕。"

[2]傅静庵《蓦山溪·游淡水湖用张元幹韵》："平湖水软，涵作颇黎色。斜日占孤亭，似传递、桐秋信息。一方云幔，倒影入空明，青欲了，碧还黏，森森鱼天白。　登山意爽，山翠襟头积。藤杖倚烟丛，又纷逐、尘车游客。闲吟未可，诗鬓已苍然，沙草热，井庐疏，此境君曾识。"

炼见胜，然往往有不甚刻意处，反觉标格隽绝者。不须一一细举。足下此词似之。希颖所赏数语，当为一篇最精策所在。然此种手法更非东坡，东坡淡宕，南宋人不易似此数语之意境。如谓玉田学白石，反较相近。傥拟清人，樊榭或偶得之，清季尠见，述叔更无此清穆处。《新娘潭》[1]意境新异而笔调苍健，比诸贞吉、其年固不多让，亦有直逼云起轩，但非宋人风调，因宋人未须如此着力。今人为词如未甚着力，仍袭宋貌，则易近平庸，如清初学唐诗矣。总而言之，非足下诗功之深，不能为此二词。《满江红》稍次之。日来甚忙，目涩痛更甚，随笔写成，不复复阅，错漏谬妄，统希恕之。覆颂撰祺。

弟庸斋上
八月廿九日

十一

甲寅（一九七四年）十一月廿日，先生致函傅静庵，谈港人诗。函曰：

静庵二兄足下：

接来示殊慰。耀明所说，颇疑正如足下料及。高君与敝戚襄

---

[1] 傅静庵《锦缠道·新娘潭》："石黛初匀，几处暗分香溜。又泠泠、谷音齐奏。夕晖悬树深难透。一径斜穿，岭腹何年剖。　且停车路旁，杖挥林薮。问孤潭、艳名谁受。自晚烟、飘到苍穹去，水昏岩暝，乱草随风斗。"

陵为圣士提反[1]同学,襄陵一向居家,自视极高,对拙作必不称意。高君于此道方初着手,必就问于襄陵,效果如何,不言可喻矣。弟性惯自卑,无所介怀。耀明既能"一眼关七",故设为此言亦殊宛委。至于属赋听晓山房词,自当如命。但日来心情甚恶,工作亦较忙,文思苦涩,谅需稍迟十馀日始能着笔,生恐内意空泛,难得惬心,晤时希先为见告。纫诗[2]与弟原甚稔熟,伊在胜利后一二年始学为词,常请指点。因曾学诗,故填词进境甚速。蔡君[3],弟未识,张亦赴港后始结识蔡君矣。纫诗所作再婚诗一律,穗中甚传诵,弟未及见,因廿馀年未有通信也。以潘[4]诗相比足下之词,颇堪发笑。尊词虽非专力,然颇多独到之处,一无词中惯见绮靡之习,二无词中惯用纤儇之意,其寓意造境,用笔行气,悉与尊诗相通。必欲求疵,无非出手略生耳。生亦佳事,能免俗也。潘最高乃师,而观其所作,与熊兄[5]无甚相通之处,在宋似曾学江湖诗派[6],在清则近船山[7]、定庵,甚至其绝句有近南社

---

[1]圣士提反:即圣士提反书院,香港最大的中学,创立于1903年。
[2]纫诗:张纫诗。
[3]蔡君:指张纫诗夫蔡念因。
[4]潘:疑指潘兆贤。
[5]熊兄:指熊润桐。即前文所云潘氏之师。
[6]江湖诗派:南宋诗派。因书商陈起所刊《江湖集》《江湖前集》《江湖后集》《江湖续集》等诗歌集而得名。江湖诗派诗人多以江湖相标榜,作品表现了他们不满朝政,不愿与之合作的态度,也反映了他们厌恶仕途、企羡隐逸的情绪。江湖诗派的部分作品对南宋社会有较为深刻的反映。代表人物有刘过、姜夔、戴复古、刘克庄等。
[7]船山:张问陶。

之作者,安能比之尊词。此道自有定评,非二三人之特好而能转移也。弟虽不能诗,苟勉强为之,恐亦稍劣于潘君,相去或未太远也。无他,亦手生耳。湛铨诗固佳,虽有驱山倒海之势,然终不着实,读之能耸人听闻。但有真工力。附来四律,足下固老斫轮手,无须更论。梁诗颈联,意本平庸,而出语如是之费力,且费了力也无好处,径觉其达意之难,不独未工,去文从字顺尚隔一层也。总之,弊在弱字。潘诗二联熟且俗,颈联并诗境亦无之,惟收语差胜。李[1]诗坚韵一语,何等辛苦,其他随手敷衍成章。弟不喜此类诗,如《山籁》诗可传阅,弟亦敢放胆作诗矣。梁有誉诗,广权生前曾借弟粗阅一次,《后五先生集》[2]无甚好处,去屈、梁、陈、曾[3]远矣。梁、潘、李数诗均从不脱离雅集着笔,以为得题,以致粘滞。苏、黄诗,友朋相和至多,写来不刻意,于切题,稍为涉及,辄抛去,而转抒发一己之怀抱,故文酒倡酬之篇虽多,终能卓越。弟生平甚少社课,恐强求题面致失己意。且粤中亦无此生活。耀明竟问足下曾看独漉诗否,可谓真不知足下也。近日穗中新进诗人均学独漉,青年尤多。陈荆鸿,港中诗坛之表表者也,一生惟爱独漉,"盛名"之下,当能影响耀明,至谓其抬潘君,则不得其解矣。弟近日极畏风寒,年年每值严冬,遍体倦累生痛,百事俱废。文略数月无信来,近闻致函其戚,冬至前一日返穗,未审有晤否?小女亦无信来,望多教之。此函勿示人,恐招惹是

---

〔1〕李:疑指李鸿烈。
〔2〕《后五先生集》:指南园后五子诗集。
〔3〕屈、梁、陈、曾:屈大均、梁佩兰、陈恭尹、释函昰。

非也。灯下呵冻匆覆,并颂冬祺。

弟庸斋顿首
冬至前贰日灯下

陈宝珍已有信来,陈情甚怆伤,原因含糊。香港情况想极复杂,对人的思想带来不少无法排解的矛盾。

十二

甲寅(一九七四年)除夕夜,先生致函傅静庵,讨论《烛影摇红》等词之创作体会。函曰:

静庵二兄足下:

廿六日示敬悉。定华[1]所指摘尊作《烛影摇红》数语未尽当。可能对语法平日未甚留心。"青"字乃从"山"字沿引而来,以色代物。"两山如拱"为实景,"青无数"乃感觉。"山如拱"是存在,"青无数"是意识。意识为存在之反映,何得为之无着落。荆公亦有"两山排闼送青来"之名句,其"青"字亦由"两山"沿引而出。如拦腰多插一"林"字,便觉破碎而非整体。将"青"字变成为"山"、为"林"而出,起句已有"海"字"湖"字,下文接上"山"字"林"字,二句而用四个名词,而欲以一"青"字总承之,实非所宜。凡以一气贯注之句,绝不应多

---

[1]定华:汤定华。

插名词，以分薄其形容力量。故彊邨则有"残墨山容、为谁青到钩帘处"，其词亦名作，如以汤意例之，则"山容"已有"残墨"作形容，"青"字益无着落矣。似彊邨即似梦窗，此语亦未尽然。似与不似，不能从外表求之，应从意境作比较，且大家之作，每因主题不同而以不同之手法与风格出之，使其意境、笔调与所赋题目相适应。五代北宋初期例外，因唐五代、北宋初期作品并无题目，有之，始自张子野《天仙子》之一个时期，故晏、欧、冯延巳等作品往往如出一人。王安石、苏轼始，为词多有题目矣。试问如登临怀古之作，能以"绮席金樽，粉融香腻"之词句与意境写之可乎？其谓《满江红》胜稼轩，益近胡说。稼轩佳处在能见性情，并非纯以笔力横重求胜。如以才气论，其年几欲凌驾稼轩。以于寻常景物，闲闲写来，具见性格，则其年与辛相去太远矣。平心而论，《烛影摇红》似尚胜于《满江红》。拙作不甚佳，但其中总算有主人、有自己、有听、有晓、有山、有海、有别墅、有文会。其风调仅如宋季江湖词人之一类，因绝不能将弟之沉郁块垒寄写其中也。文略来时，甚为逼迫，约一二小时连作带写，托之携返。后感到写得不好，于是又再度写成册页一幅，自行于昨晚寄与耀明。如此风调，耀明或能喜之，因无衰飒苍凉语也。<small>文略谓不能作凄叹语。</small>来示云将尊词与拙作并刻，恐彼此相形不相适应。以弟视之，拙作仅得熟练和畅四字。当逊足下一筹，因尊词迭语具有足下之真实体会，拙作则甚通套，其中并无弟一己之情怀也。因此，亦不能到达沉郁厚重之妙。尊书虽未经专习，但行楷之间，颇见凝重谨严，并非如足下自感之不佳。但改作吴道镕体,钉头鼠尾,如从书法而论,则不堪大方,倒不如行书也。前代作家如袁枚、定庵、其年、蕙风之书法均不佳,彊邨、述叔亦不佳,但不失为文人之书,价值亦甚高,盖鉴家以其为诗词家。以所贵者,乃其手迹,倪能免俗,已是足传。盖在彼而不在此,并不能以书法家之标准来衡量之也。故弟最怕人称之为书法家,因书法家必须写得好字,弟书法无基础,倪以书法家以绳刻之,所求必苛严,而弟则诚劣品矣。弟感作词甚辛苦,正与足下怕作诗相同。稍一瑕疵,则有累于名。但作品又安能每阕必精,且求精必费神,弟实无此精神也。以后,当改效足下之法,胡诌七言诗以作敷衍,倒不会为人严加指摘,可以托辞为我非诗人,作得不好,固所当然,亦应酬之一法也。攻击散原,无非借此攻击旧诗,不值一驳。旧诗确有可攻击之处,但绝非古玉鸳之流所能。懂得攻击,要极熟散原诗,知其好坏处,整个旧诗好处坏处,悉以洞明。如此对症下药,始行攻击,方能中要害。否则,蚍蜉撼树也。其《悼歌女》一诗,直是民初鸳鸯蝴蝶派所作哀情小说之插诗。其风格之低,足见其诗学之浅,又何能击倒别人。至于白话文,弟颇能写之。第一要诀是尽量减少的、么、了、吗、啊、罢之助语词,措辞明白如对话,畅所欲言,立论稳确,便是好手。如用助语词(的、么、了、吗)太多,则成俗调。足下古文如是条畅,焉有不能为语体文之理,只不过欠熟练而已。潘新安曾请我写扇面一个,送港币五十元。弟所预书之扇面,文略嘱加上潘小磐款,送与小磐。当时未及深思,现在想起来恐近于向阔人打抽丰一流手法,未免易为人轻视。拙作题听晓山房《木兰花慢》[1]，料已于耀明处得见，乞教正，恕不另录。因此函已过长，书竟神倦不堪耳。此函写了约一小时半，可见弟近日能力之迟钝。匆覆即颂，新年迪吉。

      弟庸斋上
      一九七四年除夕灯下

十三

戊午（一九七八年）十二月十三日，先生致函李文约谈万氏《词律》。函曰：

文约棣：

  来信收到，甚慰。我已于上周买了一本《唐宋诗举要》要送给你，淦源说，你快回广州，可以不必附寄。此书对唐诗选得不错，对宋诗方面，由于选者认识不深，将宋人近唐代风格的才选上去，因此宋诗的特点，就看不出来了。

  各词谱中，我认为《词律》是一本最严正的一本。除万树所论述之外，应该注意看杜文澜的补订。即在万氏所论之后，加上一个○的符号的，就是杜氏补订。因为万氏此书成于康熙年间，

---

[1] 题听晓山房《木兰花慢》：朱庸斋《木兰花慢·寄题梁鎞斋别业听晓山房》："晓山如拱玉，吟不断、隔江青。听一夜银涛，跳珠到枕，梦破沧溟。盈盈。故园望眼，料林泉歌吹竞新声。袖取蓬瀛海气，伫将时序诗情。　承平。别馆记曾经。湾路尚分明。羡一廛能专，幽花自媚，鹤语猿应。忘形。更招旧隐，倩西风、吹浪促秋舲。沙溆遥开霁色，闲杯未许同倾。"

许多词集未被发现，本子不少错误，亦未经订正。到了光绪年间，本子发现多了，校对之下，就发现万氏所引用的本子常有错误，是以杜氏便把它订正。后来印成的《词律》或称《词律全书》。都是附上杜氏补订，只有最早期的《堆絮园词律》，才是万氏的原书。

万氏为词坛大功臣，因为明代的词谱错误百出，清初的《填词图谱》尤为谬妄。往往将前人的拗句改成了顺句。且可平可仄任意加上。《图谱》一书在清初很流行，万氏全力引证，将它擅作可平可仄之处，批驳更正，不遗馀力。且《词律》以前之词谱，又从来不注意去上声之字。万氏《词律》则特别标出必须遵守指定使用上去声之字，使能保存宋人每调的突出点，使后世人得以依遵。

康熙《钦定词谱》所收之词调须较万氏为多，对于调名有所考正。尤其是对于凡属可平可仄之字，引出根据，这是比万氏详细。但只注意可平可仄之来由，忽视四声，没有指出必须用去上声之处，在这一点就远不如万氏了。且贪图多调，往往因为看到了引用底本有讹脱，或断句错误，又把它列为一体。这是此书大毛病，此书在广东不多，我有一本。

词的创作是需要的，许多选家或文学史专家，往往因为他们未有经过创作实践，是以所论常有错误。如要理论与实践相结合，必须既能创作，又能评叙。不过，从将来前途计，可能是从学术上较才情上为容易。

我生日后，梁锡源寄了港币一百元来，师母要来请同学在泮溪晚饭，悉用尽去。

你快回穗了,馀面谈。回穗时望抓紧时间,天天来舍讲课给你听,尽可能从学习上帮你的忙。新兴[1]没有什么出产,我什么都不要。恐念即覆,顺颂,学业进步。

分春

十四

己未(一九七九年)六月十九日,先生覆函李文约,谈温庭筠之成就与影响。函曰:

文约棣:

旬日,因感冒而患高烧至三十九度,四日不退,不进食已九餐。适在病中又空无人来,事事不便。一连服中药六天,庆大霉素注了十枝,今晨始稍愈。是以接到来信,多日未覆,但恐你挂念,故匆匆先行作答。关于温庭筠词的成就和影响,非专门讲一课不可,因对词学发展关系极大。温庭筠的好在何处,望检《白雨斋词话》第一卷开头十馀段。已语语中肯。不过将温庭筠抬到和屈原并论,那又嫌其过誉。因屈原寄慨乃为君国兴废而出之,庭筠寄慨,乃为个人得失而出之。怀才不遇,不得志于有司。故前人对温虽推崇至甚,亦未及言其以比兴喻国运,即张惠言亦不过谓其感士不遇而已。温庭筠为中国第一个的专业词人,其诗当然不如其词,且不能平列李商隐,相去亦远。以前诗人偶尔为长短句一二章,只

---

[1] 新兴:广东省云浮市下辖县。

可说词的滥觞时期，最初的开始。不能称之为成家。温词亦为中国第一个有词集的人，有《握兰》《金荃》两集，今散佚。词风格影响西蜀最大，亦影响南唐。是以《花间集》所选虽绝大部分是蜀人，五代的前后蜀。《花间》所录十八人中，蜀人占十三人，张泌应是蜀人，不是南唐的张泌，胡适考出来了。而偏偏要选不同时代唐的温庭筠为首，唐的皇甫松为次。可见蜀中为词是奉温庭筠为主的。婉约派中又分有疏密两派，温为密的一派，皇甫松为疏的一派。但皇甫松词太少，不能开风气，因此继而大成者就是韦庄了。前人说，温韦立而正声定矣。自此以后，北宋词无不受温韦二家影响，各类风格大多是从温韦为基础而演变出了。至于豪放悲凉一派，则又是从李后主后期作品演变出了。

还必须指出，近日的文学史常有"花间派"的名称，此名称不通。前人学花间只说"花间体"，并无"花间派"。体是指他们风格，派是由一些人提出主张，推进而成为风气者。历来评述书籍，提倡学杜的，从无说过是杜派。派是当时倡导者的称谓，并非由后人给它的称谓。如宋人之江西诗派、永嘉诗派，清代的同光诗派等是也。派的倡导人而有他自我主见。至于说温词对后世带来不良影响，则是近年解放后各本文学史中的公式语。因为既要肯定他，也要设法去否定他。为了适合出版的需要，你就非必定要把古人的作品写成不会完全好的，因为他们不懂马列主义毛泽东思想，从而突出只有社会主义工农群众的革命作家才能有完整的作品。因此对李白诗就要说带来逃避现实出世超尘的不良影响，杜甫诗就要说带来颓废消极的不良影响，《水浒传》是带来"江湖义气"个人恩仇的不良影响,《红楼梦》是带来追求异性沉酣恋爱的不良影响。千篇一律,各家都作如是观。就算是带来不良影响,是后来读者之事,是不善学古人之故,与原来作者无关。谁教你不能善于取长舍短呢?精华糟粕自古作家兼而有之,大家而作品存世夥者更多,取精弃糟确是善于学古。但是,文学史作者先生们不是这样立论,只是认为既说了精华,而不指出糟粕就不符合毛泽东思想,出版部门也不要你。这些作者先生,有些可能是不得不作如此说,有些可能是对前人好处实在并无真正认识。两者区别,就要凭我们自己的学识才能对待了。

你的《人月圆》词作得不好,也无可能要求必好,但词既是有格律的文体,就必须依其格律。你那首是不合格律,应该是:平平仄可平仄平平仄句仄可平仄仄平平起韵平可仄可平仄句平平仄仄句仄可平仄平平韵　平平仄可平仄句平平仄仄句仄可平仄平平韵平可仄平仄可平仄句平平仄仄句仄可平仄平平韵。你的第一句"一衣带水两相望"人家看了,就会读成是"仄平平仄仄平平"了,望字原可读作平声,除了将"两"字改为"遥"字,才会读成"仄平平仄平平仄"的。"热"字仄字声不合律,要改为"炎"或"温"。这首词我不打算代你改,因为改了也不会好。总之第一先求通顺,求协律,再求精美。写至此,精神很倦,方拟搁笔,又收到梁剑波寄来《肇庆文艺》一册,不暇即看。

暑期近了,你何时放假回穗?你说到师资问题,现在中山大学中文系负责指导研究生的师资更差,令人啼笑皆非。我所知道,目前研究生们比他们的导师高明得多,书也读得多,见识也广博得多了。麦淦源每周有来看我。其他想是忙,很少得见。望覆!
即颂学业进步。

        分春
        六月十九日

十五

  己未(一九七九年)七月廿九日,先生致函傅静庵,谈《咏木棉》词等事,函曰:

静庵二兄足下:

  前日得奉台函,即将拙稿如示改正。《咏木棉》[1]一词,所代易"犹暖、遥见"二字,至为恰当,可谓点铁成金。《渡江云》[2]一阕,正如何叔老[3]指出,颇嫌浮泛,兹改写为《齐天乐》,自觉

---

 [1]《咏木棉》:朱庸斋《齐天乐·木棉,用静庵调及同部韵却寄》:"晓阳初破千家睡,晴空绛都图展。绀雪融春,红桑换世,一顾万花容敛。薰风故苑。问夺目关山,是谁装点。向暝归鸦,蜡灯如炬引程转。 层楼休纵望眼,交柯馀几树,朱凤曾眷。濯锦霞轻,堆尘絮薄,客里征衫犹暖。蓉砂漫检。倩驻景神方,醉颜重见。梦落欢丛,只怜芳事短。"
 [2]《渡江云》:朱庸斋《渡江云·别静庵二十九年,己未夏日,自港旋里省亲,偕饮荔湾。越二日,竟又别去,赋此送行。垂老词笔,已趋平澹,欲如往日之绵密,不可得也》:"携来沧海泪,卅年梦阻,客燕警归心。旧家春在眼,柳外花边,踪迹暂相寻。行杯漫引,好珍重、顷刻光阴。消几番、陌头风雨,芳事久冥沉。 如今。飞蓬鬓发,送老蒿莱,付蛮烟一枕。应念却、秋台雁侣,候馆霜砧。江关词赋馀多少,叹庾郎、空托愁吟。明日又、离怀各自愔愔。"
 [3]何叔老:何叔惠。

仍未惬意。又将《渡江云》过片处加以改易，并付邮寄赠何叔老。词拟改写长调，弟为词偏重声律，小令非所擅长。得初稿后定当寄上呈正，藉以引玉。弟为病体所累，家境不安，困于生计。又不能尽蠲故习，故拮据愈甚。所以奉托物色函授者，无非欲求小补。今承耀光先生[1]惠予恤给，则一切都解决矣。望代为先谢。耀光先生盛德久被士林，求诸今日，不可更见。惜弟名与实远不相称，有失厚望，真觉受之有愧。拙作《分春馆词》傥承编入丛书，自当声价十倍，此间友人闻之，莫不相庆。弟存稿至严，一字不当，即便舍割，故所剩只百阕多些。今日从检一过，自觉瑕疵不少。且抄本常有讹误，亟须改正校定，始能分批寄上幼惠兄[2]代为书写。题中甲子拟尽删去，以减顾虑。幼惠兄书法甚佳，傥能藉此以存，亦幸事也。明季张山来谓，文人事事可蠲弃，惟一点名心坚如佛家舍利，至死不化。每念及此，自觉可笑。惟过渎幼惠兄，未免中心不安，容当谢之。至于足下及何叔老说项之情，铭感不尽，又非片言可能言谢矣。耀光先生见惠，免过烦渎，三月一次足矣。扇面已由佟立章寄赠五张，现方极忙中，稍暇当次第书之，设法倩人带上，不能过急也。专此，并叩暑安。

弟庸斋顿首
七月廿九日

---

〔1〕耀光先生：何耀光。
〔2〕幼惠：何幼惠，何叔惠弟。

十六

己未（一九七九年）十二月廿四日，先生致函李文约谈近况。函曰：

文约：

廿日函廿四日收到，淦源适在，与之共观，藉悉一切。我近日忙甚，应众挥毫，一个早上写字四十张，又天气转冷，体力益不支了。教育心理学、修辞学都是实用课程，望留意学习。淦源已能作七绝诗，意境尚清新不俗，稍加改易便可面世。贵校只用二十分钟讲授词学，即由学生写词，如此速成，使人十分佩服，我也要来参加学习。我教了四十年词，从来未见如此速成，不要说词史、词论、词律，即强成一首，也是非数月不可。五十年前，陈述叔先生在中大教词，因述叔先生很忽视词学发展及理论，宋词选一科，每周授课三小时，学期满考试，要学生每人作一首词。当时全系哗噪，能交卷的学生不及四分之一。以三十年代中，大学生的文化水平之高，也行不通，何况在今天你们校里。如此看来，这位老师一定不懂词学，我天天摸索填词速成方法，果真如此见效，能不值得我前来学习吗？你的两首词，照原稿改好，望细味之。今后读前人词，务须依照其声调格律，有可能最好放声读。我教淦源的方法，是首先学作对联，做成了七言对联，再要他续上第三四两句，便成为一首七绝诗了。起码能达到对仗工整，声律不错。元旦行届，时间匆迫，不来穗也罢。见梁医生时，希代问候，他如来穗，望过我一谈。匆覆。

并祝康健进步。

分春
廿四夕

十七

先生寄《水龙吟》词稿与吴三立,自评其中不足之处。

水龙吟

林碧筠女弟手摹仁晴阁画人李居端室名青山无恙图卷,为李居端所深赏,谓足以乱己之作,许亲为跋识,装池未竟,而居端遽归道山,碧筠旋亦远游海外,数载以还,人事迭更,死生两诀。癸丑新春,书家区季谋出此卷索题,感逝伤离,有不能已于言者。

从知无恙青山,相看那得终如故。春教眉敛,秋将容老,伴人清苦。尺幅移来,寸心描就,只供愁聚。叹炉边俊约,海涯羁旅,生死恨、应难补。 赭墨偏堆成泪,况披图、尚悭题句。林昏滞雨,帘深碍燕,旧踪何许。丘壑空寻,水天无梦,未须停伫。问客中谁为,鹧鸪声里,话乡关暮。

此词弟未甚惬意,拟不入分春馆词,而港中各人亟许之,遂难自决。《水龙吟》词上下阕均有六句四字语,一贯直下,原应以古文笔法行之，而为清真、白石、梦窗词派者，于此调佳制不多，亦缘以宛委损气。弟过于照顾全题，遂失大开大合之势。"春""秋"二语，似新实刻，"林""帘"二语，似深实衬，"尺幅""寸心"，出笔过率，收语亦浅近，虽重不厚。其事可存，其词未足存也。三立诗人以为然否？

庸斋初稿

宋词选析

词是一种具有独特形式和格律的文体，兴于唐代，盛于两宋，在文学史上占有重要地位。一向以来，唐诗宋词并称，因为唐诗宋词都具有时代特色，同样是时代文学创作的光辉代表。词早期是合乐的文字。唐代的诗歌如果要歌唱出来，必须由乐工在歌词上加上乐谱，然后才可以歌唱。词当时也叫曲子词，先将乐谱制订了，作者须依照乐谱所定形式将词句填充在乐谱里头，歌者就能按谱而歌，在歌唱方面比较起来就方便得多了，因此很快兴盛起来。词每一阕都有它的谱，而成为谱有一定的句，句有一定的字，字有一定的声，在用韵上也有固定的位置、固定押韵的条例。后来填词的人都是按谱而填。虽然在宋代作家之中，同一个词调，它的字句，它的声韵，亦有不尽相同之处，但这些是由于歌者精通音律，而便于变换。亦可能靠歌者使用用字的方法，用轻重乍徐缓急的歌唱方式，以求达到适应乐谱节拍的要求。后来就出现了词谱不同的作品了。

宋朝歌唱方法至元代不复存，后来作者只好依照前人的词谱、声韵、字句规定来填词，词的体制成了具有固定长短句式的格律式。由于词谱的构成中，句子有长短参差，用韵有疏密间隔，字的声有平仄的安排，作法抑扬顿挫，虽然词歌唱的方法失传，但写出来和诵读出来仍然有很丰富的音乐性，给人一定的感染力。

每个词谱都有它固定的形式,叫做调名或者词牌。填词必然要将词谱标出来,以令人知道他这首词的句式和韵位的规格。一个词谱,往往有好几个名,因为当时作者或者后来的读者因为这首词所突出地方,而改了新的调名。词调来源,归纳起来有下列几种:

第一种,来自外域;

第二种,来自民歌;

第三种,依大曲法曲掇取出来,或者制作而成;

第四种,由音乐机构制定;

第五种,是由乐工歌者制作;

第六种,是词人的创制。

词的句式是有规定的。比方五字一句的词,有上一下四、上二下三这些规别,七字词有上四下三,或者上三下四分别。用韵一首有用同一部韵,或一首换了几部不同韵的。

在词里头,有领字。在一句中,将第一字叫做领字,是要在一句中,作为领出下面几个字用的。词还有一种叫豆,即是在句里头第三个字稍作停顿一下,以接出下面的字句,这是填词必须遵守的规则。词的体制还有小令、中调、长调之分,大多数词都分有上下两段,叫做上半阕、下半阕。

宋词传世大概二万首,是当时流行的文体。两宋主要作家由于所处社会形势不同,身世遭遇不同,形成了各种不同作风。北宋初期,以至南宋后期,发展是十分明显的。一般习惯,就是按词所反映内容不同,来划作两个流派,一个是婉约派,一个是豪放派。整个宋代都是沿着两个流派不断发展。但这两个流派是按照概括的精神来划分的，这两个流派里面，还有作者具有不同的手法和不同的风格，成为后人所尊奉、所模拟或者加以继承、发挥的范式。现在介绍出来，不过是就宋词发展史上的两个流派，每一个时期较有代表性作家和作品，对宋词作为一管之见而已。

渔家傲

范仲淹

塞下秋来风景异。衡阳雁去无留意。四面边声连角起。千嶂里。长烟落日孤城闭。　浊酒一杯家万里。燕然未勒归无计。羌管悠悠霜满地。人不寐。将军白发征夫泪。

这首词是北宋初期很为突出的作品。作者范仲淹，是北宋卓越的军事家、政治家。传世的词仅有六首。其中有一首为李重元所作而后人将之混入。

范仲淹此词笔调沉雄，意境悲凉慷慨。在北宋初期是绝无仅有的，可以说是宋词豪放派之先驱。在当时所起的影响虽然不很大，但也能打破北宋初期词为艳科的局限，把柔媚婉秀之词，引向豪迈激昂的一路，对后来的苏轼和辛弃疾也起了间接的影响。

唐代的边塞诗是笔调雄放、意境壮阔、气势激昂而为后世所不易到的。宋代由于所处的环境和当时形势的关系，国势积弱，边塞诗不多见。至于边塞词则更少了。范仲淹此词是描写塞上风光特色、边防将士的心情的。词中继承和发挥了唐代边塞诗的长处。这是一首不可多得的佳作。可惜在北宋初期，士大夫们沉醉于歌舞承平的享乐，在征歌选色的筵席之间，如果歌唱着这种慷慨悲凉的作品，是不适应、不满足他们的需求的。于是这首词被说成是"穷塞主"之作。虽然作品在当时客观上还未能开创一派的风气，但到了苏轼，终于打破了诗词的界限，一洗绮罗香泽之态，摆脱绸缪宛转之度。词的内容才得到扩大。

  此词起句着一个"异"字，概括力是强的。边塞气候寒冷，才到秋天，景物一切起了很大的变化，木落草衰，天高云淡，风息物候，都非昨日。虽没有将"异"的风景马上点出，然而"异"的风景却已在人心目之中。第二句作更进一层的描写。塞外的秋天，天地萧索，寒气顿生，连南来的雁，也不愿多一刻滞留于此，急欲回到衡阳。雁也不欲羁留，何况于人？但却不在此处急于转入人事，而留待下半阕补足。以下三句，"四面边声"是耳中所闻，"千嶂""孤城"是目中所见。边声是边塞上的马嘶声、风号声、行伍移动声。这些声音都是紧随着角声而起。而这个角声又是入夜闭城的号令。以"千嶂"而衬孤城，就是说地处边防，除了崇山峻岭以外，只有孤城一区，更没有其他庄户。而烽烟直起，白日初沉，暮色苍茫，城关的门紧闭着，又是何等的荒寒萧索的景象！这些景象在唐人边塞诗里常见，今复得之于范仲淹之词。笔势雄劲，境界壮阔，却带着苍凉气氛，这是边塞诗的特色。

下半阕以抒情为主。这是爱国和思家两种心情交织在一起。"浊酒"句，是说离家万里，乡愁不断，固非一杯浊酒所能排除。"一杯"言其少，"万里"言其远，两者是相衬映的。如果这样写去，就变成纯以思家出发，无以表达作者强烈的爱国思想和感情，可是他在这里突然接上一句"燕然未勒归无计"，骤然一转，作者的爱国感情就跃然纸上。"燕然"句典出于后汉窦宪追北单于，登燕然山勒石刻功的故事。这里用来作为未能退敌立功之意。念远是为了思家，戍边是为了爱国，两种心情同时存在而又彼此矛盾，但通过"燕然未勒归无计"的描写，就明显地反映出作者爱国的思想战胜了思家的思想。也就是说，未能粉碎敌人的军事力量，安定边疆，是不能作归家的打算的。若要还家，先须破敌。这样着想，两方面的矛盾心情也就得到解决。唐人"不斩楼兰终不还"的坚定决心，作者同样具有。作者在他的《岳阳楼记》有"先天下之忧而忧"的名句，这名句可以作他这首词的注脚。先为国家安定边疆，然后再作归家的计划的观点，是坚定不移的。西夏在西北建国后，北宋王朝对它作战屡次失败。范仲淹和韩琦经略西北边防，才安定了局势。西夏人说范仲淹"胸中有数万甲兵"，民谣又说"军中有一范，西夏闻之惊破胆"，是因为他有坚定抗敌思想，才令敌人畏惧。史书还记载他能爱护士兵。从这首词收处三句，可见他很能够体会久戍边防、备尝艰苦的将士们的思想感情，对他们是深切关怀的。耳畔传来悠悠的羌笛声，眼前霜华满地，使人难以入睡。荒寒的生活，思乡的情怀，久戍的艰苦，将军为之白发，士兵为之下泪。语气虽较为低沉，却能充分

渔家傲　251

反映将士久驻边塞的艰苦，表达了作者抵抗外族统治者侵略的决心，以及表示了对宋廷积弱而不自振的愤慨。

作者原是有数首《渔家傲》，都是以"塞下秋来风景异"作起句的，可惜失散了，仅存这一首而已。

一丛花

张先

伤高怀远几时穷。无物似情浓。离愁正引千丝乱,更东陌、飞絮濛濛。嘶骑渐遥,征尘不断,何处认郎踪。 双鸳池沼水溶溶。南北小桡通。梯横画阁黄昏后,又还是、斜月帘栊。沉恨细思,不如桃杏,犹解嫁东风。

宋代有两个张先,都是字子野,又同在一个时期。这里所选讲的是浙江乌程人,曾做过嘉禾通判及都官郎中,有《安陆词》传世。

前人曾认为张先的词,是古今一大转移。就是说张先的词在从五代宋初的小令而发展为北宋后期的慢词(即长调)上起着过渡的作用。他的词有近冯延巳、晏殊、欧阳修蕴藉含蓄的小令,也有近乎柳永等发越铺叙的长调。这不是张先作品同时具有两重手法,而是张先的寿命颇长,八十多岁才逝世。他早期因和晏殊、欧阳修的交游而受到影响。后来由于对社会各阶层接触较多,又因为"凡有井水处即能歌柳词"的风气盛行,不能不受影响的。

同时又因为他从事创作时间相当长,而这个时期词的形式和写作手法正在不断演进,两者之间又是分不开的。由于他情有余而才不足,是以他的风格有所转格,这只不过是创作的历程,不能说他在由小令而过渡到慢词阶段中起着转折的作用。

张先的词,婉约流丽,造语比较自然,而在自然中有时却将一字或一句极刻意的研炼,刻画精警,以求新颖。初时因为他有"心中事,眼中泪,意中人"之句,时人号他为"张三中"。后来又因为他自认为得意之作中有"云破月来花弄影""娇柔懒起,帘压卷花影""柳径无人,坠絮飞无影"之句,而号他为"张三影"。他还有"中庭月色正清明,无数杨花过无影""那堪更被明月、隔墙送过秋千影"之句,都是极经意地来研炼那个"影"字,意境清新,既给人以静的感觉,又给人以动的感觉。其中尤以"云破月来花弄影"一语,着一"弄"字,便境界突出,当时宋子京又叫他为"云破月来花弄影郎中"。而欧阳修对之尤为称赏。这首《一丛花》词,收处三句有"沉恨细思,不如桃杏,犹解嫁东风",其中"嫁"字也是十分研炼精警,当时又称他为"桃杏嫁东风郎中"。

这首《一丛花》词是有它的本事的,据记载所称,张先少年时曾与一个出家为尼姑的少女相恋。但那老尼姑的性格很严厉,为了便于对青年尼姑的监视,令她居住在池上小岛的画阁中,但是仍然不能阻止他们热恋地来往着。到了入夜人静,小尼姑暗中从阁上将梯放下,使子野登阁相会。天色将晓,便须离去。后来终于诀别,张先不胜眷恋,遂作《一丛花》词以纪其所怀。这故事是很缠绵悱恻的,所以这首词很凄切动人。

　　这首词是模拟对方伤别的心情而写成的,不从自己怀念对方来写,而转写对方怀念自己,这是诗词中常用的手法。起二句便将一从别后每于登高临远,总是要触引起伤离念远的感叹概括地写出来。因为这是永远不能忘却的往事,是以这些伤怀也永远不能穷尽。而人类的浓烈感情,也是世间任何事物所不能比拟的。以下便转入写两人相别时候的情景,离愁缭乱,飞絮濛濛,是将情和景结合在一起,离愁是内在的情绪,飞絮是外具的景物。愁似千丝,缭乱难遣,已是难禁,而又面对着飞絮漫天,濛濛一片,更加使人增添了迷惘。心上的离愁,是不可能见诸形状的,可是通过了濛濛飞絮的反衬,使无可形状的心上离愁,在外间可以看得见,显示得出来。这样情和景就互相联系,迷离惝恍,交织一起了。"嘶骑"三句,是作为分别以后,凝情伫望的描写。马嘶渐远,听也再听不到;路尘障目,望也望不见。所分别的人,去程已远,踪迹已经无可辨认了。"渐遥"与"不断",说明了在分别的地方,徘徊延伫了很久。自此一别,便成为永远的回忆。

　　换头数语虽是写景语,却又是纪事语。池上的小岛,是当时居留的地方。"双鸳"是用来影射两人的眷恋有如鸳鸯的双栖。春水溶溶,正见景物的柔美可爱。因为这里是个池上的岛,无路可通,要靠小舟来往,方可相见,可是幽会的时间是十分匆促,只有待到黄昏之际,才可以放下梯子,将所欢接到画阁来。到了月影横斜,东方欲晓,就要分离,这千金一刻的春宵是如何地可贵!"又还是"三字,看来好像不甚经意,而在这里却是最重要的,因为通过这三个字将时光的短暂、无可奈何的心情刻画了出来,使人感到他两人无限依恋和叹息。收三句,是历来为人所传诵的。"沉恨细思",道出了内心的千回百转,想到自己在这摧残人性的社会环境里,失去了人生的自由,连桃花杏花还比不上,桃和杏在东风到来的时候,还可以接受它的温暖,和它共同生活,开花结果,是多么的幸福!而自己却受了制度的束缚,对所恋的人,却无可能永远相亲相爱地在一起。相别以后,踪迹渺然,只得孤单寂寞地过一生,每于登高临远的时候,又怎能忘怀呢?通过这个新妙的比喻,充分表达了她对幸福生活向往的绝望,自怜自惜,哀怨无限。"嫁"字尤为精警,虽然唐诗也有过"嫁与东风不用媒""莲花不肯嫁东风"之句,张先沿用在这句上,更加切合他所怀念者的身世和感情。这首词虽然从对方着笔写出来,但作者对所怀念者的心情,是能够深刻地体会到的,从而反映出自己对她怀念的深切。在张先来说,这是一首很出色的作品。

浣溪沙

晏殊

一曲新词酒一杯。去年天气旧亭台。夕阳西下几时回。 无可奈何花落去,似曾相识燕归来。小园香径独徘徊。

这是一时传诵而有代表性的作品。作者晏殊,最喜欢南唐词人冯延巳的作品,受其影响很深,词评家认为他所作并无逊色于冯延巳。并认为他风流蕴藉,一时莫及,而温润秀洁,亦是无匹的。晏殊的词词意含蓄婉约,语言柔和明丽。他是北宋初期重要词人。范仲淹、韩琦、富弼、欧阳修、王安石都出于其门。其门下客及官属能解声韵者,悉与之唱和。由于声望甚重,所以对宋词的风气,起了一定的推进作用。他的词吐属俊雅,意趣清新,无庸脂俗粉的气息。但因生活环境的局限,他没有也不可能有沉郁痛切、慷慨苍凉之作。所反映的大都是花前月下、酒罢歌阑、流连光景、追感昔游的生活。虽然取材比较狭窄,却能真实地道出他内心的感受,对事物的留恋,今昔的怀念,都是恰如其分地反映出来,情意宛转,真挚动人。他的风格在当时是起着很大影响的。

这首《浣溪沙》词,起句似平直乏味,经过第二句的补叙,原来却是对往日生活的回忆语。因为去年在此春光明媚的时候,曾于这个亭台对酒当歌,现在节序依旧,而人事已非,往日欢聚,徒供追念。这是一种倒叙,而不是平直作起。第三句是以景写情,又是故作问语,以强调他的感叹。一日之过去,明日又复重来,人尽皆知,何必一问呢?但经这一问,却隐藏着欢娱易散、无可重寻的感慨。"夕阳"是一日将尽之意,本来是伤感语,写来却很含蓄。前人所指蕴藉,就是此类。换头二句,是千古所传诵的,"无可奈何""似曾相识",语工意巧,而又十分浑成自然。句意相对却又能统一起来。看来好像并不费力,却又似经意刻画。在技巧上惯为人称道,乃在于此。春花落去,无可挽留,有如欢会易散,只付奈何叹息。而去年燕子,尚且归来,宛似旧曾识面,犹得聊共相亲。上句是懊恼语,下句是喜慰语。人生哀乐,易于怅触,如此相衬映,正是其婉妙之处。收语以"小园香径",遥对"亭台",徘徊往复,见其凝练的形象。其感受正是在此徘徊中得来的。"独"字补出了眼前之寂寞,以反衬往日之歌酒相欢之乐。全首字面上不着一"情"语,然而情悉在景中。含蓄蕴藉,意在言外,正是晏殊的主要手法。

晏殊自己也很喜欢"无可奈何花落去,似曾相识燕归来"的联语,他在示张寺丞王校勘的七律诗中,就以这两句作为腹联(即第五、六句)。但这两语用为诗句,显得纤弱无力,而放在词中反觉得柔婉空灵,低徊有致。晏殊是词人,亦是著名诗人,可能自己感到此二句放在词中远比放在诗中合适，因而反复用之，是以后世对此二句不作晏殊的诗来欣赏而作为词来欣赏。可见各种文体都有它独特的风格，而风格又必须与形式相适应，方能尽其妙。诗和词的风格是有区别的，因此要求上就不相同。晏殊这两句，正好说明了诗和词的界限，这一点清初王阮亭已经指出来了。

蝶恋花

欧阳修

庭院深深深几许。杨柳堆烟,帘幕无重数。玉勒雕鞍游冶处。楼高不见章台路。　雨横风狂三月暮。门掩黄昏,无计留春住。泪眼问花花不语。乱红飞过秋千去。

此词有些选本作为南唐词人冯延巳所作。宋代女词人李清照认为是欧阳修的。李清照和欧阳修时代相去不甚远,似较可信。

欧阳修词的风格,和晏殊十分相近,同样是受南唐冯延巳影响很深。他们二人的作品,有不少词互相混入,使人很难辨别。昔人曾指出,冯延巳词,晏同叔得其俊,欧阳永叔得其深。诚然晏殊的词是俊丽见胜的,但意境上不如欧阳修之深。从二百多首的《六一词》来看,欧词的题材和内容都不似晏殊的局限,风格也有所不同。欧阳修屡经外任,曾知滁州、扬州、颍州、亳州、青州、蔡州,对社会面接触较广,对景物人事的描写较有生活气息,词笔也新颖清朗,流丽自然,故前人评它疏隽的一面影响了东坡,深婉的一面影响了少游。偶然一二首长调,又很近似柳永。

他还有不少温香绮艳的言情之作,宛转真挚,而以情致见称。由于欧阳修是当时一代儒宗,对于他的言情之作,时人认为是鄙亵卑下,有损他的声誉,便认为这是他的仇人某某故意盗用他的名字,写来中伤他的。其实这类作品也并非不好,我们不应该用道学家的观点来轻视它,而为欧阳修作不应有的掩护。北宋初诗词的界限是很分明的,认为"诗以言志,词以抒情","诗庄词媚"及"词为艳科"(即是说词应属温香绮艳的一门)。这些观点成为一时的风气。欧阳修的文章,固然是一代大家,他的诗也很负盛名,气势沉郁,吐属高隽。而其词却旖旎缠绵,风致绝胜。好像他的作风具有两重面目。实际上一个人不可能整天板着面孔说道学话,也未必只会说匡时济世的语言,摒绝了其他的感受。儿女之情,相思之意,在人类的私生活中每有存在的。这些内容既不宜付之言志的诗,更不能付之论道之文,只好付之于视为"艳科"的词,借此遣兴抒情而已。欧阳修的诗和词面目的不同,除了使我们体会到文体不同,风格各异之外,还充分说明了当时"诗庄词媚"风气的盛行。

这首《蝶恋花》词以往有些评选家认为是有所比兴的,是用暗喻的手法以抒发作者对朝政不满的感叹。据清代常州派的词人张惠言所说,"庭院深深",闺中邃远也;"楼高不见",哲王又不悟也(语出屈原《离骚》,宫闱深远,楚王不觉悟的意思)。"章台""游冶",小人之径;"雨横风狂",政令暴急也;"乱红飞""去",斥逐者非一人而已,殆为韩(琦)、范(仲淹)乎。张氏这一说显然是牵强附会,未可为据的。然而此词境深语切,

蝶恋花　261

掩抑迷离，给人以意在言外、若有所指之感，这是因为意境上具有许多层次，越转越深，一时难于捉摸，就认为是有所寄托。真正的内容未有肯定，空言寄托，也是虚渺而无归的。从字句所表现的，应该说是写一个少妇思念夫婿。她的夫婿终日游冶在外而冷落了她，使她深闺独守，在风雨黄昏、春残花落的时候，怅触遭遇，惋惜青春，其情怀是十分零乱和苦闷的。作者以形象的手法，逐步深入地来刻画她的内心感受，写来却是凄迷悱恻，哀惋动人。

此词起句连用三个"深"字，但和唐诗"夜夜夜乌啼到晓"的"夜"字的用法有所不同，因为这里的三个"深"字要分作两截来看，上面两个"深"字是言感觉，叠用两个"深"字加强对庭院幽邃深窈的形容。下面的一个"深"字是设问上的，因为感到了"深深"，才引出"深几许"的相问。第二、三句以景物之形象对"深几许"的疑问作答。这是诗词惯用的手法。杨柳为暮烟堆积于其中，当非两三株之数，而是丛柳或成行了。其院落的深邃可想见。院落的帘幕重重，其深邃又可想见。但庭院有几许的深，还是不能估量的。第四、五句，是描写这少妇独守在幽深的庭院中，其夫婿游冶的踪迹，是无可得而知的，就是登上高楼凝望，也望不见他"玉勒雕鞍"所在的"章台路"。"玉勒雕鞍"是指以玉装饰的马衔和雕花的马鞍，借以形容乘马人是个贵介公子。"章台路"是汉代长安的章台街，为妓女居住的地方，后来作为妓女聚居地方的代称。这两句是倒装句，即是说登上了高楼也望不见"玉勒雕鞍"、"游冶"的"章台路"。有些人将"玉勒"

句当作写走马王孙,将高楼远望这句说是写空闺少妇,那么就将上半阕的中心内容分散了。

下半阕以沉重的笔调来形容闺中少妇凄清孤寂的心情。"雨横风狂",眼前突然起了变化,时候已是三月将暮,大好春光正从风雨中归去,无计可以挽留。门深掩,独守黄昏,联想到自己的青春,也要从孤单寂寞中消逝,这些创伤又有谁人怜惜呢?春花是经过风雨的摧残而凋落的,它的命运和自己有相同之处。在无以排解之中,只有寄希望于落花,或能得到花的同情。收二句评论家认为含有几层的意思,大致都是说:以"泪眼"为一层,因伤感而致下泪。"问花"是一层,带着泪来"问花"。"花不语"又是一层,是得不到花的同情,花对自己不予理会。"乱红飞""去"又是一层。落花非但不理会自己,还随风"飞过秋千去"。这样,花能对自己同情的希望也完全落空了。"问花"不过是痴想,而作者却能将这个痴想的形象描绘出来,这个闺中少妇深沉悲哀的内心在词中得到显示。技巧上是从情景交融中而达到愈转愈深的意境,缠绵悱恻,至足感人,对后世常州派的作者,起着很深远的影响。

蝶恋花

柳永

独倚危楼风细细。望极离愁,黯黯生天际。草色山光残照里。无人会得凭栏意。　也拟疏狂图一醉。对酒当歌,强乐还无味。衣带渐宽终不悔。为伊消得人憔悴。

柳永精通音律,放荡不羁,在宦途上遭遇是坎坷不平的。失意无聊,流连坊曲,日与伶工歌者相接近。为了适应当时汴都市民阶层的情趣,及使他们易于理解,因此写出来的词,一般都是语言通俗,意境浅近,以求迎合他们的生活情趣,遂至风行一时。当时教坊乐工,如果制得了新谱,必求柳永为之填词,始能行世。当时有个来自西夏的使官,就有"凡有井水处即能歌柳词"之说。这就是说:只要有人居住的地方,就有人能歌唱柳永的词。可见柳永的词在当时是十分流行的,并得到普遍的爱好。但是文人和士大夫们却很轻视他的作品,将他说成是"俚俗",是"词语尘下",认为不能登大雅之堂。连好客爱士、喜欢和僚属宴饮唱酬的晏殊,也当面讥笑他说自己不会写出像柳永"针线闲拈伴伊坐"的俗句。当他应进士下第时，其中有"才子词人，自是白衣卿相"和"忍把浮名，换了浅斟低唱"之句。后来有人荐他的才学，遭宋仁宗的恼怒和斥责，说"此人风前月下，好去浅斟低唱，何要浮名？且填词去！"柳永遂称"奉旨填词"，益发放荡。为屯田员外郎时，有老人星出现，柳永那时方希望擢用，进呈了一首《醉蓬莱》词，不料词中字句为宋仁宗所不满，将词掷于地上，不复擢用。传说他死之日无余财为敛，由众歌伎合金葬之。每逢清明节，众伎聚饮于其墓侧，谓之"吊柳会"。

五代及北宋初期，文人士大夫填的词多为小令，手法又多是婉约含蓄，词语典雅，一般大众是不易理解的。到了柳永，他长期流荡于歌楼舞榭，而这些地方士大夫们是很少到的，他们有的是家伎、官伎行歌侍酒，而平民商旅则常来遣兴。这些市井之民的思想感情生活，柳永是很熟悉的，并成为柳永作品的主要题材，所以前人就说他工于羁旅行役之作。但是都市繁盛的生活日趋复杂，如果要反映出来，却非含蓄婉约的小令所能胜任，由于字句所限，故不能达到尽情描绘。柳永是精于音律的，于是变旧声，创新声，大量地推行慢词，既使用了一些当时已得到流行的慢词，也创制了不少的慢词，一时慢词普遍流行，于是词的形式得到新的改革和发展，词的历史进入了一个新阶段。从这个时期起，慢词的体制逐渐兴盛起来，和小令并行着，甚而慢词的应用还有过压倒小令的趋势。

北宋初期的《蝶恋花》词，都受南唐冯延巳的《蝶恋花》词影响，而晏殊、欧阳修所作的《蝶恋花》词受影响特别深。到清代和近代,填此调者也不免或多或少受着冯延巳的影响。他们所填的不少是境深意晦,宛委转折,令人不易测其所指,因此不少评述家将它说成是比兴体,以暗喻的手法,意内言外,而有所寄托,引出牵强附会的理解。柳永这首《蝶恋花》词虽然写作的时间和晏殊、欧阳修相近,但无论在风格上、手法上、语言上都有所不同,它只是平铺直叙,出以自然,而见他工于言情,对登高惜别的情绪发挥得淋漓尽致。如果说冯延巳、晏殊、欧阳修那些是比兴体,那么柳永这一首就是纯用敷陈其事而直言之的赋体了。小令本非柳永所长,然通过这一首《蝶恋花》词,可以认识到柳永力求摆脱当时在士大夫中盛行的南唐词风,来创造自己独特的风格。

  这词起三句先从登楼倚立、凝望远方写起。"风细细"是倚栏的感受。"黯黯"既形容天色,也兼形容离愁的沉重,将外界所见和内心所感交织起来。天际是无穷无尽的,而离愁也同样无穷无尽。这里用了一个"生"字,也说明了未登高望远之时,还未有如此沉重的离愁,触景生情,想到自己的恋人远在他方,于是黯然的离愁自天际而生。"草色"句补写所见的景物,以"草色山光"补衬遥远的"天际",以"残照"来承上句之"黯黯",再以"无人会得"来遥承首句的"独"字。"凭栏意"即离愁。离愁之沉重只有自知,而对所怀念的人思之愈切了。

  下半阕纯乎写情。"也拟"、"图"、"强乐"的"强"、"还无味"的"还",用来很见转折的手法,且很有层次。先是想着放肆地饮酒听歌,企图一醉来排遣沉重的离愁,但是独自一个人勉强地去追寻欢乐，也还是不能引起情趣而将离愁排遣的。收二句下笔极重，语意真切，这里再不是沿用晏殊、欧阳修含蓄的写法，而是将对所怀念人的爱之深、思之切，尽情尽致地刻画出来，感情是十分强烈、奔放而坚决的。为了思念这个人，就是瘦减了，衣带宽了，也是甘愿的，为她而憔悴是值得的。"消得"二字很突出，具有很强的表现力和感染力。这首虽是小令，但和他的慢词的风格手法都是一致的。

雨霖铃

柳永

寒蝉凄切，对长亭晚，骤雨初歇。都门帐饮无绪，方留恋处，兰舟催发。执手相看泪眼，竟无语凝噎。念去去、千里烟波，暮霭沉沉楚天阔。　　多情自古伤离别。更那堪、冷落清秋节。今宵酒醒何处，杨柳岸、晓风残月。此去经年，应是良辰好景虚设。便纵有、千种风情，更与何人说？

此词是柳永有代表性的名作。词的内容，是写柳永自己在都城汴梁（今开封市）遭受排挤，将要离开首都，和他的恋人分别时的情景。虽然是恋情惜别词，但也渗透了一些失意的情绪。全首铺叙的次序是很分明的，自然中见沉郁。这应是写自己的真实感受，和其他一些为人而写的作品不相同。为人而写的不可能有这样的真切。"杨柳岸、晓风残月"一句，尤为千古所传诵。

在时间上，此词是由薄暮而写到第二天初晓；在过程上，由话别而写到分手伤别；在感情上，由当时写到别后的将来。意境越转越深，情感也越觉其真切。柳永工于言情。全首用语是情多于景。于长亭遇雨,是实景,烟波暮霭,是虚想之景,"晓风残月"也是想象的。由于有强烈而真实的感情,所以用不着过多地作景物的刻画。由浅而深,由近而远的铺叙手法,正是柳永的特长。

起首三句是写景语,但和别情是很切合的。长亭话别之处,雨过蝉鸣,天色近晚,这些景物已是充满了别时的气氛。蝉感雨后新寒而作出凄切之音,而人在临别之际同样也有不胜凄切之感。此处将内心的境界和客观的景物融合起来。唐温庭筠的"杨柳又如丝,驿桥春雨时"二语并无直接写出惜别,而别境却很突出,有如面对着一幅相别的图画。和柳永这二句一般,都是以景来烘托情的。不过温庭筠二句是小令,只能用压缩的手法,不去尽情描绘。而柳永这首是长调,必须在下面加以补足。"都门"是指首都城阙之外。古代设有流动的帐幕供人饯别饮宴,谓之"帐饮"。江淹《别赋》就有过"帐饮东都"之句。在临分手的一刻,别绪万端,哪里还有心绪进酒?何况出发的兰舟又在急催启程,已是再没有留恋的时候了。这样承接,使"无绪"又进了一层。到了这时,临别应该有千言万语要说,但只有凝噎而不能出之于口。唯有泪眼相看,内心的凄切,已非语言所能表达。"竟"字是诧异之词,许多语言未能吩咐,实非意料所及。正是平直中见曲折。江南一带,为古代楚国之属地,作者可能由汴梁赴江南,想到所去之地,相距千里,水程遥远,暮霭烟波,不胜凄黯。这句虽然是想念客程景物,然而也借此反映出作者展望前途,内心是无限沉暗的。

下半阕转入写相别以后的惜别情绪。感情丰富的人对于离情的感触从来都是特别敏锐的,何况还在这个凄清冷落的秋天季节呢?"更那堪"三字就是将上面的一语来加上一层。句中有豆(本字为"读",简写作"豆",现代标点用顿号表示。)是词特有的句式,它的作用往往是将上句的意境推深推远,来作为转折变化的表达,这样语意就更加重和充实了。"今宵"二句,是全首最精警最突出的句子。我们不能只从"晓风残月"这四个字来欣赏它,要从章法来看,如果这句子在别一个位置,这就不过是寻常的句子,但作者把它放在这里,恰成为绝妙好词。作者是在都门"长亭晚","暮霭沉沉"入夜之前,和相送的人醉中分别,独自下兰舟的,到了"晓风残月"时候,宿酒醒来,所乘的小舟,已到了浦溆萦回的"杨柳岸",距离分别之地已经很遥远了,而这"杨柳岸""晓风残月"的风景又是无限凄清感人。作者此时十分迷惘,醒来眼前景物与别的景物,竟是地异时迁。"何处"二字益令人惆怅。"杨柳岸、晓风残月"就上文"清秋节"的补写一笔,前人所谓"就上二句意染之",就是将冷落清秋节的景象深入描绘出来。虽云景语,实则亦情语。因此时此境,眼中所见与心中所感都混成一片了。"此去"数句,是作者对未来的冷落凄清生活的设想。作客他乡未尝无"良辰好景",然而,那时对着"良辰好景",则不免要触引起无限的风流情思,而所恋的人相隔千里,风流情思,谁堪共说?这"良辰好景",终非属自己所有,于我只是虚设而已。语虽浅近,而能殷切,故不相嫌,转觉有尽情发挥之妙。

临江仙

晏几道

梦后楼台高锁,酒醒帘幕低垂。去年春恨却来时。落花人独立,微雨燕双飞。　　记得小蘋初见,两重心字罗衣。琵琶弦上说相思。当时明月在,曾照彩云归。

这是历来传诵的名作。作者晏几道,字叔原,号小山。临川人。宰相晏殊之幼子。传世有《小山词》,凡二百六十首。其风格仍是南唐一派,秀气胜韵,绮艳清丽,工于言情,缠绵真挚,动摇人心。他不肯趋时附势,所以一生都是不得意,只做过监颖昌许田镇和开封的推官,是一个没落的贵介公子。

当时的著名诗人黄山谷为他的词集作序,指出他有四痴:一是浮滞于卑小的职位,而不肯去依附权贵之门;二是不肯做歌功颂德的新科进士文字;三是耗尽资财,家人饥寒,他却毫不在意;四是他相信了的人,就是一百次对他不起,他始终不怀疑、不怨恨。他这种个性,在宦途中是一个短处,但是作为一个词人,这就是一个长处,能够毫不掩饰他突出的个性,抒发自己生活上的真正感情，写出来的作品，给人以强大的感染力。

《小山词》的内容，绝大多数是描写相思恋情的，以婉约缠绵的情致、哀感顽艳的笔调，写出对以往欢娱陶醉的生活的深切感受和回忆。据他词集的自序所说，他的朋友沈廉叔、陈君龙，家中有名叫莲、蘋、鸿、云四个歌女，每次对酒听歌，常将当时宴中之事，以词纪之，以为笑乐。后来沈廉叔逝世，陈君龙卧病，这四个歌女便流落民间，是以他词集中的作品，主要的就是记述他和莲、蘋、鸿、云四人悲欢离合的际遇。这首《临江仙》词，当是怀念小蘋而作的。

这四个歌女在晏几道的《小山词》中，是不断地出现的。他称她们为小莲、小蘋、小鸿、小云。在往代诗词中，每遇到要写所怀念者的名字时，往往只习惯用借人喻物或借物喻人的影射手法。像晏几道这样直接将所怀念者的名字在句子屡屡不断写出来，应该说得是一个创举。例如在《小山词》中，就有如"记得小蘋初见""说与小云新恨也低眉""凭谁寄小莲""赚得小鸿眉黛也低颦"等句，都是将她们的名字直写出来，而写来却很自然，并没有硬套之感。他的词中，小鸿出现得较少，小云也屡提到，对小莲则十分关切、怜惜，应说是交情比较密的。在他笔下，最美丽的应说是小蘋，他并不是如惯见的写她面貌、身材的美好，而用"小蘋若解愁春暮，一笑留春春也住"来形容。可见小蘋的容貌是丰姿绰约、娇媚绝伦的。这样写容貌，新颖卓越，而无一点庸俗的脂粉气息。

晏几道以一个贵介公子的身份，对这几个歌女一往情深，这在宋朝士大夫阶层之中,是很难得的。有人说,他在词集中对她们流露出丰富而真切的感情,跟后世《红楼梦》所描写的贾宝玉性格有相似之处。

这首《临江仙》词,起二句,以"楼台高锁""帘幕低垂"来形容凄清冷落的景象。这些景象见于梦后酒醒之时,倍觉怅惘,因而引起他追念往日如梦中、如醉里的欢娱生活。今则无可追寻,只看到四周的空虚寂寞而已。"去年春恨",是转折句。相会相别,都是在去年春天,过去了的春天,今年又重到人间,而去年的别恨,也随着来到离人的心上。点出"春"字,引起下二句的景物,因为落花和微雨是春天常有的。而在这景物之前,人则孤单地独立,而燕却能亲密地双飞——以双飞的可羡,来衬着独立的可叹,情景交融在一起,构成了凄清的意境。"微雨""落花",以景物的形象来增添内心的迷惘。无怪后人称为千古不能有二的名句。然而这两句却不是晏几道的创作,而是袭用五代翁宏的残春诗的。翁宏诗:"又是春残也,如何出翠帷。落花人独立,微雨燕双飞。寓目魂将断,经年梦亦非。那堪向愁夕,萧飒暮蟾辉。"可是后人对翁宏这两句诗并没有重视,而晏几道袭用之后,却将它作为他的名句呢!这两句在翁宏诗中,层次上无甚深婉宛委之处,这是所放的位置不同,所以情致并不突出,显得平平无奇。而晏几道此词上文有了"楼台高锁""帘幕低垂"的凄清寂寞的叙述,对梦中、醉里的欢娱生活深切的回忆。春光依旧,人事已非。经过这样的描述,才引出这情景相生的两句,因而显得妍美凄婉,表现出翁宏所不能表现的境界。这就充分说明了我们对于前人的作品,须从全篇着眼,不能单凭一字一句来作出定评。

　　下半阕以平铺直叙来补出相见的往事。因为初见的印象最深刻难忘,作者从小蘋衣服式样的美好、香气芬芳使人难忘于怀去描写。"心字罗衣",有两个解释,一说用心字香来熏过的罗衣,一说衣领上有重叠的篆文心字花纹。后一说似较新颖。欧阳修词有"一身绣出,两同心字,浅浅金黄"之句,因此有人看成是寄寓着心心相印之意。"琵琶"一句,写出两人一见倾心,从琵琶弦上传达了相思之情。初见已是如此,那么以后相会的欢娱和别后眷念之殷切就可想而知。收二句不是写最后的分别,而是初见时的分别,追忆着当时曲终宴罢,小蘋踏月归去的情景。明月如水,照着冉冉归飞的彩云,境界是如何地清丽!将别时留恋的心情,都刻画出来。这里所表现的只有依依惜别景象,还不是一从别后,再不相逢的哀怨情调。且此处是从"记得""初见"一贯而下,所以说这只是追写初见时的分别。此二句与上文"落花""微雨"都是不言情而情在其中。前人谓此词"既闲婉,又沉着"。这是《小山词》中为后人称道的佳作。

江城子

密 州 出 猎

苏轼

老夫聊发少年狂。左牵黄。右擎苍。锦帽貂裘,千骑卷平冈。为报倾城随太守,亲射虎,看孙郎。　　酒酣胸胆尚开张。鬓微霜。又何妨。持节云中,何日遣冯唐。会挽雕弓如满月,西北望,射天狼。

宋词到了苏轼,起了很大的变化,可以说词境至苏轼始大,题材至苏轼始宽。苏轼对宋词的发展作出了很大的贡献。柳永推动和发展了慢词,对宋词的形式进行了改革。苏轼更进一步地改革了词的内容。苏轼对词的发展作出了如下的贡献:一是摆脱音律的束缚。北宋的词,以歌唱为主,填词首先要求协律。苏轼词感情洋溢,意境空阔,时人谓其词"横放杰出,自是曲子中缚不住"的。他不肯因律害意,不肯"剪裁以就声律"。他主张词的文学性重于音乐性,词不一定都要能协律歌唱,而应作为一种长短句形式的诗。这是适应了内容的改革。这种打破音律局限的主张,适应内容改革的需要,有利于发挥词人的个性。他这个创举,在当时受到不少人的评抑,认为"虽极天下之工,要非本色"。但从词学的发展来看,这些"非本色"正是苏轼最出色的成就,对词的发展起了很大的推动作用,产生深远的影响。二是将诗词结合起来。苏轼以前,词的风格一般都是继承五代、南唐。一般作者都信奉"词为艳科""诗庄词媚""诗以言志""词以抒情"的主张,将诗和词从字句、意境和内容方面划分严格的界限,以绮艳蕴藉为词的正宗。苏轼却打破了这个传统的观念,在创作实践中,使诗和词结合起来,创造了高远清新、豪迈奔放的词风。三是扩大题材范围。五代至北宋初期,词的题材范围很狭小。一般作者总不外乎写绮筵绣幌、相思恋情、舞席歌场、伤离惜别的内容。到了苏轼,便一洗绮罗香泽之态,摆脱绸缪宛转之度,无论什么题材,什么思想感情,都可以用词来表达。取材丰富,"无意不可入,无事不可写",举凡吊古伤时、说理咏史、朋友怀念、农村风物、山水风貌、身世感叹,都能以词出之。他为宋词开辟了新天地,"指出向上一路,新天下耳目"。

此词乃作者在山东密州任内时出猎之作,借来表达自己见用于世,安定西北边防的意愿。时西夏和辽国对北宋的边疆不断地进行军事威胁。作者在另外一首诗中有"圣朝若用西凉簿,白羽犹能效一挥"的壮烈诗句,和这首词同样地表达了打击来犯敌人的决心。这是一篇具有强烈爱国思想的作品。首句"聊"字,是为了理想和现实的矛盾而发的。因为既被贬于密州,不能致力于西北边防,为国效力,雄心壮志无由实现,姑且借着出猎来抒发豪情吧！"聊"字隐含着作者满腹的牢骚。作者是时年近四十岁，故以"老夫"自称，这里隐藏着年岁老去，惋惜少壮时未能建功立业的意思。作者在《念奴娇·赤壁怀古》词中对周瑜壮年能破曹立功是十分向往的。第二、三句"黄"指黄犬，"苍"指苍鹰，是说牵黄犬擎苍鹰出猎。"锦帽貂裘"本来是描写服饰的华美，这里借来形容出猎队伍的整齐雄壮。"卷"字形容队伍一气包围了平冈，有如席卷之势（好像将平冈收取一般）。"为报"三句描写为了报答满城的百姓都随同去看出猎的盛意，作者要显示出孙郎射虎般的气概。太守，即知州，是一州的行政长官。作者此处以三国时孙权亲自乘马射虎的故事来自喻。以上数语写来有声有势，气势奔放，使人如面对一幅太守出猎图。

换头三句写喝了酒后更觉胸怀开旷，胆气豪雄，就算鬓发有些霜白，对自己的雄心大志是没有妨碍的。这里遥应开端的"老夫"，说明了心力还是不老。"持节"句表达了作者殷切的期望，也是全首的主题所在，因为作者虽然被贬到密州，但总是盼望朝廷能够起用他的。汉文帝时，云中太守魏尚（今内蒙古托克托县一带），阻击了匈奴的侵入，因报功时所列杀敌的数字与事实不尽符，就将他判处徒刑。冯唐向汉文帝言魏尚功大罚重，汉文帝便派冯唐持节（即传达命令的符节）去赦免了魏尚的罪，仍派他任云中太守。可见作者急切期待着有一天能够起用他为边防效力，如汉文帝派遣冯唐去复用魏尚一样。收三句是作者自述强烈的报国志愿。就是说，到了那时，就会亲挽雕弓、将弓弦满引，射落西方的天狼星。古代传说天狼星的出现，必有外来侵略。这里

"天狼"用来指西夏。

全首词豪情奔放,主题鲜明,表现了作者渴望亲临边防建功立业的壮志。南宋的豪放派词人,深受这首词的影响。

永遇乐

苏轼

彭城夜宿燕子楼,梦盼盼,因作此词。

明月如霜,好风如水,清景无限。曲港跳鱼,圆荷泻露,寂寞无人见。紞如三鼓,铿然一叶,黯黯梦云惊断。夜茫茫、重寻无处,觉来小园行遍。　　天涯倦客,山中归路,望断故园心眼。燕子楼空,佳人何在,空锁楼中燕。古今如梦,何曾梦觉,但有旧欢新怨。异时对、黄楼夜景,为余浩叹。

此词乃苏轼知徐州时梦登燕子楼,翌日往寻其地而作。据宋人笔记载,苏轼作成此词,还未给人看过,可是在徐州城中已有人歌唱了。苏轼甚为诧异,诘问其故,原来那天晚上,有一个巡逻的兵卒,是懂得音律的,听到了歌唱这首词,遂将它记起来,因此就传播了。此说虽未足信,却说明了这首是传诵一时的名作。唐代徐州尚书张建封有个很受宠爱的家伎,名叫盼盼,善于歌舞,姿态雅丽。张建封徐州旧宅有小楼名燕子楼,张建封死后,盼盼恋念他对自己的宠爱,不愿再嫁,独居小楼十余年。诗人白居易有诗纪其事。苏轼于1078年任徐州太守,时年四十三岁。此词怀古感梦,寄发幽情,全篇并不着意于张建封和盼盼的往事,更没有写梦中所遇,只写醒后追寻梦迹时对景物的感觉,从而抒发了对久别的故乡的怀念,以及对将来时移事迁后的想象。其中"燕子"三句,晁无咎极为叹赏,认为只三句便说尽了张建封事,指出这三句概括力很强,意思高度集中,且作者的慨叹也明显地流露了出来。秦观《水龙吟》词有"小楼连院横空,下窥绣毂雕鞍骤"之句,被苏轼讥笑为十三个字只说得"一个人骑马楼前过",并举出自己这三句示之。这说明作者叙事超脱,而不过求迹象。

  起三句便从梦后所见着笔,月白如霜,风凉如水,秋宵景物,无限清冷。风月而外,空无所有,梦中痕迹已无可追觅了。打破了四周的沉寂的,却有游鱼因月影掠过而在水中惊跃之声,圆荷因随风摇动而泻下露珠之声。这些声息,增添了深夜的幽静。目中所见、耳中所闻,都是一片凄清寂寞,这最容易引起人对梦境的追忆,但却不直接地写出,只借景物作暗示。"紞如"三句转写梦醒时的印象。梦中境遇,宛如身受,无奈给鼓声、落叶声惊醒过来。梦境依依还记,梦痕杳杳无踪,好像天外行云,飘忽不定,此时无限的怅惘,黯然伤心。"紞如"形容打鼓声。"铿然"形容落叶声。"梦云"沿用宋玉《高唐赋》所载楚王梦一神女,自称旦为朝云,暮为行雨的典故。后来诗词中惯将"云"与"梦"连在一起,表示往来无定的意思,不一定使用原典。"夜茫"三句,才明显地将醒来寻梦补写出来。而明月、好风、跳鱼、泻露都是行遍小园的眼前景物。以"夜茫茫，重寻无处"作为上阕的小结。

下半阕则意随调换，不复再写寻梦，转写由梦醒而引起的慨叹。作者是时四十三岁了，由感到梦境的飘忽而联想起自己久作宦游，行踪无定，厌倦渐生，不免念到故乡田园生活。但乡路遥远，归计不易，登临凝望，徒存此心罢了。"燕子"三句，补叙张建封和盼盼旧事。经此一叙，骤觉整首词一切的景语情语，都是环绕着这几句而发生的，三句是全首词的核心所在。张建封与盼盼的往事集中在这三句写出，读之令人感到充足有余，而不是淡淡的一笔，笔力和技巧后人不易达到。"古今"数句又另作转折。梦境是幻如真，然而古往今来人事代谢，又何尝不是是真如幻呢？又有谁真的梦觉呢？以往的欢乐，现在只令人惋惜。苏轼的人生观一贯是以顺处逆，以理化情的，在追惜往昔时，习惯地以哲理来排解自己。他自己来到徐州，有感于张建封事而入梦，对燕子楼凭吊兴怀。后之视今，亦犹今之视昔。作者到了徐州，在东门外建了一个很宏大的黄楼，供登临游赏。"异时"三句是说：后世的人到了徐州，说不定会对着黄楼夜景无限感慨地来凭吊自己吧！三句以设想作收，低徊叹息，语足感人，但调子比较消沉。通篇用笔一气贯注，精力弥满。

满庭芳

秦观

山抹微云,天黏衰草,画角声断谯门。暂停征棹,聊共引离樽。多少蓬莱旧事,空回首、烟霭纷纷。斜阳外,寒鸦数点,流水绕孤村。　　销魂。当此际,香囊暗解,罗带轻分。谩赢得、青楼、薄幸名存。此去何时见也,襟袖上、空惹啼痕。伤情处,高城望断,灯火已黄昏。

以往评论家对秦观词至为尊崇,谓"子瞻胜乎情,耆卿胜乎辞,情辞相称的只有秦观一人"。这是说他兼有苏柳二家之长。亦有称其"有小晏之妍而幽趣过之"的,亦有谓其"一往情深,而怨悱不乱,得小雅之遗,后主(李煜)而后一人而已"的。这些推许是有过当的。秦观的小令仍是发展了南唐的余绪。长调受柳永的影响,但幽秀流丽,专以情致见胜,含蓄凄婉,自是北宋大家。然而创造不如柳永,取材不如苏轼,功力之深亦不如稍后的周邦彦,而气格又伤之于弱。宋代就有"少游词虽婉美,然失之弱"的说法。至其情致缠绵又能打入身世之感的作品,都是历来称道的。

此词在当时已很为人传诵。苏轼就因其起句而称之为"山抹微云秦学士"。宋人笔记有这样的记载：他的女婿范仲温尝参与贵人的宴会，有侍儿歌唱秦观的词，很为动听。仲温却不注意。侍儿问他是何人，仲温对曰：我就是"山抹微云"女婿。可见此词在当时已深为人喜爱而流行。

此词有其本事。当程公辟为会稽（绍兴）知府时，少游往访之。公辟馆之于蓬莱阁。席上恋着一歌女，此后眷眷不能忘怀。及至分别，遂成此词。此词凄婉动人，周止庵称"将其身世之感，打并入艳情"，就是指此类。

首二句的"抹"字"黏"字，是十分警练的。"抹"是形容云气飘忽轻盈地掠过山半；"黏"是形容草色与天边相接无间地紧贴，写来很空阔。这是用来暗示去程的遥远，来衬托出心情的沉重。在起处的四字对偶中，极经意地研炼句中的动词、形容词，使句子生动新颖，而加强表现力。这种手法在南宋的婉约派词人中成了惯技。他们可能受到秦观一定的影响。首二句作为奇对，为人传诵。第三句的"谯门"，是指城上望远楼的门。画角在城上吹过以后，城门就要关上。这里是描写时间的匆促，时近日暮。船快要开行了。"暂停"二句，是点出话别，"暂"字和"聊"字，用得很转折。"征棹"是远行的船，"离樽"是送别的酒。不能久恋，故用"暂"字。勉强进酒，故用"聊"字。"蓬莱旧事"，乃点出所恋之人、所欢之地。"多少"乃故作设问，却不作答。"烟霭纷纷"，乃是一片迷离缭乱，记不清旧日欢事之多少。这里以

满庭芳

景示情,是宋人惯用的手法。"斜阳"三句,又是千古传诵的名句。这时征棹已离开了所别的地点,逐渐前行,到了斜阳远处,只有数点寒鸦,趁着孤村流水而飞过。这景色很是荒凉,使离人心目中更感到凄清孤寂了。"数点"有些本子作"万点",但还是"数点"来得萧瑟。隋炀帝原有"寒鸦飞数点,流水绕孤村"之句,作者移用在这里,骤觉境界突出。有如晏几道的"落花人独立,微雨燕双飞",用了翁宏的诗句,比翁诗还好。秦观这数语,和柳永的"今宵酒醒何处?杨柳岸,晓风残月"可称北宋惜别词中的双绝。

　　换头三句,乃回溯临别之际的情景。古代以绣囊载香屑作为佩带的饰物,"香囊"即指此。"暗解"是背着人将它解下来以为赠别之意。往代又惯将罗带作成同心结以示亲爱。"轻分"谓料不到这样轻易就分解开了。"暗"和"轻"二字很具情致。"青楼"句乃沿用唐杜牧"十年一觉扬州梦,赢得青楼薄幸名"句意。"谩",空也,徒然也。"薄幸",薄情也。秦观此时虽已三十一岁,才名甚盛,但尚未进入仕途,落拓江湖,怀才不遇。所恋之人,亦不得不抱恨别去,只博得"薄幸"之名,留在"青楼"之上而已!这是失意的叹息与别离的情绪交织在一起。周止庵谓其将身世之感并入艳情,殆指此类。"此去何时见也",又作一设问语,而只以"空惹啼痕"作答,则来日重逢,无从预料,可以想见了。收三句从去程中回顾所别之地。以"高城"遥应"谯门"。遥望"高城",不可复见,只有灯火黄昏隐约可辨。语虽从"高城已不见,况复城中人"的诗句化出,而饶有词尽意不尽,意尽而情不尽之妙。

杭州某通判,唱秦观此词,偶误将"画角"句唱为"画角声断斜阳",这时名歌女琴操在侧,更正之。通判遂使之就"阳"字作韵,将全首用韵改变。琴操即为之改易,自然如出自原作者。词云:"山抹微云、天黏衰草,画角声断斜阳。暂停征棹,聊共饮离觞。多少蓬莱旧侣,空回首、烟霭茫茫。孤村里,寒鸦数点,流水绕红墙。 魂伤。当此际,轻分罗带,暗解香囊。漫赢得、青楼、薄幸名狂。此去何时见也,襟袖上、空有馀香。伤情处,高城望断,灯火已昏黄。"这虽然是传说,却反映出秦观此词在当时是很流行的。

青玉案

贺铸

凌波不过横塘路。但目送、芳尘去。锦瑟华年谁与度。月台花榭,绮窗朱户。只有春知处。　　碧云冉冉蘅皋暮。彩笔新题断肠句。试问闲愁都几许。一川烟草,满城风絮。梅子黄时雨。

贺铸,字方回,河南汲县人。为孝惠皇后族孙,又娶宗室女为妻。任右班值(相当于侍卫),以后转调到地方上任武职。年四十始转文官,通判泗州、太平州等。晚年退居苏州。传世词集名《东山寓声乐府》。

贺铸原为国戚皇亲,才华卓越。然个性耿直,使酒尚气,雄爽近侠,又好评述时政,虽遇权倾一时的贵要,少不中意,即极口诋毁之。因此终身沉滞仕途,郁郁不得志。他的词却是秾丽之中具有清刚之气。他的词取材广泛、内容丰富、视野宽阔,而且风格多样:有婉丽秀致,有豪迈奔放,有沉厚浓郁。这是他的生活际遇和性格的反映。小令颇近晏殊和欧阳修,能以清劲之笔写婉约之情。有些小令又近似民间歌谣,尤真挚新颖。长调则略近秦观,并有周邦彦意。其中《六州歌头》《小梅花》《水调歌头》则又极激昂慷慨,近于苏轼。北宋文学"苏门四学士"之一的张耒为其词集作序,称其词妙绝一世,兼有盛丽、妖冶、幽洁、悲壮之长。可见他的词是丰富多彩的。

  贺铸这首词,在当时就得到了极高的评价。苏轼等皆有和其原韵之作。黄庭坚有诗云:"少游醉卧古藤下,谁与愁眉喝一杯。解道江南断肠句,世间惟有贺方回。"可谓推崇之至。黄庭坚寄此诗与贺铸时,是1103年,时贺铸五十二岁。秦观死于藤州,贺铸方四十九岁。则此词之作,当在此数年之中。词中有"锦瑟华年"语,应是纪实。李商隐诗就有"锦瑟无端五十弦。一弦一柱思华年"之句。此词收处数语,尤为世所激赏,称贺铸为"贺梅子"。他在苏州胥门九里的横塘有小筑,常往适其间。此词盖居于横塘小筑有所感而作。有人认为这是作者于路上曾遇一女子,引起对生活上的感慨,未必尽然。细味其中的起二句的"凌波""芳尘"二语:"凌波"出自曹植洛神赋的"凌波微步",后人用以形容女子步履的轻盈。"芳尘"乃指车马往来时引起路上尘土的飞扬。"芳"字不过是夸饰之词。此二句殆为借喻之语,并非有所实指的。贺铸生性僻介,不肯依附权贵和应酬世俗。而横塘别馆,寂寞幽居,自分断无来客,终日对着路尘漠漠,目送过客行人而已。如此体会,与下文数句就紧紧联系在一起。倘拘泥于"凌波""芳尘"两词,而又将它看成是实指某一女子,则易枝节另生。"锦瑟"句近人注本多以"锦瑟"作为形容美好青春时期解。但如援李商隐"锦瑟无端五十弦。一弦一柱思华年"

之例，则亦可作为"五十华年与谁同度？只有郁郁寡欢地过着"解释。"月台"三句，将意境推进一层。"月台"，观月的平台。"花榭"，花木环绕的厅堂。榭，台上的屋子。一作"月桥花院"。"绮窗"，一作"琐窗"，饰有花纹的窗。"朱户"，红色的门。如此冷落的生活，虚负了幽美的台榭绣户，唯有一年一度的春光，如会人意，来相慰藉而已。语殊凄怆，但写来却很含蓄深婉，蕴藏着怀才不遇，未能见用于世的沉重心情。

　　换头一句写坐着看碧云流动，蘅芷薮中、沼边泽畔，暮色降临，漫长的一日，又将寂寞度过。内心既是惋惜，亦是空虚。"彩笔"句用江淹梦还彩笔后而才尽之故事。如此冷落的生涯，纵有新词，亦无非断肠之句，有负彩笔才华了。"试问"一句，故作设问，全首笔势为之振起。收处以景答问，能融景入情。闲愁之多，一如目中所见，一片烟草的辽阔，满城风絮的零乱，黄梅雨一般的稠密，是无可计算的。这数语是很负盛誉的。它是"都几许"一问的答语。作者将无法眼见的、究竟多少都无法捉摸的"闲愁"，借无边无际、无穷无尽的时节风物景象，具体地描绘出来，使人如目所能见，手所能触，可谓善于喻愁了。何况这三句又能组成一幅完整的画面，调子是沉郁的，境界是深远的，堪称绝唱。此词表达身世之感，并非怀人之作。黄蓼园评云："所居横塘，断无宓妃可到。然波光清幽，亦当目送芳尘。第孤寂自守，无与为欢，惟有春风相慰藉而已。后段言幽居肠断，不尽穷愁，惟见烟草风絮，梅雨如雾，共旦夕晚。无非写其境之郁勃岑寂耳。"这颇能道出此词的意境。贺铸诗有"三年官局冷如冰，炙手权门我未能"以及"自负虎头相,谁封龙额侯"等句,可以帮助我们对他的抑郁激愤的了解。夏敬观评此《青玉案》词,认为辛弃疾秾丽之处从此脱胎。

少年游

周邦彦

并刀如水,吴盐胜雪,纤指破新橙。锦幄初温,兽香不断,相对坐调筝。　　低声问、向谁行宿,城上已三更。马滑霜浓,不如休去,直是少人行。

周邦彦是北宋末期的大词家。在南宋初和后世都享有很高的声誉,在宋代词坛占有崇高的地位。宋代刘肃说他是"冠冕词林"。陈郁说:"二百年来以乐府独步,贵人学士、市儇妓女皆知美成词可爱。"沈义父云:"凡作词当以清真为主。""下字运意,皆有法度,往往自唐宋诸贤诗句来,而不用经史生硬字面,此所以为冠绝也。"严沆更认为耆卿主温丽,或失之俚,子瞻主雄浑,或失之肆,故论词于北宋当以美成为醇。并指出南宋各家皆自周邦彦出。《四库全书总目提要》称之为"词家之冠"。清周济则谓"美成思力独绝千古",并指出后世为词者应"问途碧山,历梦窗、稼轩,以返清真之浑化"。戈载谓清真之词,其意淡远,其气浑厚,其音节又是清妍和雅,最为词之正宗。陈廷焯谓词至美成,乃有大宗,前收苏、秦之终,后开姜、史之始,自有词人以来,不得不推为巨擘,后之为词者,亦难出其范围。王国维更比之为"词中老杜",并谓"读先生词于文字之外,须更味其音律。今其声虽亡,读其词在拗怒之中,自饶和婉,曼声促节,繁会相宜,清浊抑扬,辘轳交往,两宋之间,一人而已"。

周邦彦是精通音律的,对词调的创造和整理有相当的贡献。他的词风格和柳永相接近,内容也基本相似,多是羁旅、行役、惜春、怀远、伤别、念往的题材。从艺术手法而论,则周邦彦远出柳永之上,周词和柳词相较,更典雅和深厚,"无一点市井气"。他的慢词,尤长于铺叙,无论布局、用笔、命意、下字都严于法度。字面更力求研炼,达到"富艳精工",描写也曲折细致。虽是一般离情别绪,却能以回环曲折的笔法,由近而远,由浅而深地极有层次地铺叙出来。他的转折、勾勒、照应、起结之处,法度精密。他吸取了晏殊、欧阳修、张先、柳永、秦观、苏轼风格长处,并融汇起来,形成自己的面目。前人说他"集大成"也就是指此。后来姜白石、史梅溪、吴梦窗、张玉田、周草窗都受了他很大的影响,并且从他的手法中变化出来。王国维说他是"词中老杜",就是指他在宋词发展中承先启后,起着规范的作用。周词法度精严,下字不苟,这点也与杜诗相类。要而言之,王氏称他为"词中老杜",是指他的艺术技巧而言,并不是说周邦彦词的内容和社会意义可与杜诗相比。

宋人张端义《贵耳集》载:宋徽宗幸李师师家(李师师乃当时名妓)。周邦彦先至,知徽宗来,遂匿于床下。徽宗携来江南

少年游

所进新橙一颗,与师师戏谑。邦彦在床下悉闻之,隐括成此《少年游》一词。徽宗知之,大为忿怒,遂以邦彦职事弛废为名,押出国门。一二日后,徽宗又幸李师师家,师师适与邦彦送别,归时徽宗诘之,并问邦彦有无作词。师师实告,并将周邦彦的《兰陵王》词歌唱一遍。徽宗大喜,后召邦彦为乐正。上述恐是载自传说,不足为信。王国维《清真先生遗事》已指出其失实。

此词前人评为"丽极而清,清极而婉"。细味全首并无回忆追念语,似悉为据事纪实的恋情之作。起三句是写相会之时,那恋人用刀子剖了新橙,纤手擘开,蘸上精盐,奉与自己。这好像是一幅亲昵体贴的欢娱生活写照。虽是平铺直叙,却给人以真实的感受。"并刀如水"是指山西太原所产的刀,如水一般的光亮夺目。"吴盐胜雪"是指江淮所出之盐,洁白有胜于雪。因新橙尚有酸味,故蘸上吴盐食之。后人食杨梅亦如此。以下三句,转写时入冬序,气候寒冷,而室内却是帷幄重重,兽形的金炉,不断飘出了甜暖的薰香。"对坐调筝"——美妙的弦声传出了两人的爱恋之情,更觉温暖无限。这里通过对事物的描写来烘托室内的温暖气氛,同时也反映两人的内心感受。

下半阕是作相问相答语。上三句是伊人向作者的发问——是故意作此一问。这时城上已敲过了三更,作者仍未及言别。伊人情知作者今夜是不归去的,但又不肯亲自挽留,因此就作出"今夜住宿在何处"一问。对伊人的内心刻画是很细致的。收三句是作者的答语。他说:"外间天气很冷,霜浓马滑,路上不好走,行人已是很少了,还是不要归去,就在这里住宿吧!"这里纯用口语白描的手法，描写得多么温馨旖旎，没有一点庸俗的气味，真是恰到好处！这是作者的本色之作。如若再过度一些，词品便低下了。有人认为后半阕全是那恋人挽留作者不要归去的话语，可作参考，但不如上说的对答来得宛曲了。

  这首词很有特色，上半阕完全通过对事物的细致刻画来衬出室内的温暖气氛。下半阕却完全是两人的对话，两相对比，从而刻画出两人彼此依恋不舍的心情，十分传神。可见周邦彦的技巧是很出色的。

满庭芳

夏日溧水无想山作

周邦彦

　　风老莺雏，雨肥梅子，午阴嘉树清圆。地卑山近，衣润费炉烟。人静乌鸢自乐，小桥外、新绿溅溅。凭阑久，黄芦苦竹，疑泛九江船。　　年年。如社燕，飘流瀚海，来寄修椽。且莫思身外，长近尊前。憔悴江南倦客，不堪听、急管繁弦。歌筵畔，先安簟枕，容我醉时眠。

　　作者三十七岁时任溧水县令。这首词是在任内作的。溧水县在江苏，宋时是较偏僻的。周邦彦生于富庶的钱塘，宦游于繁华的首都，过着酒筵歌席的生活，相识冶叶倡条，惯见珠歌翠舞。一旦移官山城泽国的溧水，就有如白居易的谪官九江，萧条寂寞，客怀难遣。故这首词是感遇而作。梁启超认为这是最颓唐语而写来最含蓄。有些评述家也是特别欣赏它含蓄的一面，说他哀怨而不激烈，沉郁顿挫中别饶蕴藉。上半阕以写景为主，而寓情其中，确是和婉含蓄。可是到了下半阕，虽非激愤，但不能完全抑制，只不过是不肯露骨罢了！此词从字面上看，与本色的制作不同，没有使用绮罗香泽的辞句，而其转折层次、用笔布局，则手法仍是一贯的。下半阕有与苏轼相近似之处。

　　起三句写春去以后的景物。春天的雏莺，当到了薰风时候，已渐长成了。结了子的青梅，经过初夏的雨季，也壮大起来了。"老"字和"肥"字，具见节物的变换。枝繁叶密的嘉树，绿已成荫，至中天日午，影如圆盖。眼前景色，是描写得十分闲静，体物也很细致。"地卑"二句，最为前人所称道。作者对邑小山近、地势卑湿的溧水，已经十分厌倦，但又不从正面写出，却用衣服也为之湿润，而又不得不要薰上炉烟使之烘干。这个"费"字十分研炼。作者的厌倦心情已很明显，而写出来又好像没有什么相干之处，终不肯明白说出。所谓"含蓄"，即此一类。"人静"二句，周济称为似褒似贬，神味最远。这里所描写的是地处荒僻、过往者稀。乌鸢野鸟，不为人惊，在小桥绿水之间任意回翔，自得其乐。从表面来看，是赞美这里景物的清幽静穆、怡情适意的；但从反面来看，却是刻画出这里的荒凉冷落——乌鸢也不解避人。如此岑寂，真是难以久耐，这样又似是厌恶之语了。周济"似褒似贬"之说，大约是从这样体会得来。这二句也被认为含蓄蕴藉。"凭阑"三句，是借用白居易被贬江州的遭遇自喻。"久"字是沉思之形容。凭阑之际，目中所见，乃黄芦苦竹环绕住所而丛生，一片萧瑟，几疑是身在九江船上，而与白居易贬谪九江有所同感。"疑"字有好几个本子作"拟"，意境远不如"疑"佳。作者并非准拟浮家于九江，而是因所处环境的冷落，几疑泛宅船上贬谪僻地耳。若作"九江之船卒未尝泛"解释，便失去作者的原意。

下半阕起数句，以身如社燕，在荒漠之区飘流以后，又来到这屋梁作巢。燕子是春社北飞，秋社南返的候鸟，故称"社燕"。"瀚海"本来是指沙漠，这里是远方之意。因宦途的飘流不定，而引起下文的慨叹。下面就以"莫思身外"，"长近尊前"来承接。宦途偃蹇，为身外之事；来日的升沉，何须着意费想，还是对酒樽前以自遣！"且"字很能见作者本意——不是真个不思量，是求一时的酣畅而已。作者任溧水令是1093年至1096年，故下句有"江南倦客"之语。樽前对酒，不免当歌。然急管繁弦，徒增烦恼，不堪更听，只好在进酒之前、歌筵之畔，先行安排竹席瓦枕，以便醉时就眠，犹得自在也。梁启超指最颓唐语最含蓄，当是指此。写来很有层次，长近樽前，企求一醉，此乃一层。酒际听歌，徒聒人耳，又是一层。郁抑的感情，是逐渐地表现出来的。如果说它完全是含蓄的，也未尽然，不过写来宛转而不激烈罢了。

醉花阴

李清照

薄雾浓云愁永昼。瑞脑消金兽。佳节又重阳,玉枕纱厨,半夜凉初透。　东篱把酒黄昏后。有暗香盈袖。莫道不消魂,帘卷西风,人比黄花瘦。

李清照是宋代可以与第一流作家抗衡的女词人,在宋代已备受推崇,于后世亦有较大影响。清代的王阮亭有过"婉约应以李易安为主"之说。其小令好用白描手法,以抒写清新婉秀之情致,与南唐词风较近。所著词论一篇,以协律为主,强调词别是一家,于北宋各名家均有所指摘。

她生长在一个由和平而转入变乱的历史时期,所以她的词前期和后期有着明显的区别:前期作品大都是写闺中少妇美好的生活和惜春寄远之作;后期则转变为国破家亡自伤遭遇的哀思之音。由于感情真切,她的词有很强的感染力。

对李清照的词,历来评语往往是偏高和溢美的。其自然秀致、清新流丽,或白描而口语化的作品,固然是好的;然而词笔总不免近于纤弱一类,题材也比较狭隘。所以周济评她"闺秀词惟清照惟最优,究苦无骨"。所说良是。后世不善学李清照词者,往往流于柔靡轻巧。

这首《醉花阴》词,有题为"九日"的,当为李清照于重阳时节寄赵明诚之作。赵明诚得此词后,非常叹赏,想超过她,于是废寝忘餐用了三天三夜的功夫,写成十五首词,然后把它们和李清照的这首词混同一起,送给他的友人陆德夫品评。陆德夫再三赏玩,说"只有'莫道不消魂,帘卷西风,人比黄花瘦'这三句最好"。正是李清照这首词的收语三句,直至后世,犹为人所称道。

起句写三秋天气,虽在白昼,亦如浓云薄雾,四顾阴沉。秋日非长,然而离人独处,室中暗沉一片,转觉漫长难遣了。"薄雾浓云",既是目之所见,也是心之所感。客观的景物如此,离人的愁绪可知。第二句以兽炉香清作承,写坐对炉香袅袅,渐成烬蓺,足见愁绪、昼永、百无聊赖。第三、四、五句,则点出节候,"又"字是诧叹之词,言分别以后,不觉又是重阳佳节了,怪不得昨夜开始感到有凉风透入玉枕纱厨了。"玉枕"二句,通过对天凉感觉的描写,表现作者空闺冷落的惋叹。作者另有句云:"笑语檀郎,今夜纱厨枕畔凉。"同是写闺中天凉,景况完全两样。

换头二句,以"东篱把酒"来承"重阳"。由"永昼"而至"黄昏",一日中就是如此寂寞度过。为了不辜负重阳佳节,只好对花把酒,以此自遣。"暗香"是指秋菊的香气。引杯赏花,香满罗袖。亦有作"挹露掇英",满袖沾香解。收三句,正是作者自己多愁善感，弱不禁风的写照。以黄花来比喻人的消瘦。因与丈夫离别而至黯然魂销，又因魂销而致消瘦。可见她对赵明诚爱之深、思之切。而西风卷帘——这秋天的环境气氛，与她内心的情怀是一致的。

全词无一怀人的字句，而怀人的意境自给人以很深刻的印象。李清照词，经常使用口语化的语言，写来明白清新，很有生活气息。近来不少词评家认为这些才是她的面目和本色。在南宋时，就连辛弃疾也仿效过她的作风，并称之为"易安体"。但不善学之，往往易成为浅俚近俗。

霜叶飞
重　九

吴文英

断烟离绪关心事,斜阳红隐霜树。半壶秋水荐黄花,香喋西风雨。纵玉勒、轻飞迅羽。凄凉谁吊荒台古。记醉踏南屏,彩扇咽寒蝉,倦梦不知蛮素。　　聊对旧节传杯,尘笺蠹管,断阕经岁慵赋。小蟾斜影转东篱,夜冷残蛩语。早白发、缘愁万缕。惊飙从卷乌纱去。漫细将、茱萸看,但约明年,翠微高处。

此词为吴文英晚年所作。借重九景物,以抒发其老境岑寂的情怀,沉郁苍凉,与中年秾丽诸作风格稍异。吴文英往来于苏州、杭州,每于登临游宴,流连光景之际,往往引起对其去姬的萦忆。此词所谓"蛮素",也就是触景生情之语。以其垂暮之年,过着"顽老情怀,都无欢趣"的生活(《一寸金》词中句),故语益凄怆。但通篇潜气内转,下笔甚重。清陈廷焯《白雨斋词话》评此词云:"有笔力,有感慨,凄凉处只一二语,已觉秋声四起。"

此词起二句谓:暮烟断续地飘忽不定,犹如乍起还伏的离情;

那经霜的林叶，掩映着快要沉没的夕阳。一片残红，互相交映。重九事物，萧瑟如斯，哪能不引起感伤之情？二句情景交融，以"斜阳""红树"来烘托暮秋景物的黯淡，把内在的因素和外界的感受，汇合在一起。意境是沉着深厚的。尤可注意者，"断烟离绪"的"绪"字，是七字句中的暗韵，即句中韵，应作为七字句来填，不应作为四字句读断。

次二句则谓：将半瓶清秋的泉水，洒在菊丛之中。那用泉水浇注过的黄花，当西风掠过的时候，喷发出阵阵如雨的幽香，令人多么陶醉！黄菊是重九时节的秋花，历代诗人往往将菊花和重阳合在一起，作为季节的特色。首二句从远处写起，这里则转入近处作承，用远近相映的手法来描绘重九的景物。起承之间，具见层次变化。荐，本为进或引向的意思，此处可作浇注解。苏轼有"一盏寒泉荐秋菊"之诗句。噀（xùn）是喷的意思。

"纵玉勒"二句是用倒叙的方式来写。在这一天，还有谁人纵辔驰马，迅如飞鸟地去凭吊那凄清荒废的戏马台遗迹呢？这二句从当时萧瑟的重九佳节，转而追想到往代的史迹，时迁事改，无限感慨，以衬出下文所写自己前尘梦影的改变。用笔重，而意境也大。玉勒是镶玉的马络头，即马缰。词中的荒台指的是戏马台。台址在彭城（即今江苏徐州），为楚项羽阅兵处。《南齐书》记，宋武帝刘裕为宋公时，九月九日登戏马台。

"记醉踏"三句，转为对以往偕其去姬在杭州度着重九佳节欢娱生活的缅怀：记得往日重阳这天，带醉在南屏山下，欣赏着那轻翻彩扇、妙舞清歌的行乐。但一切都成了过去，犹如那逝去的梦幻！代替那婉转的清歌，只是凄咽的蝉声。昔日歌舞的蛮和素，现在也不知流落何方了！南屏为当日游赏的地点，轻翻彩扇为当日游赏的情景，蛮和素乃是当日相偕游赏的人。"彩扇咽寒蝉"为倒置句法，即是说，伴着彩扇的挥拂，不再是悦耳的清歌，而是晚秋凄咽的寒蝉。借此来比喻哀乐的变换，而发出往日欢娱都成倦梦的慨叹。写得虽是晦涩，但很委婉转折。此是梦窗惯用的手法。陈洵《海绡说词》云："彩扇属蛮素，倦梦属寒蝉，徒闻寒蝉，但仿佛其歌扇耳！今则更成倦梦，故曰不知。两句神理结成一片，所以关心事者如此。"可资参考。此三句《词律》《词谱》《词式》、杨易霖的《周词订律》皆以"记醉踏南屏，彩扇咽、寒蝉倦梦，不知蛮素"为断句，句式颇嫌破碎。如此断句，在解释上也有稍异。但清末词人所填此调，则多以"记醉踏南屏，彩扇咽寒蝉，倦梦不知蛮素"为断句，语气似较贯注。清末为词，很讲求格律，是可以依从的。

换头三句是说，为了不辜负传统的佳节，只好怀着牢落的心情，勉强地举杯进酒，聊以自遣。那用来写词的笺纸，早已封满尘埃；那笔管也被蠹虫蛀蚀了。至于那些未完成的词曲，放下了经年也懒得去把它写完。旧节点出重九，垂老逢辰，伤离念往，传杯勉强排遣，断阕未可咏怀。句似平淡，意则曲折。

"小蟾"二句谓，纤小的月影，渐渐移近东篱之下。一片寂静，只有那唧唧的秋虫，在向人低诉夜寒霜冷的凄苦，而发出零碎的叫声。这里写出一个由断烟斜阳的薄暮直至月低虫语的深夜。表示重九佳节这一天，就是如此百无聊赖地度过了。小蟾是纤小的月亮。重阳之夜，月尚未圆，故称"小蟾"。而东篱则遥承上文的黄花。

"早白发"二句写愁多发白，无从自掩。太多的忧愁，使我过早地长出白发。即使狂风吹去了纱帽，也是无妨。因为它已经不能掩盖那千丝万缕的白发了。真是老境凄凉，语殊怆感。惊飙即狂风。乌纱即乌帽，《唐书·车服志》："乌纱帽者，视朝及见宾客之服也。"乌帽是历来诗人咏重九者，多喜拿来用的典故。晋孟嘉为桓温的参军。九月九日，桓温游龙山，佐僚毕集，皆着戎衣。有风至，将孟嘉的帽吹落，而孟嘉不觉。桓温命孙盛为文来嘲笑孟嘉，孟嘉亦为文以答之。事见《晋书》。杨铁夫《梦窗词集笺释》云："此话用孟嘉故事，'从'任也。以'飙'易风，以'乌纱'易帽。梦窗惯用替字法，字新则句雅矣。"

"漫细将"三句，意谓：尽管我拿着茱萸仔细地看，但愿呀！明年还会有登高于半山陂陀之间的约会。这里是作者的空想，无非是说：今年的重九是这样的度过，明年的约会，又该怎样呢？也不过如此而已。但是，作者没有完全地写出，使作品有含蓄和不尽之意。这是吴文英词的特点。茱萸，植物名。《续齐谐记》载，有桓景一家，于九月九日佩茱萸、饮菊花酒以避灾的记载。往代诗人常常引用"茱萸"作为重九的岁时事物。杜甫诗有"明年此会知谁健，醉把茱萸仔细看"之句。翠微，山未及巅，在陂陀之处为"翠微"。一说山气青缥色为翠微，见《尔雅》。这是一个出自杜牧诗《九山齐山登高》"与客携壶上翠微"的语典，也是咏重九者所惯用的词语。

瑞鹤仙

吴文英

泪荷抛碎璧。正漏云筛雨,斜捎窗隙。林声怨秋色。对小山不叠,寸眉愁碧。凉欺岸帻。暮砧催、银屏剪尺。最无聊,燕去堂空,旧幕暗尘罗额。　　行客。西园有分,断柳凄花,似曾相识。西风破屐。林下路,水边石。念寒蛩残梦,归鸿心事,那听江村夜笛。看雪飞、蘋底芦梢,未如鬓白。

此词为吴文英重过苏州,西园坐雨,有忆去姬而作。作者于宋理宗绍定五年(壬辰、一二三二年)入苏州仓幕供职。近人夏承焘《吴梦窗系年》定是年吴文英为三十三岁。在苏州仓幕纳姬后,同居于阊门的西园。至淳祐三年(癸卯、一二四三年)冬,作者四十四岁,偕姬人离苏赴杭。翌年(甲寅、一二四四年)暮春,姬人由杭州归苏州。(参看杨铁夫《梦窗词集笺释·事迹考》),与姬人相处十年有余。在浙江后,曾数次往返江苏。此词收句有"看雪飞、蘋底芦梢,未如鬓白"之语,应是晚年之作。词笔亦近苍老一类,情怀也是凄怆的。

词的一开头,词人就描绘了这样一幅景象:雨点像泪珠一样地洒在残荷的叶里。当风翻叶动的时候,水珠被抖泻出叶外,宛如抛起一片片的碎玉。疏雨正从云层间里,点点飘落在荷叶上面;斜风吹过,雨点还飘洒到窗隙之间。写秋天的疏雨,如泪珠像碎玉,从云缝中漏出,像过筛似的一点一滴地坠下。用刻意研炼的字面,形象生动地将疏雨的状态描绘出来。词人用"抛"字和"斜"字,富有暗示地将"风"隐藏在句中。碎璧,指碎了的玉。筛,本来是竹制的用器,凭着小孔以去细存粗的工具。这里作动词用。

"林声怨秋色"承上转下,是说那穿林打叶的雨声啊,就像那因秋天景色的惨淡而发出的哀怨!秋雨着林则成声,着于山则成色。由耳闻而目睹,转入下文写山的二句。词人思想着,眼前所对着的雨中远山的颜色,还比不上那人在愁闷时候晕碧的双眉。从小山的颜色联想到所思之人那愁闷时的眉态,由景入情,以"愁眉"作引出。叠,即及的意思。不叠,不及或比不上。张相《诗词曲语汇释》"叠"字一条所引云"吴文英瑞鹤仙词对小山不叠,寸眉愁碧,不叠,来不及也。言新愁接旧愁,一寸之眉,愁得来不及也。盖不胜其愁之意",解释欠妥。

"凉欺"二句,谓那深秋的天气,凉意逼人,即使打开那裹发的头巾,也感到阵阵的寒意,令人禁受不起。日暮传来洗衣的砧杵声,像催促着闺中屏畔的人应手持剪刀,裁制寒衣了。由雨后秋凉,而念及对亲裁寒衣之人的怀念。岸帻,是将头巾掀起,露出额来。暮砧,指日暮洗衣时的砧杵声。砧是承着来洗衣的石,杵是用来捣衣的木槌。以槌击在砧上的声为砧声。这里化用杜甫诗"寒衣处处催刀尺,白帝城高急暮砧"而不着痕迹。

"最无聊"二句是说,最难过的是,旧地重游,只见堂空燕去。那过去作过巢的罗幕上端,已经积满了尘埃。上句刚开始提出银屏剪尺的人,便没有继续写下去,而在这句转写人去堂空,罗额生尘的一片凄凉景象,这就是陈洵所指出的吴文英的"留"字手法。"留"的意思,即是说对每节事情,还未有完全写出,就另行转笔换境。语语要求含蓄,即留有不尽之意。此乃吴文英词的特点。陈洵《海绡说词》评此数语云:"此词最惊心动魄是'暮砧催、银屏剪尺'一句,盖因闻砧而思裁剪之人也。堂空尘暗,则人去已久,是其最无聊处,风雨不过助人之愁耳。"所说颇为精简。词中的"燕"比喻去姬,此为吴文英所惯用。

过片"行客"四句,写的是故居重到,人物都非,除了断柳凄花外,再无人能认得园中旧日的居停了。意谓"我"这次到西园更寻旧迹,只有那凋残的秋柳、零落的幽花,对"我"这个孤单的来客还似乎能依稀认得。如果将这几句解释为作者对所剩存的一花一柳,似曾相识。那么就会深者反浅,曲者反直了。因为"似"字是想象之辞,不宜看成是作者的自述。

"西风"三句,用"西风""破屐""林下""水边"来形容作者伶俜踯躅徘徊而不忍辄去的形象。他说:正当那秋风瑟瑟的时候,我穿上破旧的游屐,还徘徊于林木水石之间。词中最重要的背景"风"字,至此才补为点出,意境越觉萧飒。

接下来"念寒蛩"三句写得凄婉曲折,都从"念"字引起。

意谓追念往日的欢娱旧梦，空付寒蛩；多时伫望归鸿，终负心事，哪里还愿听那江村远处入夜传来的幽怨的笛声呢？江村夜笛，只能增加人的幽怨罢了。写声音，词的上半阕是薄暮疏砧，下半阕是江村夜笛。一天的时间逐渐过去，但感慨则随之而逐渐加深。

一结"看雪飞、蘋底芦梢，未如鬓白"，是说那些随着风飞起在水蘋叶底和芦荻梢上的花絮啊，又哪里比得上那头上斑白的鬓发呢！收处以蘋、芦花飞似雪来形容自己鬓发的斑白，"未如"二字，是加重的写法，很能突出作者衰老的形象。生涯如斯，怎得不老！未免语怆而情伤了，但笔力还是很苍健的。《海绡说词》谓其"神完气足"，大约指此。

瑞鹤仙

吴文英

晴丝牵绪乱。对沧江斜日,花飞人远。垂杨暗吴苑。正旗亭烟冷,河桥风暖。兰情蕙盼。惹相思、春根酒畔。又争知、吟骨萦消,渐把旧衫重剪。　　凄断。流红千浪,缺月孤楼,总难留燕。歌尘凝扇。待凭信、拚分钿。试挑灯欲写,还依不忍,笺幅偷和泪卷。寄残云剩雨蓬莱,也应梦见。

此词杨铁夫《梦窗词集笺释》定为寒食节忆姬之作。陈洵《海绡说词》称之为"含思凄婉,低徊无尽"。细味其"待凭信、拚分钿"以下数语,似作于与姬分别尚未久远,还欲写书决绝而终又不忍的时候。词里曲折往复的手法,当从北宋的周邦彦得来。只不过在周邦彦"浑厚和雅"(张炎语)、"缜密典丽"(刘肃语)的基础上,用字过求研炼,运意流于晦涩罢了。

词的起句,写的是晴天的柳丝,千万缕地牵引起那零乱的离情别绪。触景生情作领起。不用"柳丝"而用"晴丝",是要引出下语的"斜日"。

起句以下，虽有景语，亦都是情语，处处有层次地曲折地将掩抑的零乱情怀写出来。"对沧江斜日，花飞人远"，说的是面对着夕阳欲下，江水茫茫，哪能不触起花飞人远之感呢？这里下笔甚重，"沧江"句境界大，"人远"句慨叹深，与上语承接紧凑。

"垂杨暗吴苑"一句，意即吴苑的杨柳，又是叶密条长深深地低垂着。陈洵《海绡说词》谓："吴苑是其人（即姬人）所在地，此时觉翁（文英）不在吴也"，依他看法，此句是为想象或事后追溯之辞，隶属于下文。故接着写：正值寒食之日，酒楼因禁烟而冷落；只有河桥的暖风，吹得游人无限沉醉。此数语是回忆寒食节的时候，与姬人相遇之始。寒食是时间，河桥是地点，下句"兰情"指的是人物。吴苑，亦名长洲苑，在苏州之西南。杜牧诗有"吴苑春风起，河桥酒旆悬"句。旗亭泛指酒楼。唐代著名诗人王昌龄、高适、王之涣共饮于旗亭，遇伶官和妙伎在此讴歌。王昌龄等三人，各于歌伎唱到自己的歌词一阕时，以手指于壁上作一画为记。这就是世所艳称的"旗亭画壁"之佳话，详见《集异记》。历代惯用"旗亭"指酒楼，不一定与"画壁"的故事有关。

以下点出所忆的人。词人以压缩的手法，着墨无多，只用"兰情蕙盼"四字，就将姬人的整个美妙姿容和温柔性情都描绘出来了。兰和蕙都是美好的比拟。周邦彦《拜星月慢》词有"水盼兰情，总平生稀见"句，意思是，她那动人的回盼和流露出来的深情，犹如兰蕙散发出来的芬芳。

"惹相思、春根酒畔"，是说自从和她相见以后，每于游春饮酒的时候，惹来了不能自克的相思。这里写出"一见钟情"，当时爱之深，从而变为忆之切。到此，便停蓄下来，不复再写与姬人的生活，而转写分离以后的感怀。所谓"旋起旋落"的脱换笔法，吴文英的"留"字手法，于此具见。待至"又争知、吟骨萦消，渐把旧衫重剪"二句，转写当时纳姬后，满以为长相聚首，岂料终不及偕老，竟然离去。意即又怎能料到，现在因萦念离别的爱人，苦吟寄慨，以致肌体不断瘦减；旧日的衣衫，也要重新裁剪改窄了。暗指衣衫为姬人往日所亲制，如今吟望不已，卒致瘦损，宽不堪着了。渐，即逐渐之意，其消瘦非始自今日。改裁旧衣，辄增慨叹。而姬人怎能得知之，语殊悱恻。

换头四句，说的是自从燕子辞归后，犹如落花随着千重波浪一去而不得返。剩下的孤楼对着冷清的夜月经缺而不复圆，怎不令人凄绝呢？这是在补叙爱姬离去的凄怆。燕喻去姬，"吟骨萦消"是"总难留燕"之故，"流红千浪"是遥承起处的"沧江""花飞"，可谓"字字有脉络"。

"歌尘凝扇"的"凝"字读去声。歌扇是姬人的旧物，尘凝指久置而不用。当时伴歌的彩扇，早已积满了尘埃。旧欢不再，唯有睹物思人而已。

"待凭信"以下四句，情感闪转腾挪，极尽曲折。他先写准拟写书信给她，和她决绝，分离也甘愿了。刚想挑亮油灯来写决绝的书信，但又不忍心下笔。只好在黑暗之中，将那沾满泪水的笺纸卷起，以后再作打算。"待凭信，拚分钿"写出作者幽曲的心思：终日如此的凄怆怀念，殊难忍受，倒不如就此永相决绝，再不对她萦牵。拌,通拚,作甘愿解。钿有两个读音,这里读去声。原是镶嵌金花的饰物,这里的"钿",是包括了钿盒,用的是唐白居易《长恨歌》之典。原来,钿盒是上下两片合成的,分钿是将盒子的上下两片分开,表示不再在一起的意思。《长恨歌》有"钿留一股盒一扇(即片),钗擘黄金盒分钿"之句,北宋晏几道《蝶恋花》词也有"分钿擘钗凉叶下"之句。分钿,本指将原来的钿盒两片分开,两人各留一片,以表示深情,而吴词于此。则当作彼此分离的用法。

这里一句一折,用"待、拌、试、欲、还、偷"等字法,把作者当时那种想写,不忍写,终于不写的矛盾复杂的心情曲折地表达出来,并表现得层次分明,愈转折而愈深切,愈沉郁。低徊往复,极掩抑零乱之致。朱祖谋致力校研吴文英词数十年,其在吴词的手校本中,仅有二则评语。一则为评《宴清都·连理海棠》的,一则为此阕。于此数语之上评云"力破馀地",可见其重视。因为这数句层转委曲而不伤气,用笔甚重,贯注直下。学吴文英词者,如能运用这种手法,就不会有破碎之病了。陈洵《海绡说词》则评云:"疑往而复,欲断还连,是深得清真之妙者。"

词的收句将意境更推进一层。要重续剩余的旧欢,再也不可能了,只能把希望寄托于梦魂之间,也许会在那蓬莱仙境和她相见!决绝的书信既不忍写,所思之人,又如远在蓬莱,无法见到,唯有寄希望于梦里。这是作者的空想语、痴语。"也应"二字,说出了连自己也不相信有这个可能性。"寄残云剩雨蓬莱"七字,从句式上应于"寄残云"三字后作为一豆,这句是将七字一气相连,由歌者去自行作出停顿。"寄"字,这里作寄托之意。上句已说明了不忍写书信,这个"寄"字就不宜作为寄递的解释。云雨本是指楚襄王梦见巫山神女之事,但历来的词人惯将它作为"梦"的代用语,亦有作为欢娱的代用语。这里加上"残""剩"二字,可把它看成是往日剩余的欢情。

此词当作于姬人离去不久之际,从其不忍作决绝书一语可知。杨铁夫《梦窗词集笺释》认为:"此词的是荡气回肠,千回百折,令人不忍卒读。"

醉桃源
会饮丰乐楼

吴文英

翠阴浓合晓莺堤。春如日坠西。画图新展远山齐。花深十二梯。　　风絮晚,醉魂迷。隔城闻马嘶。落红微沁绣鸳泥。秋千教放低。

丰乐楼在临安丰豫门外。宋周密《武林旧事》载云:"丰乐楼旧为众乐亭,又改耸翠楼,政和中(宋徽宗年号)改今名。淳祐间(宋理宗年号)赵京尹与筹重建,宏丽为湖山冠。梦窗尝大书所作《莺啼序》于壁,为一时传诵。"吴文英在杭州时,常于此楼游宴。

词的起句,是说那绕湖的堤上,早已绿树成荫;那枝上的黄鹂,正迎着清晨,在唱悦耳的啼声。以"翠阴浓合"来形容暮春的景色,不说花将落尽,只说翠叶荫浓;不只写荫浓,还要写树叶的绿荫互相连接在一起。晓莺也可以真荫深藏了。语甚精炼,"合"字尤妙!接以"春如日坠西"五字,景中见情,句意甚新。

意谓：春天啊！快要过去了，就像那西下的夕阳，剩余的时光已经没有多少。上文写"翠阴浓合"是一春的光阴将尽；这里写白日西坠，是一天的光阴将尽。作者接着描绘，那远处的群山，连绵平列；登楼相对，犹如初展画图，令人多么心旷神怡啊！语句的顺序本该是"远山齐如画图新展"，这里以倒置的语法来避免了平直。此为作者所惯用。"花深十二梯"点出丰乐楼：那花丛深处，隐藏着阶梯十二的高楼。只此一句，已将丰乐楼营造的宏丽、环境的幽美概括出来了。上句是远望，下句是近见，从空阔写到深邃。"十二梯"是形容楼之高，不一定是十二重。唐刘禹锡诗有"江上高楼十二梯"句。

过片以"风絮晚，醉魂迷"六字换头，写的是日暮风生，柳絮飘荡；楼上的醉客呀，已经神魂迷乱，但还流连于此处美丽的风光。写出游客在丰乐楼宴饮，自晓至晚、流连竟日的神态。而这时候，城内已经传来了游人归来的马嘶声。"隔城闻马嘶"五字，通过归马嘶叫来描写日斜人散。虽然没有点出"归"字，却运用烘染的手法，将归路的意境衬托出来。

"落红微沁绣鸳泥"写的是途中所见，游人踏花归去，满地的落花也沾上了游人绣鞋下的泥土。写语极绮艳。绣鸳指妇女所穿的绣鞋，用在此处，使山色湖光增添了脂粉的气息。结句写词人的内心活动：把那秋千上的踏板放下来吧，再没有人来耍戏了。宋周密《武林旧事·丰乐楼条》有"又甃月池、立秋千、梭门植花木，春游人繁盛"的记载。词人在这里用闲了的秋千来形容游春人散，日暮湖空的寂寞景象，有言尽而意不尽，意尽而情不尽之妙。

此词秾丽隽秀,与北宋小令的风格极为相近,通篇情韵,逼肖晏殊和欧阳修,在《梦窗词集》中是不多见的。对于美好的湖山,绚丽的春色,能以刻画中而见自然的手法描绘出来,读之使人神往。

虞美人

吴文英

背庭缘恐花羞坠。心事遥山里。小帘愁卷月笼明。一寸秋怀禁得几蛩声。　　井梧不放西风起。供与离人睡。梦和新月未圆时。起看檐蛛结网又寻思。

此词是描写一个妇女新秋之夜惜别怀人之作品，缠绵婉约，饶见情致。颇近秦观、周邦彦的小令风格。意境清新，而与其一贯的秾密隐晦的本色有所差别。

词人写道，她那美丽的容貌，使庭前盛放的鲜花都羞愧得将要落下；为了珍惜美丽的鲜花，只好背庭而立了。"背庭缘恐花羞坠"作为起语，用极意刻画的手法来形容女主人公比鲜花还美丽，但写得自然而不费力。着墨不多，已将她那美丽容貌描绘得惟妙惟肖了。这不由让人想起，晏几道曾有"小蘋若解愁春暮，一笑留春春也住"句，也是用夸张的手法来描拟的。花羞，比拟妇女容貌的美丽，使花见了也感羞愧。李白诗有"荷花羞玉颜"句，文与可诗也写过"美人却扇坐，羞落庭下花"。"心事遥山里"

是说因背庭而转,恰好对着庭外的远山,望着遥远的山色,不禁又引起那无尽的心事。只用一个"里"字,就写出了人在闲庭,心在遥山。至于有什么心事,这里尚未说出。但那人近对庭花而凝想,远见山色而怀人的形象,已经描绘得很传神了。"行人更在春山外"的情味,尽在不言之中。

"小帘愁卷月笼明,一寸秋怀禁得几蛩声"转韵,意思也跟着转了。皎洁的月色笼罩着庭间,要卷起帘子来玩赏那迷人的月色,但又怕那唧唧的虫声扰动人的愁思!秋天的离愁别绪,早已占满心头,使人难以忍受。若再听到那凄切的蛩声,更叫我如何是好!既爱月色,又怕虫声,心情多么地矛盾。此处月明是景,愁卷是情;下句则虫声是景,秋怀是情。此是融景于情也。下句紧接上句,补足怕卷帘的缘故。不说蛩声扰乱秋怀,而说秋怀禁不起蛩声。语意灵活。"一寸秋怀"有语典,作寸心解,出自庾信赋"谁知一寸心,乃有万斛愁"。

"井梧不放西风起,供与离人睡"是一篇的转捩:露井旁的梧桐树啊,它没有发出那瑟瑟的声响;为的是要使那满怀心事的人能安稳入睡。词人不说西风没有吹到梧桐树上,而是说梧桐树为了使那离人能易于安睡,却把西风收着不放出来。这就避免了平直的毛病,写得曲折而有情致,将梧桐也写成能体会人意了。可是,那人又何尝因熟睡而做得好梦呢?就如那天上的月牙,是正缺着而未圆啊!要在睡中圆梦既不可能,只好起来徘徊四顾,望那在檐角结网的蜘蛛,又惹起阵阵的惆怅。结二句说清夜沉沉,正好入睡。奈何梦境不圆,犹如尚缺的新月一样。檐蛛结网,景

虞美人 317

象是冷落的,但在那刚醒来的人看来,却以为是蜘蛛报喜,因而又惹起寻思。梦是情,新月是景,檐蛛结网是事,情景事三者交融无间。圆,是圆满的意思,圆梦,即从梦中得到满足。寻思,含有猜疑不定的意思。梦未得圆,方感惆怅,既睹蟢蛛,又疑为相见在望也。檐蛛结网,有当时的民俗背景。有一种蜘蛛叫蟢子,亦名喜蛛,俗传喜蛛落在人衣上,当有亲人至。这里的檐蛛或用此意。《西京杂记》引陆贾对樊哙语:"蜘蛛集而百事喜。"欧阳修《玉楼春》词有"蜘蛛喜鹊误人多,似此无凭安足信"。亦为寻思生疑之意。杨铁夫认为"思"与"丝"谐音,因彼及此,释义欠妥。或以为"蟢蛛结网"只是作为冷落、寂寞的形容语,于义亦通。

此词语虽浅近,意境却逐层转深,缠绵曲折,先写那女性有着比花还漂亮的容貌,而又寂寞孤单地过着凄清、怀人的幽居生活,使人不胜怜惜。通篇以情致见胜,而各选家皆忽略之,可能认为这不是吴词的本色制作罢!

宋词常有歌席遣兴之作。所写的伤离惜别之作品,其内容往往不一定与作者本人有直接关系,所谓"不独叙其怀,兼写一时杯酒间闻见所同游者意中事"(见《小山词序》),借此"聊佐清欢"。吴文英词集中忆姬之作比重颇大,而这些作品中所见的词汇,差不多都是一致的。例如写时间则常点出暮春、清明;写地点则常点出吴苑、西湖;写事物则常点出去燕、歌扇等。又惯于用"从别后,忆相逢"的哀乐变易,互相映衬地写出。这一阕只是将一个妇女幽居寂寞的怀人情绪,婉转地有层次地描绘出来,与平日所作迥然相异。这可能也是当筵应歌的一类，未必与忆姬有关。如果说他是用对面着笔的手法，借写姬人来忆自己，然集中他作证之，则姬人之离去，意甚决绝，其所生之子，亦弃委而不顾，又怎可以遥想她对自己有这样缠绵的相忆呢？

霜花腴
重阳前一日泛石湖作

吴文英

翠微路窄，醉晚风、凭谁为整欹冠。霜饱花腴，烛消人瘦，秋光做也都难。病怀强宽。恨雁声、偏落歌前。记年时、旧宿凄凉，暮烟秋雨野桥寒。　　妆靥鬓英争艳，度清商一曲，暗坠金蝉。芳节多阴，兰情稀会，晴晖称拂吟笺。更移画船。引佩环、邀下婵娟。算明朝、未了重阳，紫荚应耐看。

此调为吴文英自度曲，明张廷璋所藏旧抄本于调名下标注为"无射商"。宋季词人周密《蘋洲渔笛谱》有《玉漏迟·题呈梦窗霜花腴词集》一词，张炎《山中白云词》亦有《声声慢·题梦窗自度曲霜花腴词卷后》之作。可见此词在当时是盛传的，并很可能以《霜花腴》作为他的词集名。故周密一词称之为词集，而张炎所题乃其手书《霜花腴》词卷。此词清劲疏朗，异于吴词的本色制作。即陈廷焯《白雨斋词话》所谓"梦窗之妙，在超逸中见沉郁"一类。石湖在苏州门西南十里。宋范成大归江东时，陛辞之日,宋孝宗曾御书"石湖"二字赐之。此词乃吴文英在苏州时重阳前一日与人泛舟于石湖所写,虽为纪游之作,然写作时必须切题,因为此时乃重阳前一天。作者只是泛舟临水,与重阳的登山凭高又有所不同,两者既须分别点出,又须有一定的联系,终不会失却题意。

词人设想登高到翠微的小径上,沉醉之时,晚风吹侧了帽子,有谁人替我将它戴好呢? 这样地虚起,用意超妙,读之使人以为其身在翠微而作,其命意不过借此以衬托出入夜泛舟石湖,尤胜于翠微登高而已。其故作奇突语,起处便觉有势。"整欹冠",同杜甫"笑倩旁人为整冠"诗意。"欹冠"代"乌帽",亦暗用孟嘉落帽龙山事。"翠微"已见前《霜叶飞》词解析。"霜饱花腴"三句,笔法骤转变,谓菊花因饱经风霜而显得肥美;人影因烛光减弱而更加瘦削。这是九秋的风光啊,不是人能造出来的!写出泛舟座中所见的景物,一起一承之间,意境本不相属,而其中却不使用引转的字句,径行连接,而以气势使之贯注,所谓"大起大落"的手法。"病怀强宽"四字蓦转,多病的情怀,此时强自宽慰。"强"字是将作者的内心感受突出,以其多病悲秋的情怀,恐非泛舟石湖,对酒当歌而可以宽慰的。此句受了杜甫"老去悲秋强自宽"诗意的影响。词人本来想为强宽病怀而听歌,可恨正当听歌的时候,又被那雁声干扰。"恨雁声、偏落歌前"暗指雁声又撩起自己的遐想,欲求强宽片刻而不可得。合上句来看,语短意曲,才宽又恨,一句一折。"记年时、旧宿凄凉,暮烟秋雨野桥寒"二句,倒叙一笔,是说记得当年重九的时候,孤凄地在此居住，只见那薄暮的轻烟，萧疏的秋雨，桥边野外，一片荒寒的景色。用追忆当年的凄凉生涯来反衬目前对酒听歌，夜泛石湖的欢乐。"记"字，意境变换，作风有如周邦彦的《锁窗寒》上片歇拍处的"似楚江暝宿，风灯零乱，少年羁旅"。本是很寻常的追忆语，但在这里用上了，便觉笔下仍见波澜，无率直之病。

换头"妆靥鬓英争艳，度清商一曲，暗坠金蝉"三句，补出舟中歌席所见：那歌女的美丽妆扮和鬓边的菊花正在互相矜夸斗艳，当唱着一曲情歌之际，头上的金饰也不觉坠下了。这三句语作收束，并遥承上文的"歌前"。宋代士大夫每遇游宴，常挟歌伎与俱。这里所描写泛湖时对着美艳的歌伎，听到清怨的歌声，藉此亦应强宽病怀了。清商，指清怨的商调歌曲。金蝉则是金制的首饰。"芳节多阴，兰情稀会，晴晖称拂吟笺"三句，是说重阳佳节，较多阴雨，友情虽美好，相聚却少；此际天色晴朗，新月流光，正是拂笺赋诗的时候了。"多阴"是指年时的"暮烟秋雨"，"稀会"是指往日的"旧宿凄凉"。而目前则良辰、美景、赏心、乐事汇合在一起，人生难得，足以宽怀赋诗了。此处更著以"更移画船"四字，领起下文，将意境更推近一层。"引佩环、邀下婵娟" 是倒装句法，意谓要将月里佩着玉环的嫦娥邀引下来。吴文英惯于用代替法，此句无非写当时"移舟就月"的景况，而作者却以"婵娟"代月，意思是将船移前一步，把月里的嫦娥也邀引下来，使境界顿觉清新超妙，有寓实于虚之胜。一结"算明朝、未了重阳，紫英应耐看"，是说算起来明天就是重阳节日，应该仔细地更看茱萸，重觅清欢了。收处点明这次泛舟石湖，是重阳的前夕。明天正应有共看茱萸的登临约会。既紧切题目，又留有余意。

此词全篇以善于用笔见胜。其承转、转折、变换、照应之处俱见手法。学吴文英词，当于其用笔处求之。如只取法其字面瑰丽，积字成句，积句成篇，正是为张炎所讥"七宝楼台，眩人眼目，拆碎下来，不成片段"了。

莺啼序

吴文英

残寒正欺病酒,掩沉香绣户。燕来晚、飞入西城,似说春事迟暮。画船载、清明过却,晴烟冉冉吴宫树。念羁情游荡,随风化为轻絮。　　十载西湖,傍柳系马,趁娇尘软雾。溯红渐、招入仙溪,锦儿偷寄幽素。倚银屏、春宽梦窄,断红湿、歌纨金缕。暝堤空、轻把斜阳,总还鸥鹭。　　幽兰旋老,杜若还生,水乡尚寄旅。别后访、六桥无信,事往花委,瘗玉埋香,几番风雨。长波妒盼,遥山羞黛,渔灯分影春江宿。记当时、短楫桃根渡。青楼仿佛,临分败壁题诗,泪墨惨淡尘土。　　危亭望极,草色天涯,叹鬓侵半苎。暗点检、离痕欢唾,尚染鲛绡;䵷凤迷归,破鸾慵舞。殷勤待写,书中长恨,蓝霞辽海沉过雁,漫相思、弹入哀筝柱。伤心千里江南,怨曲重招,断魂在否。

《莺啼序》为词调中最长的一阕,凡四段,共二百四十字。吴文英之前,未见有人用及,但在《梦窗词集》中共有三阕,其中题为《丰乐楼》的一首,作于淳祐十一年(一二五一年),故亦有称此调为《丰乐楼》的。宋末词人填此调者有刘辰翁、赵文、汪元量、黄公绍等，皆稍后于吴文英。并且，各词均为宋亡后所作，故颇疑此调为吴文英所自度。

此词为吴氏极刻意之作，层次分明，体格浑成，低徊往复，一气贯注。陈廷焯《白雨斋词话》评为"全章精粹，空绝千古"。虽为过誉之语，然就此调而论，历来作家所作的《莺啼序》都不能高出于吴氏此词之上，这是可以肯定的。在整首词中，第一段为伤春，第二段为念往，第三段为感逝，第四段为寄慨。通篇有脉络、有照应，把作者对姬人悲欢离合、惜别悼亡的心情，曲折地描绘出来，意境沉郁，为吴词中有代表性的作品。毛刻本有题为《春晚感怀》，彊邨老人四校定本删去。

词的第一段，写残余的寒气，有意侵袭着酒后困倦的人，只好掩上那嵌着沉香的绣户门。天色近晚，燕子归来，似向人诉说：城外的春光啊，快要过尽了。湖上的画船，已经把春光悄悄地载走了；透过袅袅的晴烟，依稀看见吴宫的杨柳，早已变得绿叶深深。回忆起当日客里冶游的遭遇，现已情随事迁，像那风中的轻絮，再也无法可寻了。词以春寒闭户作起，以下之情事都从这里追念、凝想得来。如此长调，起语不宜过于着力，其警练精策之处，应留待以后纡徐地写出，方能便于铺叙。又用"燕来晚、飞入西城，似说春事迟暮"二句，以春暮来引起怀旧，"似"是疑似之辞，因为人还在户内，春事如何？只是从燕语推想。"画船载、清明过却，晴烟冉冉吴宫树"承接"春事迟暮"，清明寒食，是作者与姬人相遇之时间，集中屡道及之，此语乃因其时而想及其事,所谓情缘景生也。郑文宝诗有"不管烟波与风雨,载将离恨过江南"句。"载"字殆本于此。作者惯用代替字,此句以"吴宫树"代柳,而用下句中的"絮"字来点明,以避免与第二段的"柳"字重复。 吴宫指代杭州,因杭州旧属吴地。五代吴越,亦建国于此。"念羁情游荡,随风化为轻絮",以情如轻絮作一小住,下段始将羁情补足,似断还连,法度最密。此处《词律》以"念羁情、游荡随风,化为飞絮"作分句,今依《钦定词谱》。

次段追忆往事。记得十年前,系马在西湖的杨柳岸边;那娇尘软雾的旖旎春光,是多么令人迷恋。那随水漂流的片片花絮,把我引到仙人所在的清溪;我就将爱慕的心怀,托她的侍婢来传递。共倚着镶银的屏风,沉醉在那无限温柔的春光里;可惜那欢娱的日子,像梦一样的短促;相别之时,那缕金的舞衣、素纨的歌扇,都给眼泪沾湿。日暮的湖堤,变得冷落起来,湖山的斜阳景色,也只好归送给那鸥鹭去享受了。"十载西湖,傍柳系马,趁娇尘软雾",追忆与姬人相遇之始,但却没有将人写出,只是将当时的美好景色描绘出来,作为烘托。由于有美丽的人在其间,使湖上的景物也为之生色,令那尘和雾也给人以娇柔的感觉。这是间接描写的手法,含蓄蕴藉。此是吴词的特点。"傍柳系马"四字均用仄声,尤以用去上去上为佳。吴词三阕亦皆如此。清末名词家悉遵照之。"溯红渐、招入仙溪,锦儿偷寄幽素"二句,暗用刘晨、阮肇入天台山遇仙女的故事,来比喻作者当时的艳遇。用语不多,已将作者和姬人相遇的情况概括出来。词意婉约,不落俗套。锦儿本是钱塘名妓杨爱爱的侍婢,见洪遂《侍儿小名录》。"倚银屏、春宽梦窄,断红湿、歌纨金缕"二句,是所谓的"尖头对",因为上下句都是上三字下四字的尖头句。一副尖头对,用压缩的手法,把与姬人相聚的美好生活,归纳于"倚银屏"三字之中。"春宽梦窄"一语极精炼,具见哀乐之骤变,而意境亦随之而改换。金缕,以金为缕的舞衣。唐杜秋娘诗有"劝君莫惜金缕衣"句。"暝堤空、轻把斜阳,总还鸥鹭"二句,写自从分别以后,那美好的湖光山色,再不是归我所有。在字面上尚非怆伤语,但将作者的空虚、寂寞、惆怅的内心境界,描绘得无遗。"难状之景,难达之情",写来却不甚费力。这里由于有实境、实感的存在,自然情文相生。"总还鸥鹭",就是于人无分,语浅意深,亦为人所未道。

  词的第三段,写时光过去了,我又到江南水乡来作客,只见当日的幽兰已经老了,那杜若也重新长起来了。特意重访湖上的六桥,却得不到那人的信息;原来经过几番的风雨,那人早已像花那样地凋谢,而埋骨湖山。那流动的顾盼,使水波自愧不如而妒嫉;那淡扫的黛眉,令远山感到失色而羞愧。春江入夜,两岸渔歌唱晚,灯辉交映。这正是当时在桃根渡口用小舟把她载归的时候啊!往日的妆楼,仿佛依旧,可是那临别时和泪题在壁上诗句的墨痕,早已沾满了黯淡的尘土。"幽兰旋老,杜若还生,水乡尚寄旅"三句,写重客杭州,一切景物都改换,花残了,草也长了,以衬出人事的变化,并引起下文的访寻。杜若,香草名。《楚辞·湘君》:"采芳洲兮杜若。""别后访、六桥无信,事往花委,瘗玉埋香,几番风雨"四句,点出旧地重来,但其人已殁。语虽叙事,然惋悼之情,溢于言表。"几番风雨",具见凄切的叹息。词笔至此,复作停顿。以下转入回忆,旋起旋落,务使语有未尽,意有未尽。这是谓吴词中的"留"字手法。六桥为西湖的堤桥,外湖六桥为苏轼所建,名映波、锁澜、望山、压堤、东浦、跨虹。"长波妒盼,遥山羞黛,渔灯分影春江宿。记当时、短楫桃根渡"四句,夸张地描绘了姬人眉目的美丽,"仙溪"是遇见之始,"桃根渡"是载之与归,作为纳姬的记述。晋王献之的妾名桃叶,尝临渡作《桃叶歌》赠之,歌云:"桃叶复桃叶,渡口不用楫,但渡无所苦,我自迎接汝。"又云:"桃叶复桃叶,桃树连桃根,相怜两乐事,独使我殷勤。"桃根为桃叶之妹,见《古今乐录》。后世惯以桃叶桃根,互相并用。楫者,泛舟拨水用的桨。长者为棹,短者为楫。短楫是小舟的代称。"青楼仿佛,临分败壁题诗,泪墨惨淡尘土"三句,写出寓楼重过的一片荒凉景象。"临分"一语,是补足第二段的相别。但暝堤斜阳,是写分别之初,去语尚非怆痛。此处则久别成永诀,情哀而意伤。作者的感情,是随着词调的伸展,而逐渐加深,填写长调,当理解此法。

第四段总括寄慨。在湖亭极目凝望,只见萋萋春草,远接天涯;可怜我的鬓发呀,已经白了一半。仔细看着从前的轻绡的手帕,既染上了离别时的泪痕,也留有欢会时的唾迹;憔悴自怜,就像那迷了归路的凤鸟,垂下双翅;又像那对着破镜的孤鸾,倦于起舞。准备很辛苦地把那绵绵不绝的长恨写在书中,可是海阔天空,过雁渺然,唯有将这人天永隔之情,聊付哀筝,以寄相思吧。望着那千里迢迢的江南,不禁令人哀伤;更不知她那漂泊的孤魂,如今流落在何方?"危亭望极,草色天涯,叹鬓侵半苎"三句,笔势骤然宕开,以境界之远,写感慨之深。以下全段一气直贯,笔重、意拙、境大。此类长篇,必须见层次、善铺叙。而最关键则在收处的一段,应该集中精力,总括全篇。气势沉着,力破余地,方能免于轻重倒置,后劲不继。北宋柳永、周邦彦的长篇,莫不如此。周邦彦出自柳永,而去其平易浅近之病;吴文英出自周邦彦,不过愈加雕琢幽邃而已。沈义父称"梦窗深得清真之妙",盖指法度而言。陈洵《海绡说词》评此二句云:"望字远情,叹字近况,全篇精神,只消此二字。""暗点检、离痕欢唾,尚染鲛绡;亸凤迷归,破鸾慵舞"四句,写枨触哀乐,并集一时,凄怆消沉,不能自拔。"欢唾"是相聚,"离痕"是临分。第二段与第三段都由此四字作回应。唾为唾液。李煜《一斛珠》词有"烂嚼红茸,笑向檀郎唾"句,语意本此,吴词常惯用之。如《婆罗门引》有"又黏惹、花茸碧唾香"。《玉蝴蝶》亦有"旧衫染、唾凝花碧"句,用沾惹唾液来形容欢乐的忘形。鲛绡指鲛人所织的绡。《文选》左思《吴都赋》:"泉室潜织而卷绡"。注云:"俗传鲛人从水中出,曾寄寓人家,积日卖绡。"此处作薄丝所制手帕解。亸(duǒ)为下垂貌。形容困倦。鸾,指鸾镜。昔罽宾王获一鸾,三年不鸣。其夫人谓鸟见其类始鸣。遂悬镜映之;鸾睹其形乃鸣。见《艺文类聚》引范泰《鸾鸟诗序》。故后铸镜,常以舞鸾作图饰,称为"鸾镜"。此处用破鸾,有隐喻镜破不能重圆之意。"殷勤待写,书中长恨,蓝霞辽海沉过雁,漫相思、弹入哀筝柱"四句，写出作者悼念之切，人间天上，音信难通，相思情怀，只好诉诸筝弦。语殊婉委，然意犹未尽，留待下语，更作转折。至"伤心千里江南，怨曲重招，断魂在否"三句，是说遥远江南，招魂无处，纵谱怨曲，亦只徒然。此处将上句的意境，更推进一层，极凄迷掩抑、往复顿挫之致，总结全篇，精力弥满。"伤心"用《楚辞·招魂》的语典："目极千里兮伤春心，魂兮归来哀江南。""否"字读作"虎"音，用来叶第四部韵。

　　此词篇幅虽长，然段落分明，结构完整。无一率语败笔，于铺叙中时见照应，允称名作。

高阳台
丰乐楼分韵得如字

吴文英

　　修竹凝妆,垂杨驻马,凭栏浅画成图。山色谁题,楼前有雁斜书。东风紧送斜阳下,弄旧寒、晚酒醒馀。自消凝,能几花前,顿老相如。　　伤春不在高楼上,在灯前欹枕,雨外薰炉。怕舣游船,临流可奈清臞。飞红若到西湖底,搅翠澜、总是愁鱼。莫重来,吹尽香绵,泪满平芜。

　　此词虽无甲子,然丰乐楼重新修建为淳祐九年(一二四九年,见《醉桃源》题解)。此作当在是年以后,而陈洵认为"是吴词之极沉痛者"。按吴文英集中的登临揽胜之作,其中不少是境界空阔,用笔健劲,寓意深厚的,并非悉如张炎所指为"七宝楼台,眩人眼目"。其格调自应高出忆姬诸词之上。可惜后世评选家对吴词这一方面每忽略之。

　　词的上片,写的是修竹丛中,掩映着盛妆的游人;垂杨深处,停留着来客的乘马;凭栏四望,眼前分明是一幅浓淡相宜的画图呀!如画的山色,却没有人去留题;只有成行飞雁,掠过楼前,好像为这幅画图,题上了字句。楼外的斜阳,被凄厉的东风很快地吹送下去了;晚酒醒后,骤然感到日暮天寒。在消魂凝想的时候,便感到自己只需要经过几次的看花对酒,就会像司马相如那样老病相交了。起语"修竹凝妆,垂杨驻马,凭栏浅画成图"三句,先写游人,次写登楼。"凭栏浅画成图"句,意境清新,湖光山色,如置目前。杨铁夫谓:"凝妆是远见,驻马则近前,凭栏则已登楼,层次井然。""山色谁题,楼前有雁斜书"二句,呼应紧凑,"谁题"作问语,使眼前景物,顿变冷落。以下转为融景入情。上句之"浅画"指颜色,此处即以"山色"承之,法度细致。"东风紧送斜阳下,弄旧寒、晚酒醒馀"二句说的是,太阳未落,酒意犹存,那时尚感觉春天还是妍暖的,但到了风急酒醒,已退的残寒,蓦然又起,怎能不令人兴感呢?这里笔随境转,境随意转,而作者的心情亦随之变换了。"弄"字很突出,旧寒重至,看成是东风所作弄,句意殊灵活。作者的《渡江云》词下半阕有"明朝事与孤烟冷,做满湖、风雨愁人"句,亦同样地以"做"字来突出意境。"自消凝,能几花前,顿老相如"三句,不写同座的流连畅饮,只写独自叹老伤春。身世之感,不能抑制,情景所会,自与众异矣。相如指司马相如,西汉辞赋家。《史记》里面记载,"相如常称病闲居,不慕官爵,拜为孝文园令。既病免,家居茂陵。"作者是以司马相如自比。

下片写道,在高楼上沉酣于筵歌欢乐之中,哪会因为春光易逝而伤感呢?只有在孤灯前靠着客枕,下雨时倚着薰炉这个寂寞的时候，才会真正领略到伤春的滋味呀！待要停船在湖上闲游，又怕澄明的湖水，映照出自己那清瘦的影子。如果那点点的飞花，飘落到苍翠波澜的湖里，使湖里的游鱼，也会因它的干扰而生愁了。已经是花落去归了，再也不要重来；如果他日重来，那绵绵的柳絮已经飘尽，只能将那点点凄清的泪水，洒向乱草平芜，使人更加难过罢了。"伤春不在高楼上，在灯前欹枕，雨外薰炉"三句，从上句的凝想而伸引出来，语殊凄怆。眼前游宴，虽称欢乐，可是灯前雨外，孤馆萧条，伤春的情绪，始终不能自免。连用两个"在"字，具见手法，是在彼而不在此的意思。写得曲折委婉。陈廷焯《白雨斋词话》评云："题是楼，偏说伤春不在高楼上，是何等笔力。"是指此处用笔能变化而言。"怕舣游船，临流可奈清癯"二句，是说登楼骋咏，既易怅触情怀；游湖顾影，又恐自怜憔悴。意境又推进一层。舣（yǐ），或作檥，停船。癯（qú），清瘦。"飞红若到西湖底，搅翠澜、总是愁鱼"二句，意义不甚明显。据杨铁夫所说："朱彊邨先生常称此二语为极妙。但未有点指妙在何处，只于其所手校的《梦窗词集》中，在此二语之傍，密加圈点。"陈洵则认为有"殃及池鱼"之意，也觉附会牵强。亦有人以"愁鱼"即"愁余"，亦无所据。按上句的游船，已转入写湖上了。"若到"二字，是想象语。推演其意，殆指水的苍翠清澈，鱼是悠然自得；但如果遇到落花漂满，那么湖波就会被搅乱，游鱼也为之生愁。登楼纵目，游湖顾影，触物感事，联想易生，骤遇变幻，岂能预测！鱼尚生愁，何况于人。南宋张炎《高阳台·西湖春感》词，有"见说新愁，如今也到鸥边",意有相近。吴词的"若到",是从未来着想;张词的"也到",是写在当前。一隐晦、一明显罢了!最后以"莫重来,吹尽香绵,泪满平芜"三句收束,预感到重来之日,风景全非,语极沉痛。丰乐楼的宏丽为湖山之冠,游人繁盛,为当时士大夫宴乐之所在,不知作者何以设想到再来之时,会如此凄怆荒凉呢?此时距元兵攻陷杭州,尚有二十余年,不应先有"城郭邱墟"之感。合二句观之,当有所寓意,但不敢妄测耳。

此词命题分韵,本属文字应酬一类,丰乐楼又为"高轩驷马,峨冠鸣佩"的士大夫游宴处所。但词中竟无一语描写杯酒酬乐的景象,只是寓情于景,低徊俯仰,而别有怀抱者。既非堆金积玉的华藻,也无脂香粉腻的气息,只是借助湖山的景物来反映其内心的沉重。至于陈洵《海绡说词》称为"浅画成图,半壁偏安也;山色谁题,无与托国者;东风紧送,则危急极矣。凝妆驻马,依然欢会;酒醒人老,偏念旧寒;灯前雨外,不禁伤春矣。愁鱼,殃及池鱼之意。泪满平芜,城郭邱墟,高楼何有焉。故曰伤春不在高楼上。"如此说法,又出乎臆测,属于常州派所谓"作者未必然,读者何必不然"的一类论点,只可作为参考。是时边事日亟,在登高临远,日暮伤春之际,感怀身世,是很自然的。其艺术手法已经具有一定的感染力,如非有确切依据,就不应该"望文生义"。

望江南

吴文英

三月暮,花落更情浓。人去秋千闲挂月,马停杨柳倦嘶风。堤畔画船空。　恹恹醉,长日小帘栊。宿燕夜归银烛外,啼莺声在绿阴中。无处觅残红。

这是一首语短而情长,韵致深婉的小令。上片是说,三月快要过去了,望着眼前片片的落花,更令人心中充满伤春的情感。游人已散去了,那空闲的秋千索只能悬挂清宵的皓月;归马也系好了,那冷落的杨柳岸再也听不见临风的马嘶声。湖上的游船,从此不知何处去了。"人去秋千闲挂月,马停杨柳倦嘶风"很警策地描绘了花落春去的冷清景色。全仗用"闲"字和"倦"字,将意境突出,清新工致,有欧、晏韵味。"堤畔画船空"和上文两句都是从花落而引申出来。春花落后,则游人散、马嘶寂、秋千闲、画船空,往日繁华,顿成消歇,能不慨叹!"三月暮,花落更情浓"二句以平易语作起,来衬出下面对偶句的精炼,下文的景物是"更情浓"的补足语,此所谓"加倍写法"。

换头"恹恹醉,长日小帘栊"二句,谓湖上春空,日长人静,只好独坐帘栊之下,借酒消愁吧!此处转入写花落春归,无意外出,唯有于恹恹中借醉以遣长日。写出了作者无可奈何的索寞情绪。"宿燕夜归银烛外,啼莺声在绿阴中"二句又是对偶句:当室内银烛初上,燕子也归来夜宿;在湖边绿荫深处,黄莺不时唱出切切的啼声。此指燕子因为无花可衔而归宿,黄莺因为无法留春而啼切。惜春固不止是人,而人对着燕归莺啼,兴感益甚罢了。亦景亦情,融为一体。烛外是指人在烛光之内,燕归就在烛光之外。"无处觅残红"一句唱断:遥想那湖上的落花飞絮呀,已经随春消逝,什么地方也寻找不到了。此句用来紧承上联,亦遥承起语的"花落"句。将燕归莺啼,都看成是因花落春空的原故,收得神完意足。

此词历来诸评选家都不甚注意及之,近人俞平伯的《唐宋词选释》将它选入,并认为"本篇与欧阳修《采桑子》(群芳过后西湖好)词极相似,写法却在异同之间",所说殊有见地。我们看这首词,仅是叹惜春光消逝之作,虽属流连光景的一类,然而造句婉秀,饶有韵致。上下阕的七言对偶句,研炼精警。全阕没有多用言情的词语,只是把那些令人惋惜的景物排列在一起,使伤春的情绪自然流露出来。这与五代、北宋的风格颇相近,也就是所谓"含蓄蕴藉"的方法。与吴文英同时的词人,有不少是受到姜白石的影响,大致趋向清空疏宕一派。而作者则继承和发展了周邦彦那种"富艳精工"的词风,寓疏于密,色泽浓丽。周济《宋四家词选》称其为"返南宋之清泚,为北宋之秾挚",殆即指此类而言。此阕从刻画中而见自然,在吴词中也是不常有的。

金缕歌
陪履斋先生沧浪看梅

吴文英

乔木生云气。访中兴、英雄陈迹,暗追前事。战舰东风悭借便,梦断神州故里。旋小筑、吴宫闲地。华表月明归夜鹤,叹当时、花竹今如此。枝上露,溅清泪。　　遨头小簇行春队。步苍苔、寻幽别坞,问梅开未。重唱梅边新度曲,催发寒梢冻蕊。此心与、东君同意。后不如今今非昔,两无言、相对沧浪水。怀此恨,寄残醉。

《金缕歌》即《金缕曲》,又名《贺新郎》。沧浪亭在苏州,原为五代吴越广陵王钱玄璙之别圃,北宋时为苏舜钦得之,南渡后又为抗金名将韩世忠所得。履斋先生是吴潜。吴潜(一一九六—一二六二),字毅夫,号履斋。淳祐十一年(一二五一年)为参知政事,拜右丞相兼枢密使,封庆国公,改封许国公。以沈炎论劾,谪化州团练使循州安置。景定三年卒。公有《履斋诗馀》三卷传世,与吴文英常有唱和。吴潜于嘉熙二年(一二三八年)八月由庆元府改知平江府（郡治在苏州），而嘉熙三年正月予词。以时考之，与吴文英沧浪亭看梅当在是年正月，在其去职之前。吴潜与吴文英之兄翁逢龙乃同榜进士，故此题称为履斋先生。后来吴潜帅绍兴，吴文英迎之则改称吴潜为履翁。入吴潜幕之后，则称吴潜为吴宪。

词的上片，写的是故园中那高高的乔木，缭绕着迷蒙的云烟。到了此地，不禁要访寻沧浪亭旧主人——南渡抗金的中兴名将韩世忠在此的旧迹和缅怀其克敌告捷的英雄往事。当日的东风啊，可惜不能给水军以方便，以致未能一举全歼来犯的敌人，收复失地；至今的梦魂啊，犹恋念着那沦陷的故土。强敌既退，朝廷议和，壮志未伸。不如在沧浪亭这清幽的地方，构筑别业，聊以自遣罢！韩王往矣！如果能化鹤归来，看到昔日之幽美园林，变成如此的萧条冷落，也应为之惊叹。梅枝上凝聚着的露珠，看起来好像沾上了游人的泪点。起句"乔木生云气"就给人一种荒凉冷落的感受。将沧浪亭那种叠经世变、数易其主的萧条景象描绘出来，以引起下文的感慨。乔木是高大的树林。《孟子》有"所谓故国者，非有乔木之谓也，有世臣之谓也"之语。杨铁夫认为这是"南渡后，世臣零落"之感。"访中兴、英雄陈迹，暗追前事"二句，触景生情，抚今追昔，作为兴感之由。英雄陈迹指韩世忠的旧迹。韩世忠，字良臣，延安人。英勇绝伦。守镇江时，金兵由兀术统率分道渡江。世忠以八千之众，与十万金兵相持于黄天荡。凡四十日，大破之，兀术遁去。又刘豫分兵入寇，世忠设埋伏二十余所。及战，伏兵四起，大败金兵。当时认为中兴武功,应推第一。卒后封蕲王。详见《宋史》。暗追,默默地追念、缅怀。"战舰东风悭借便,梦断神州故里"二句,追忆兀术所率之金兵从被围中掘新河遁去,韩世忠虽获大胜而不能竟全其功,遂使神州故里,仍由敌占。可惜黄天荡一战不能如赤壁之战,得乘东风之势,以破敌军,使来犯之敌舰,全为灰烬。令南宋朝廷,终成偏安之局。"梦断"一语,所感甚深。至"旋小筑、吴宫闲地"句,用笔作一小住,下语再行引起,顿觉有一抑一扬的妙处。追昔至此,便转入抚今了。按:秦桧主和议,收韩世忠兵权。世忠遂隐居杭州西湖,自号清凉居士,得沧浪亭当在此时之前。"华表月明归夜鹤,叹当时、花竹今如此"二句,概括地写出时移势异,景物都非。其所寓感之深切,殆又不独只为沧浪亭而发。韩王若有灵,能不浩叹!华表用丁令威化鹤之典,表示世事变迁。《搜神后记》载:"丁令威本辽东人,学道于灵虚山。后化鹤归辽,集城门华表柱(立石作柱,以为信道的标志),时有少年举弓欲射之,鹤乃飞,徘徊空中而言曰:'有鸟有鸟丁令威,去家千年今始归,城郭如故人民非,何不学仙冢累累。'遂高上冲天。"上片收结的"枝上露,溅清泪"二句,起着承上转下的作用。只把"露"和"泪"联在一起,就将访陈迹、追往事、看梅花等融合起来,最见功力。

换头"遨头小簇行春队"句,写的是亭里的梅花要开了,一些人拥簇着太守结队来游春行乐。这里点出陪吴潜赏梅于沧浪亭。"遨头"出《成都记》:"太守出游,士女则于木床观之,谓之遨床,太守为遨头。"吴潜是时尚在知平江府任,故以太守称之。

以下再写：踏上那长着苍苔的小径，访寻着各个幽清的花坞，不禁问声："早梅开了没有？" 梢头的梅蕊啊，不肯凌寒而自开；只好在梅花底下，将自度的新词反复地唱，作为催花的歌曲罢！春天之神啊！会带来暖和的气候，让梅花得到开放；那看花的人呀！也同样盼望梅花得到暖气而早日盛放。今天的沧浪亭，已没有了昔日的盛况；以后的沧浪亭呢，恐怕要比今天的还要荒凉呀！默默无言，共对着那冷冷清清的沧浪之水，不禁为之黯然矣！心中那茫茫的怨恨啊！怎样才能排遣？只有借酒来消除罢了。"步苍苔、寻幽别坞，问梅开未"二句，从"寻"字着笔，刻画"寻"字，颇为细致。坞（wù）是有土坡作障的低地。别坞，指从这一个花坞到另一个花坞，只见园中的梅花，还在将开未放，要来往的访寻方能看到。"重唱梅边新度曲，催发寒梢冻蕊"二句，写出期待梅花开放的急切心情。想借助新曲，催发寒枝，意境清越。"此心与、东君同意"，意谓作者与吴潜共同抱着暖回寒退、春暖花开的希望。东君本指司春之神，这里隐喻吴潜。到"后不如今今非昔，两无言、相对浪沧水"二句，俯仰之间，笔随景换。语意本来是忧愤，但不出之以激昂，而出之以慨叹。所谓"沉郁"，应属此类。如推演其意，可以理解为：昔日金兵入侵，尚有英雄人物如韩世忠、岳飞诸名将拒之，使成半壁之势；如今之蒙古，其凶悍有甚于金人，偏安局面，能长久维持下去吗？这应是有感于时势而发。两年后（一二四二年），蒙古兵果渡淮河、入扬州、滁州，而屠通州。以"两无言"来形容内心的沉重。以"沧浪水"来形容眼前一片凄清的景象，语愈淡而感愈深，风格转近于辛弃疾，这在吴词中是少见的。陈廷焯《白雨斋词话》评云："感怀身世，激烈语偏说得温婉，境地最高。"收二语"怀此恨，寄残醉"，抚今追昔，缅想将来，以一醉了之作结，此亦无可奈何之意。陈洵《海绡说词》认为是："前阕沧浪起、看梅结，后阕看梅起、沧浪结，章法一丝不走。"

此词为吴文英抚时伤事之作，正当国事日非，外患将亟之秋，而往日南渡中兴如韩世忠诸名将，无复见于今世。又叹息当日韩世忠未能乘机尽歼兀术所率领的入侵敌军，以致神州沦陷之地，未能光复。词意本是感慨，而寓沉郁于自然。笔调清健疏朗，一变平日密丽深涩的风格，为《梦窗词集》中不可多得之作。杨铁夫《梦窗词集笺释》云："梦窗词专写怀抱，少及时事，即事寄慨者止此。他词缠绵悱恻，此词独慷慨悲歌，一洗本来面目，乃知文由题生，情由文出，梦窗亦不能坚守本色文字也。"所说足资参考。按吴潜《履斋诗馀》其风格豪迈疏旷，与苏东坡、辛稼轩一类相近。吴文英此词吐属意境，与《履斋诗馀》诸作颇为逼肖。这在酬唱赠答中故意效仿其体也是有可能的。如姜夔次辛弃疾韵的《汉宫春》《永遇乐》等作，都是变换了原来的风格而刻意追求与辛弃疾相接近。

附　书稿涉及人物简介

1. 王士祯（1634—1711），字子真，一字贻上，号阮亭，又号渔洋山人。山东新城人。顺治进士，诗人。有《带经堂集》，其词集名《衍波词》。

2. 王时翔（1675—1744），字抱翼，一字皋谟，号小山。江苏太仓人。有《青涛词》《绀寒集》《青绾乐府》《初禅绮语》《旗亭梦呓》各一卷，合称《小山诗馀》。

3. 王昙（1760—1817），又名良士，字仲瞿。秀水人。一生潦倒，其诗文颇有新意新论。有《烟霞万古楼集》。

4. 王策（1663—1708），字汉舒，号香雪。江苏太仓人。有《香雪词钞》二卷。

5. 王鹏运（1849—1904），字幼霞，号半塘、鹜翁。广西临桂人。其词风沉郁悲慨，有《半塘定稿》等，所辑《四印斋所刻词》，校勘甚为精审。

6. 元好问（1190—1257），字裕之，号遗山。太原秀容人。

金代文学家,时号"一代文宗"。金亡后,不肯臣事蒙元,辑金代已故君臣诗词为《中州集》。词有《遗山乐府》。

7. 区季谋(1896—1988),原名权,号季子。广东南海人。早岁居粤垣,为世家子,以诗词书法擅名。19世纪40年代末移居香港,优游文翰,垂老不辍。

8. 戈载,字顺卿。江苏吴县人。能词,作《词林正韵》。其《宋七家词选》收周邦彦、史达祖、姜夔、吴文英、周密、王沂孙、张炎七家词。

9. 毛晋,字子晋。江苏常熟人。明末清初著名的藏书家。

10. 文廷式(1856—1904),字道希,号芸阁。江西萍乡人。光绪进士。有《云起轩词》,词风豪放。

11. 方孝岳(1897—1973),原名时乔。安徽桐城人。古典文学、古代汉语研究家。曾为中山大学教授。

12. 尹焕,字惟晓。山阴人。时与吴文英唱和。有《梅津集》。

13. 厉鹗(1692—1752),字太鸿,号樊榭。浙江钱塘人。浙派重要词人。有《樊榭山房词》。

14. 龙榆生(1902—1966),原名沐勋,字榆生,号忍寒。江西万载县人。现代词学大家,早年就读武昌高等师范学校,师从黄侃。后为朱彊邨传砚弟子。有《东坡乐府笺》《中国韵文史》《唐宋名家词选》《唐宋词格律》《词曲概论》《词学十讲》等。其《唐宋名家词选》,有"近世选本之冠"之称。朱庸斋先生授词,主要据其《唐宋名家词选》《近三百年名家词选》讲授。

15. 叶恭绰(1881—1968),字誉虎、玉甫,号遐庵。广东番禺人。广东文献学者。有《遹庵汇稿》《遹翁词赘稿》等，另编有《全清词钞》。

16. 史承谦，字位存，号兰浦。江苏宜兴人。有《小眠斋词》四卷。

17. 冯平（1892—1969），别署秋雪，号西谷。广东南海人。诗人、教育家、革命家。编撰《宋词绪》《金诗绝句选》，有《金英馆词》《甲甲夏词》《秋音甲稿》《乙稿》《水珮风裳集》等。

18. 冯缃碧（1896—1974），原名丙太，又名永康，字缃碧。广东鹤山人。曾为广东国画研究会会员。

19. 过春山，字葆中。江苏吴县人。有《湘云遗稿》四卷。

20. 吕碧城，字圣因，一字兰因。安徽旌德人。有《信芳集》《晓珠词》。

21. 朱孝臧（1857—1931），原名祖谋，字古微，号沤尹，又号彊邨。浙江归安人。光绪进士，官礼部侍郎。有词集《彊邨语业》，刻唐宋金元人词为《彊邨丛书》，并选有《宋词三百首》。

22. 朱彝尊（1629—1709），字锡鬯，号竹垞。浙江嘉兴人。浙派词的创始人，词宗姜夔、张炎，风格清丽。有《曝书亭集》，词集有《江湖载酒集》《静志居琴趣》《茶烟阁体物集》等。

23. 任讷（1897—1991），字中敏，号二北、半塘。师从吴梅受词曲之学。晚年执教于扬州师范学院。

24. 任曾贻，字淡存。江苏宜兴人。有《矜秋阁词》一卷。

25. 庄棫（？—1878），字中白。江苏丹徒人。为常州词派后劲。有《蒿庵词》。

26. 刘嗣绾,字芙初。江苏阳湖人。有《筝船词》。

27. 江孔殷(1864—1952),字少泉,别号霞公。广东南海人。近代广州著名诗人、翰林、美食家。

28. 江昱(1706—1775),字宾谷,号松泉。广陵人。清代学者、藏书家。安贫好学,博涉群籍,贯通经史,尤精《尚书》,袁枚誉之为"经痴"。有《梅鹤词》。又著《山中白云词疏证》,辑周密《蘋洲渔笛谱》及周之集外词。

29. 江湜,字弢叔。江苏长州人。有《伏敔堂诗录》。

30. 汤定华(1918—2013),原名启亮,字文冰,又名正华。广东南海人。毕业于岭南大学,修读中国文学,师承熊润桐。曾任新会县立第三中学校长。抗战胜利后到港,为救恩书院文史老师。1950年冬,与廖恩焘及刘景堂建"坚社"。1976年移民赴美。有《思海廎诗集》《思海廎词集》。

31. 阮退之(1897—1979),原名阮绍元。广东阳江人。岭南著名诗人。长期从事文化教育工作。

32. 孙过庭,字虔礼。唐书法家,陈留人。有《书谱》二卷,今仅存上卷,为古代重要书法论著。

33. 严既澄,广东四会人。曾任上海大学、北京大学、北平师范大学、中法大学、北平大学女子文理学院教员、讲师、教授等职。有《初日楼诗》《驻梦词》,译有《进化论发现史》《怀疑论集》《现代教育的趋势》等。

34. 苏文擢(1921—1997),广东顺德人。无锡国专毕业。自20世纪50年代起,执教于香港各大专院校,历任珠海书院讲师、中文大学高级讲师、中文大学教育学院教席，亦多年设教讲学于学海书楼、孔圣堂国学班。其学出入于义理、考据、词章之间，于六艺钻研至深，尤长于三礼与左氏公羊学。尝谓六艺为中国文化主流、文学之本源、人情伦理之所系，每以近人忽于传习为憾。故凡所撰作，皆以明圣道、正人心为务。有《邃加室诗文集》《邃加室讲论集》《邃加室诗文续稿》《邃加室诗文丛稿》《说诗晬语诠评》《韩文四论》《经诂拾存》《孟子述要》《黎简年谱》《浅语集》《灵芬联集》《陈希夷心相篇述疏》等。

35. 李鸿烈，斋号风远楼。广东宝安人。1936年生于香港。曾任教新法书院，兼任经纬书院讲师、华侨书院教授。有《风远楼诗稿》。

36. 李雯（1608—1647），字舒章。江苏松江人。与陈子龙、宋征舆合称"云间三子"。有《蓼斋集》，附词一卷。

37. 李慈铭（1830—1894），字爱伯，号莼客，室名越缦堂，晚年自署越缦老人。会稽人。光绪六年进士，官至山西道监察御史。有《越缦堂日记》，人评为"可继亭林《日知录》之博"。词作有自选《越缦堂词录》。

38. 杨玉衔，字铁夫。广东香山人。有《抱香词》，又作《梦窗词笺释》。

39. 杨易霖，字雨苍。生卒不详。为章太炎、邵瑞彭弟子。有《词范》《周词订律》《紫阳真人词校补》《读词杂记》等。《周词订律》1937年由开明书店出版。

40. 杨琏真加，元代僧人。忽必烈时为江南释教总统，发掘南宋在钱塘绍兴一带的帝后大臣陵墓一百零一所，盗取殉葬珍宝。

41. 吴三立（1899—1989），字辛旨。广东平远人。历任国立北京大学、中山大学、中华文法学院、勷勤大学、华南师范学院中文系教授。工书法，擅诗词。有《文字形义要略》《中国文字学》《中国文字学史导论》等。

42. 吴兰修，字石华。广东嘉应人。有《桐花阁词钞》五卷。

43. 吴伟业（1609—1671），字骏公，号梅村。江苏太仓人。明末清初著名诗人，有《梅村集》《梅村家藏稿》等。

44. 吴道镕（1852—1936），原名国镇，字玉臣，号用晦，晚号澹庵。祖籍浙江会稽，寄籍广东番禺。前清进士、翰林院编修。曾在三水肄江学院、惠州丰湖书院、潮州金山书院、韩山书院、广州应元书院等书院主讲。光绪二十年两广大学堂改为广东高等学堂后，他曾出任监督（校长）。后又任学部谘议、广东学务公所议长。辛亥后不仕，逝世遗命以道装入殓。著有《海阳县志》《明史乐府》《澹庵诗存》《广东文徵作者考》《番禺县续志》，辑有《广东文徵》。书法亦甚知名。

45. 吴湖帆（1894—1968），初名翼燕，字遹骏，后更名万，字东庄，又名倩，别署丑簃，号倩庵，书画署名湖帆，斋名梅景书屋。江苏苏州人。现代国画大师，书画鉴定家。有《佞宋词痕》。

46. 吴激，字彦高，自号东山。建州（今福建建瓯）人。有《东山集》及《乐府》。

47. 吴藻，字蘋香。浙江仁和人。有《花帘词》《香南雪北词》。

48. 何幼惠，何叔惠弟，1931年生人，广东顺德人。在港从事银行业多年。有《玉堂金声》及《何幼惠自书词作品集》等。

49. 何叔惠（1919—2012），号薇盦，斋名三在堂。广东顺德人。19世纪40年代赴港，先后于崇文英文书院、珠海中学、坚道英文书院担任国文科老师，曾任永亨银行及何氏至乐楼中文秘书之职。又曾于学海书楼讲学多年，是"硕果诗社"及"披荆文会"会员。1976年，创设"凤山艺文院"作育英才，教授国画书法，及后开设国文课亲授古文诗词。有《怀乡咏》《三在堂诗书画册》《薇盦存稿》等。

50. 何耀光（1907—2006），斋号至乐楼，取"至乐为善"之意。香港著名实业家、慈善家、收藏家。所藏书画以明遗民之作最为突出，后捐香港艺术馆。又出资刊行广东乡邦文献《至乐楼丛书》。《分春馆词》列为《至乐楼丛书》第廿二种。

51. 佟立勋（1911—1969），字绍弼，号腊斋，以字行。广州人。"南园今五子"之一。曾任勷勤大学、广东大学、国民大学、广州大学教授。有《腊斋吟草》。

52. 佟立章（1923—2007），广东南海人。澳门资深报人、著名诗人、书画家。有《晚晴楼诗》。

53. 余怀，字无怀，号澹心。福建莆田人。有《研山词》《秋雪词》，合称《玉琴斋词》。

54. 余菊庵（1907—1999），名潜，字通叔，号菊庵、西横居士、海棠花馆主、矶边老人。广东中山人。当代著名书画家、诗人,诗书画印号为"四绝"。

55. 况周颐(1859—1926),字夔笙,号蕙风。广西临桂人。与王鹏运、朱孝臧、郑文焯称"清季四大家"。有《蕙风词》《蕙风词话》,论词主"重、拙、大",要求情真景真。

56. 沈义父,字伯时。江苏吴江人。宋末词人、词论家。有《乐府指迷》一卷,论作词技巧,以周邦彦为宗。

57. 沈仲强(1893—1974),名忠赉,字仲强。先代原籍浙江山阴,后定居番禺落籍。善画山水、花卉。1922年与画家潘和、邓芬等同任教于番禺师范学校,1923年与赵浩等组织癸亥合作画社。尤精于菊,得"沈菊花"之誉。

58. 沈曾植(1850—1922),字子培,号乙庵,又号寐叟。浙江嘉兴人。光绪六年进士,晚清史学家、诗人、书法家,同光体重要代表诗人。有《海日楼诗集》《曼陀罗寱词》。

59. 宋征舆(1618—1667),字直方,一字辕文。江苏松江人。有《海间香词》。

60. 张四科,字嘉士,号渔川。陕西临潼人。有《响山词》四卷。

61. 张成桂(1897—1962),字叔侪,后以字行,号粟秋。其祖上原为浙江山阴人,游宦南粤,遂落籍番禺。晚清名词人张德瀛长子。早年追随胡汉民、陈群,任职于孙中山先生领导的南方军政府。20世纪40年代末50年代初以诗人、画家的身份活跃于粤港吟坛,曾入廖恩焘、刘景堂所起之坚社。终老于新加坡。

62. 张问陶(1764—1814),字仲冶,一字柳门,其故乡四川

附 书稿涉及人物简介 349

遂宁城西有船山，因以船山为号。清代诗人、诗论家、书画家。乾隆五十五年进士及第，曾任翰林院检讨、江南道监察御史、吏部郎中。后出任山东莱州知府，后辞官寓居苏州虎邱山塘。有《船山诗草》，与袁枚、赵翼合称清代"性灵派三大家"。

63. 张纫诗（1912—1972），名宜，字纫诗，以字行。广东南海人。早岁受业于叶士洪及桂坫，并助陈融整理图籍。工书、擅画、善诗文。战后居香港，历任中学文史教员及小学校长。活跃于香港文坛，为硕果社、坚社及圆社成员，诗才备受推重，有"诗姑"之誉。有《张纫诗诗集》及《仪端馆词》。

64. 张珩（1915—1963），字葱玉，别署希逸。上海人。古书画鉴定专家，吴湖帆弟子。其祖父张均衡、伯父张乃熊，均为著名藏书家。有《怎样鉴定书画》《两宋名画说明》等。

65. 张惠言（1761—1802），字皋文。清武进人。工词，为常州词派的开创者。编有《词选》，其词集名《茗柯词》。

66. 张景祁（1827—?），原名左钺，字蘩甫，号新蘅主人。浙江钱塘人。同治十三年进士。曾任福安、连江等地知县。晚年渡海去台湾，宦游淡水、基隆等地。工诗词。历经世变，多感伤之音。有《新蘅词》。

67. 张翥（1287—1368），字仲举。晋宁（今山西临汾）人。元代词人。至元末以隐逸荐。至正初召为国子助教，累官至翰林学士承旨，致仕，加河南行省平章政事，给全俸终身。有《蜕岩词》二卷。

68. 张潮（1650—?），字山来。安徽歙县人。有《花影词》。

69. 陈三立，字伯严。江西义宁人。有《散原精舍诗》。

70. 陈与义（1090—1138），字去非，号简斋。河南洛阳人。宋代南渡时期的重要诗人，后人列江西诗派宗派图，以杜甫为一祖，黄庭坚、陈师道、陈与义为三宗。

71. 陈子龙（1608—1647），字卧子，号大樽，谥忠裕。松江华亭人。明亡，欲结太湖兵举事，被获乘间投水死。有《湘真阁词》《江离槛词》，已佚，今其词为王昶辑本。

72. 陈师道（1053—1101），字履常，一字无己，号后山居士。北宋诗人，徐州彭城人，少学文于曾巩。元符三年，召为秘书省正字。为人高介有节，安贫乐道，为江西诗派有代表性诗人。有《后山集》《后山谈丛》《后山诗话》等。

73. 陈廷焯（1853—1892），字亦峰。江苏丹徒人，常州词派理论家。有《白雨斋词话》，强调"寄托"，提倡"意在笔先，神馀言外"，主张作词要"温柔以为体，沉郁以为用"。

74. 陈荆鸿（1903—1993），名文潞，字荆鸿，号蕴庐，以字行。广东顺德人。早年受业于温肃、温幼菊。历任粤港各大报社编辑、总编辑、社长及香港各大专学院教授、主任。1987年以书艺获英女王颁授荣誉勋衔。有《独漉堂诗笺释》《蕴庐诗草》《蕴庐文稿》等。

75. 陈衍（1856—1937），字叔伊，号石遗老人。福建侯官人。尝入张之洞幕，后任京师大学堂教习、无锡国学专修学校教授，《福建通志》副总纂。有《石遗室丛书》《石遗室诗话》《辽诗纪事》《金诗纪事》《元诗纪事》等，又选有《近代诗钞》《宋诗精华录》，为近代同光体之首倡。

76. 陈洵（1871—1942），字述叔。广东新会人。晚岁教授中山大学。其词深为朱孝臧所赏。有《海绡词》《海绡说词》等。

77. 陈恭尹（1631—1700），字元孝，晚号独漉子，又号罗浮布衣。广东顺德龙山人。明末"岭南三忠"之一陈邦彦子，与屈大均、梁佩兰并称"岭南三大家"。有《独漉堂全集》。

78. 陈寂（1900—1976），字寂园，号枕秋。广州人。曾执教于中山大学。有《枕秋阁诗词》《粤讴评注》《二晏词选》等。

79. 陈维崧（1625—1682），字其年，号迦陵。清康熙年间宜兴人。与朱彝尊齐名，号为"朱陈"。有《乌丝词》《迦陵词》，辑为《湖海楼词集》三十卷。

80. 陈湛铨（1916—1986），字贞固，少号青萍，后号霸斋、修竹园主人，晚号霸儒。广东新会人。香港著名国学家。国立中山大学毕业，1949年随珠海大学（今珠海学院）迁到香港。其后成为联合书院中文系第一位系主任。联合书院加入香港中文大学后离职。热心推广国学，在香港大专讲学，并出任学海书楼特约讲师。著述淹通四部，存诗近万首。

81. 陈寥士（1898—1970），原名陈道量，又有载为陈万言，字企白，一作器伯，号寥士、玉谷、十园，斋名单云阁。浙江镇海人。民国学者、藏书家。有《单云甲戌稿》《单云阁诗》《单云杂著》《单云阁诗话》等，复著有《宋诗选讲》。

82. 陈融（1876—1956），字协之，号颙庵。原籍江苏，迁居广东番禺。早年留学日本，同盟会会员。1913年后，先后任广东司法处处长、广东警官学校校长、广东审判厅厅长、高等法院院长、广州国民政府秘书长、西南政务委员会秘书长、总统府国策顾问等职。后隐居于广州。编有《越秀集》，著有《读岭南人诗绝句》《黄梅华屋诗话》《黄梅华屋诗稿》等。

83. 陈澧（1810—1882），字兰浦，号东塾。广东番禺人。著名学者。有《东塾读书记》《东塾集》等多种著作，其词集名《忆江南馆词》。

84. 陈襄陵（1913—1989），名诵樵。广东南海人。寓居香港。有《旧香楼词》。

85. 纳兰性德（1655—1685），字容若。满洲正黄旗人。康熙进士，官一等侍卫。其词风格清新婉丽，不事雕饰，风致自然，尤以小令见长。有《饮水词》《侧帽词》，合称《纳兰词》。

86. 范当世，字肯堂。江苏通州人。有《范伯子诗集》。

87. 周之琦（1782—1862），字稚圭，号退庵。河南开封人。嘉庆进士。有《心日斋词》四种，其中以《金梁梦月词》为最著。

88. 周济（1781—1839），字保绪，号止庵。江苏荆溪人。为常州派重要词论家，崇尚雅正，讲求寄托。有《味隽斋词》《介存斋论词杂著》。又选周邦彦（清真）、辛弃疾（稼轩）、吴文英（梦窗）、王沂孙（碧山）词为《宋四家词选》。

89. 周密，字公谨，号草窗，又号霄斋、蘋洲、萧斋，晚年号弁阳老人、四水潜夫、华不注山人。祖籍济南，吴兴（今浙江湖州）人。宋末词人，入元不仕。与吴文英梦窗齐名，时人称为"二窗"。词集《蘋洲渔笛谱》，编有《绝妙好词》，以醇雅为旨归。

又有《武林旧事》《齐东野语》《癸辛杂识》《浩然斋雅谈》等著。

90. 郑广权（1908—1968），广东顺德人。先后任教于中山大学、岭南大学、国民大学、广东大学。后曾任广东革命历史博物馆、广州市博物馆馆长。

91. 郑文焯（1856—1918），字俊臣，号叔问、大鹤山人。奉天铁岭人。精通音律。有《樵风乐府》。

92. 郑孝胥，字苏戡。福建闽侯人。有《海藏楼诗集》。

93. 郑春霆（1906—1900），原名郑普震，又名郑春和，别署郑三，号卷帘楼主。广东香山人。香港著名收藏家、书画家、诗人。撰有《岭南近代画人传略》，诗词有《筘声集》《卷帘楼诗草》等。

94. 郑珍，字子尹。贵州遵义人。有《巢经室诗钞》。

95. 郑燮（1693—1765），字克柔，号板桥。江苏兴化人。有《板桥全集》。

96. 屈大均（1630—1696），初名绍隆，字介子、翁山。广东番禺人。明末清初著名学者、诗人。其诗感时伤事，风格明健，与陈恭尹、梁佩兰并称"岭南三家"。有《翁山文外》《诗外》《道援堂词》（又名《骚屑》）等。

97. 项鸿祚（1798—1835），字莲生。浙江钱塘人。有《忆云词》甲乙丙丁稿，其词多抑郁感伤。

98. 赵万里（1905—1980），字斐云。浙江海宁人。史学家。先后师从吴梅、王国维。长期担任北京图书馆善本特藏部主任。曾校辑宋金元人词多种。亦能词。

99. 赵执信（1662—1174），字伸符，号秋谷，晚号饴山老人。山东淄博人。康熙己未进士，官右春坊右赞善兼翰林院检讨。以国丧日观剧，终身不复用。有《声调谱》（全三卷）。

100. 赵庆熺，字秋舲。浙江仁和人。

101. 胡云翼（1906—1965），湖南桂东人。现代学者。曾任中华书局、商务印书馆编辑，后任教于上海师范学院。其《宋词选》1962年由上海古籍出版社出版。

102. 胡熊锷（1880—1958？），字伯孝。广东顺德人。黄节弟子。又入春睡画院，为高剑父弟子。曾任广东教育厅督学。

103. 香棣方，广东东莞人。有《中国国防论》《江花四声词》。

104. 贺文略，1918年生。香港书画家、鉴藏家。1936年毕业于广州市立美术学校，历任香港中文大学本部及校外艺术课程部讲师，并创立崇一堂书画会，培育人才。

105. 夏承焘（1900—1986），字瞿禅，号瞿髯，别号梦栩生，室名月轮楼、天风阁、玉邻堂、朝阳楼。浙江温州人。中国现代词学的开拓者和奠基人。有《唐宋词人年谱》《唐宋词论丛》《姜白石词编年笺校》《天风阁学词日记》等。诗词辑为《天风阁诗集》《天风阁词集》。

106. 夏敬观（1875—1953），字剑丞，晚号映庵。江西新建人。有《忍古楼诗集》《映庵词》及《忍古楼词话》《词调溯源》等。

107. 顾春，字子春，号太清，满洲西林氏。有《东海渔歌》四卷。

108. 钱芳标，字宝汾。江南华亭人。有《湘瑟词》四卷。

109. 徐乃昌（1869—1943），字积余，晚号随庵老人。安徽南陵人。近代著名藏书家。曾刻《小檀栾室汇刻闺秀词》十集一百家，今有浙江大学出版社影印本。

110. 徐灿，字湘蘋。江苏苏州人。善诗文，精书画。有《拙政园诗馀》。

111. 郭麐（1767—1831），字祥伯，号频伽。历乾、嘉、道三朝，为清代浙西词派末期代表人物之一。著有《灵芬馆诗集》《灵芬馆词话》《蘅梦词》《浮眉楼词》《忏馀绮语》等。

112. 唐兰（1901—1979），号立庵。浙江嘉兴人。历史学家、文字学家、青铜器专家。少年就学于无锡国学专科学校，与王蘧常和吴其昌被并称为"无锡国专三杰"。先后任教于东北大学、辅仁大学、燕京大学、北京大学，并历任故宫博物院研究员、学术委员会主任、副院长，中国科学院历史研究所研究员、学术委员。今人辑有《唐兰全集》。

113. 唐圭璋（1901—1990），字季特。江苏南京人。现代文史学家、教育家、词人。先世旗人，驻防江宁甚久，遂寄籍为南京人。早年入国立东南大学中国文学系，从吴梅习词曲，与任中敏、卢前合称"吴门三杰"。1953年后，长期执教于南京师范大学。著有《南唐二主词汇笺》《辛弃疾》《元人小令格律》《唐宋词简释》《词学论丛》《梦桐词》《宋词四考》《宋词三百首笺注》等，辑有《全宋词》《全金元词》《词话丛编》《宋词记事》等。

114. 容庚（1894—1983），本名肇庚，字希白，号颂斋。广东东莞人。古文字学家。晚年任中山大学中文系教授。有《金文编》《金文续编》《商周彝器通考》等。

115. 黄节（1873—1935），原名晦闻，字玉昆，号纯熙，别署晦翁、蒹葭楼主等。广东顺德人。曾入南社。有《蒹葭楼诗》《汉魏乐府风笺》《阮步兵咏怀诗注》等。

116. 黄佛颐（1886—1946），字慈博。广东中山人。藏书家、文献学家。南社社员、清末拔贡生。撰有《广东宋元明刊本纪略》，编纂有《广州城坊志》《英德县续志》《黄氏家乘续编》《珠玑巷民南迁记》等。

117. 黄咏雩（1902—1975），字肇沂，号芋园，以收藏名琴天蠁琴，遂号天蠁楼。广东南海人。世业米商，富收藏。诗词均擅。有《天蠁楼诗文集》。

118. 黄遵宪（1848—1905），字公度，号人境庐。广东梅州人。外交家、诗界革命三杰之一。有《人境庐诗草》。

119. 曹贞吉（1634—1698），字升六，号实庵。山东安丘人。康熙进士。有《珂雪词》。

120. 龚自珍（1792—1841），字璱人，号定庵，又号羽琌山民。浙江仁和人。曾任内阁中书、宗人府主事和礼部主事等官职。清代中叶重要诗人。有《定庵文集》。其诗以七绝见长，光怪陆离，别成体格。近代以来，效之者众。

121. 梁有誉（1519—1554），字公实。广东顺德人。明代文学家。嘉靖二十九年进士，授刑部主事，故世称"梁比部"。为诸生时，与欧大任、黎民表、吴旦、李时行同师事香山黄佐，结社南园，遂称"南园后五先生"。学者称其为兰汀先生。有《兰汀存稿》。

122. 梁庆桂（1856—1931），号小山，亦作筱珊。广东番禺人。光绪二年举于乡。历任内阁中书、侍读。光绪二十年参与公车上书。光绪二十四年参与京师保国会。光绪三十二年十二月，奉学部命赴美洲筹办侨民教育，宣统二年回国，计共办起侨民学校十二所。其后，海外侨校纷纷效法建立。

123. 梁锡源，1946年生。广东顺德人。现为香港大方书画会会长。著有《梁锡源画集》《梁锡源国画选》（山水及花鸟）。

124. 梁耀明（1902—2002），号锲斋。广东顺德人。十四岁以商业起家，中岁定居香港，为鸿社、锦山文社发起人。著有《听晓山房集》《续集》《三集》。

125. 彭孙遹（1631—1700），字骏孙，号羡门，又号金粟山人。浙江海盐人。顺治进士。有《延露词》。

126. 蒋士铨（1725—1785），字心馀、清容、苕生，号藏园。江西铅山人。乾隆进士。词格与陈维崧近，有《铜弦词》。

127. 蒋春霖（1818—1868），字鹿潭。江苏江阴人。人生落拓，其词作抑郁悲凉，多抒写身世之感，有《水云楼词》。

128. 舒位（1765—1815），字立人，号铁云。直隶大兴人。其诗风格郁怒横逸。有《瓶水斋诗集》。

129. 释函昰（1608—1685），即天然和尚，本名曾起莘，字宅师。番禺人。崇祯六年举于乡，会试不第后祝发为僧，一时节烈之士，如陈子壮、张家玉、陈邦彦、梁朝钟、黎遂球均与交好。晚年主持番禺雷峰寺。明亡后，粤中不愿出仕之士人，每遁身空门，往礼之为师。有《瞎堂诗集》。

130. 曾希颖（1903—1985），名广隽，以字行，号了庵，又号思堂。原籍山东武城，世居广州。莫斯科东方大学炮兵科毕业，早年从政，来港后先后执教于拔萃女书院、官立文商专科学校、联合书院，并于学海书楼讲学，以诗词、书法、丹青闻名，与熊润桐、佟绍弼、余心一、李履庵号"南园今五子"。有《潮青阁诗词》。

131. 詹安泰（1902—1967），字祝南，号无庵。广东饶平人。中山大学教授。有《无庵词》。

132. 蔡松年（1107—1159），字伯坚，号萧闲老人。父蔡靖，宋宣和末守燕山，降金。松年遂为金人，官至右丞相，封卫国公。乐府与吴激齐名，称吴蔡体。有词集《明秀集》。

133. 廖恩焘，字凤舒，号忏庵。广东惠阳人。有《忏庵词》。

134. 谭献（1830—1901），字仲修，号复堂。浙江仁和人。论词宗常州派的张惠言和周济而加以发挥。有《复堂类稿》，又选清人词为《箧中词》。

135. 熊润桐（1903—1974），字鲁柯，号则庵。广东东莞人。广东高等师范文史系毕业。工诗善文，兼擅书法，与曾希颖、余心一、李履庵、佟绍弼并称"南园今五子"。有《劝影斋诗》《入海集》。终身从事教育，1949年到香港，曾任联合书院文史系教授。

136. 黎国廉，字季裴，号六禾。广东顺德人。有《玉蕊楼词》，又与陈洵唱和，编为《秌音集》。

137. 潘小磐（1914—2000），号馀菴。广东顺德人。曾任香港大学及中文大学校外课程特约讲师、学海书楼讲师，及树仁学院文史系高级讲师，任教骈文、诗选及应用文。有《馀庵诗草》《馀庵诗馀》《馀庵文存》《馀庵词》《馀庵游草》等。

138. 潘兆贤，1935年生人，别署采薇居士。广东番禺人。陈湛铨门人。有《采薇庐吟草》《近代十家诗述评》《粤艺钩沉录》等。

139. 潘新安（1923—2015），号小山草堂。祖籍广东南海，出生于香港。香港地产商、教育家及诗人。1976年与梁简能、潘小磐组愉社。愉社直至1998年始解散。